从大山到大海

何也 申平 编著

五洲传播出版社

图书在版编目（CIP）数据

从大山到大海 / 何也，申平著. -- 北京：五洲传播出版社，2023.6（2023.8重印）

ISBN 978-7-5085-5065-7

Ⅰ.①从… Ⅱ.①何… ②申… Ⅲ.①报告文学－中国－当代 Ⅳ.①I25

中国国家版本馆 CIP 数据核字（2023）第 081860 号

从大山到大海

作　　者：何　也　申　平
出 版 人：关　宏
责任编辑：樊程旭
特约编辑：宋舒红
装帧设计：汝兜芭
出版发行：五洲传播出版社
地　　址：北京市海淀区北三环中路 31 号生产力大楼 B 座 6 层
邮　　编：100088
发行电话：010-82005927，010-82007837
网　　址：http://www.cicc.org.cn，http://www.thatsbooks.com
印　　刷：北京利丰雅高长城印刷有限公司
版　　次：2023 年 7 月第 1 版　2023 年 8 月第 2 次印刷
开　　本：720mm×1000mm　1/16
印　　张：19.5
书　　号：ISBN 978-7-5085-5065-7
定　　价：88.00 元

《从大山到大海》

编审委员会

主　　任：易文权

副 主 任：马义俊　夏志华

委　　员：贺　婷　刘晓清　梁丁松　黄晨光　王国祥　李　毅
　　　　　陈大麟　甫永恒　赵国旺　汤　静　叶　鸥　王林枫
　　　　　蒋华雄　邹　俊　苏胜刚　申克珩　王　文　李晓阳
　　　　　谢贵生　白　蓉　李　文　郭　剑　李书鹏　刘　洪
　　　　　张延欣　张　嘉　杨　忠　李安坤　石庆林　严　静
　　　　　陈明月　张欣豪　郑启龙　于明秋

编撰工作组

组　　长：夏志华

副 组 长：张欣豪

组　　员：李晓峰　谢敏飘　张　红

特邀撰稿：何　也　申　平

特别鸣谢

（按姓氏笔画排序）

丁云朝	丁志贤	王玉屏	王省庆	王　勋	王海军	毛福新
叶如清	叶浩文	田卫国	冯仁远	包正江	令狐延	史醒儒
代　科	朱卜荣	朱白云	关争永	刘文解	刘民友	刘　启
刘　桐	吕茂银	闫　津	安　霞	宋子友	杨大清	汪大庆
汪文军	陈　迅	陈金如	陈朝静	陈　惠	张为华	张　伟
张荣富	张　徐	李　龙	李亚平	李安心	李金顺	李海胜
李祥安	李镇泉	邱国栋	吴厚清	吴　琼	苏润菁	邵智慧
林力勋	周子璐	周　刚	周　赢	茅盘金	岳雪珂	贺　牧
赵　银	赵　楠	郭正祥	徐功秀	徐玉发	徐辉义	高先齐
梁永家	崔立会	黄孟森	温友成	曾　平	琚新里	雷治樵
虞胜祥	解毓瑢	樊文玉	熊　凯			

本书在采写、审议过程中，得到了局离退休老领导、各级领导、同事的大力关心、支持和帮助，特此衷心感谢！

前 言

六十载薪火相传，一甲子砥砺奋进。2022年是党的二十大召开之年，而这一年也适逢中国建筑集团有限公司（简称"中国建筑"）组建四十周年，中国建筑第四工程局有限公司（简称"中建四局"）成立六十周年暨迁粤二十周年。在这样特殊而又喜庆的年份，中建四局组织专班编写了报告文学《从大山到大海》。出版这本书，既是为了深入总结并回顾六十年来企业的发展历史，也是为了感谢党和国家、感谢时代和人民，感谢一直以来关心、帮助和支持中建四局发展的领导、先辈和各界朋友，更是为了引导全体员工从中汲取智慧和力量，为四局美好的未来接续奋斗。

《从大山到大海》是介绍中建四局发展历史的一部报告文学。本书以企业发展的客观史实为依据，经广泛走访调研、参阅大量历史文献并反复审核而完成。本书以企业六十年发展的时间线为轴，以每二十年左右为一个周期，分为"激情岁月""走出大山""移师岭南""雄关漫道"四个篇章，聚焦企业发展的历史背景以及企业发展中的重大事件和典型人物，深度还原四局从艰苦创业到壮大发展，再到转型升级、变革图强的发展历程。

中建四局诞生于20世纪60年代。六十年来，从三线到一线，从国内到国外，从大山到大海，一代代四局人披荆斩棘，风雨兼程，忠诚担当，不辱使命，精诚善建，勇毅前行，完成了一个个经得起历史检验的精品工程，为国家和社会做出了重要贡献。在计划经济时代，第一代四局人踊跃投身国家"三线建设"，在黔山赤水战天斗地，通过艰苦卓绝的努力，建成了一批重要的国防项目和国家重点工程。在三线建设时期，中建四局是承建项目最多、覆盖区域最广、参建时间最长的工程局。后来，四局还出色地完成了唐山大地震震后援建等救灾抢险任务，是当之无愧的国家的"顶梁柱"。改革开放后，四局制定了"走出贵州、面向全国、争取多出国"的方针，将"善建者"的足迹印在了国内外多个区域，将中国建筑的美名播撒到了五湖四海。二十年前，四局先辈们做出英明决策，将总部迁到了改革开放的前沿城市——广州。在充满活力和机遇的南粤大地，企业上下同心协力，深耕市场，顽强拼搏，铸造了以广州西塔、东塔为代表的珠江传奇，承建了一大批地标工程，实现了四局在广东的立足、扎根、融入、壮大，捍卫了中国建筑旗下工程局的地位和荣耀。

进入新时代以后，中建四局党委以习近平新时代中国特色社会主义思想为指导，在中建集团党组的坚强领导下，持续巩固国企"根"与"魂"的优势，以"讲政治、接地气、受欢迎、促发展"的党建目标为引领，深入践行新发展理念，坚持走高质量发展道路，不忘初心使命，精诚担当奉献，在服务国家战略落地、承担重要建设工程和急难险重任务等方面做出了新的贡献。自2018年以来，四局在新一届领导班子带领下，面对百年变局和世纪疫情等诸多考验，踊跃参加多个抗疫应急工程建设，积极投身抢险救灾任务，同时服务民生保障、助力脱贫攻坚和乡村振兴。面对党和国家提出的高质量发展战略要求，四局党委果断作出"变革图强"的战略决定，通过发布、落实"4433"管理举措，开展七大体系变革，力求实现企业管理更加规范高效、市场营销更加出新出彩、项目生产更加低碳环保、科技创新更加绿色智能、履约服务更加安全优质。现在，企业正气更足，干部锐气更强，员工士气更旺，品牌美誉度也得到显著提升。作为广东首批建筑产业链的"链主"单位，四局正朝着"建成大湾区行业优势龙头企业"的宏伟目标阔步前行。

历史的坐标有多清晰，前进的脚步就有多坚定。站在新的历史起点，回望来时之路，我们倍加感谢党和国家，倍加珍惜来之不易的发展成果，倍加感谢先辈们的辛勤付出。六十年的发展历史告诉我们，只有坚持党的领导，坚持正确的战略引领和科学管理，坚持以人为本的理念，坚持改进作风、厚植文化，企业才能稳健地穿越经济周期，在风浪中扬帆远航。

本书在成稿过程中，得到了四局离退休老领导、现任各层级领导、同事以及业界朋友的大力帮助和辛勤指导，特约撰稿作家何也、申平两位先生为此付出了大量的心血，在此，编委会向大家表示衷心的感谢！四局的发展历史内容厚重，时间跨度大，而本书的创作时间紧，主创人员对企业了解也有不够深刻全面之处，因此，书中难免存在瑕疵与不足，敬请各位读者批评指正。

祝大家万事如意，工作顺利，生活越来越好！

中建四局成立六十周年报告文学编委会
2022年8月27日

目 录

前言

第一章 激情岁月
- 第一节 黔山在望 …… 003
- 第二节 神秘山谷 …… 012
- 第三节 赤水河畔 …… 028
- 第四节 山砂之梦 …… 042
- 第五节 两淮会战 …… 050

第二章 走出大山
- 第一节 潮起鹭岛 …… 060
- 第二节 逐梦上海 …… 080
- 第三节 走向世界 …… 087
- 第四节 剑指南粤 …… 104
- 第五节 "三牛"精神 …… 121

第三章 移师岭南
- 第一节 绝境突围 …… 131
- 第二节 迁粤之路 …… 137
- 第三节 岭南地标 …… 148
- 第四节 转型之战 …… 182
- 第五节 人间至情 …… 203
- 第六节 超级大盘 …… 224

第四章 雄关漫道
- 第一节 临危受命 …… 237
- 第二节 绘就新图 …… 243
- 第三节 艰难玉成 …… 256
- 第四节 逐梦未来 …… 282

第一章

激情岁月

1958年是国家第二个五年计划开局之年。此时，世界正处于工业化浪潮之中。从第一个五年计划（1953—1957）起，中国已经开始了工业化建设，特别是重工业建设，第二个五年计划的基本任务，依然是继续进行以重工业为中心的工业建设。

1958年8月，中共中央政治局扩大会议在北戴河举行。会议通过了《关于在农村建立人民公社问题的决议》，决定把各地成立不久的高级农业生产合作社升级为大规模的、政社合一的人民公社。这一年的8月23日，贵州第一个人民公社诞生。

几乎就在同一时刻，一支从河南郑州、洛阳、新乡等地出发的队伍，登上列车，开赴贵州。还有一些来自四川成都、宜宾以及广东茂名、广西柳州等地的人们，也踏上了前往西南的旅程。这些队伍中，有老红军、老八路，有在新中国翻身做主人的工人、农民，也有新中国培养的第一批大中专毕业生。他们有坚定的理想和信念，对党和人民无限忠诚，党叫干啥就干啥，有些人刚刚参加了国家"一五"期间的重点工程建设，此刻为了大西南的工业化建设，再次踏上新的征程。

来自祖国四面八方的各路人马挺进贵州，数年后，他们被编入建设工程部贵州工程公司，即后来的中国建筑第四工程局。从1964年起，历时十六年的三线建设拉开了大幕。三线建设是20世纪六七十年代以加强国防为中心的战略大后方建设。在中国西部开发史上，三线建设是一部气吞山河的史诗，是一曲慷慨激昂的宏伟乐曲。当时，成立不久的四局队伍，立即投入到了火热的三线建设之中。他们不畏艰险，克服了很多难以克服的困难，解决了很多难以解决的难题。

那是一段激情燃烧的岁月。人们满怀对党和国家的感恩之心，"到祖国最需要的地方去"，既是他们发自肺腑的心声，也是时代精神的写照。

第一节 黔山在望

秋天的迁徙

"鼓足干劲,力争上游,多快好省地建设社会主义",这是1958年党的八大二次会议提出的总路线。很快,全国掀起了社会主义建设新高潮。建工部一声令下,一支胸怀红色信仰的队伍从中原来到西南,参加贵州建设。这支队伍就是中建四局的前身。时任中南建筑工程管理总局第四工程公司党委书记兼经理的王彩彰负责这次由北向南的搬迁任务。

王彩彰把大件行李搬上车顶,和司机一起,用绳子把行李扎好。这时太阳刚刚出来,晨风颇有几分凉意。他们在暑热中长途奔波,到了云贵高原,才感觉到了一丝凉爽。

客车上的人,主要是妇女孩子,还有老人。王彩彰把自家的五口人送上车,叮嘱三个女儿要听妈妈和姥姥的话,然后,他就转身下车了。

妻子解毓瑢本想喊住他,但是,她的嘴张了张又闭上了。解毓瑢本以为老王会跟她一起走。在这个陌生的环境,他们要走上四百里的

六公司员工的军人回乡转业证

山路,很晚才能到达贵阳,而身边的三个孩子,大的不过七岁,小的只有三岁,因此,解毓瑢有些担忧。

王彩彰长着浓黑的眉毛,眼睛非常有神,虽然已过不惑之年,但身姿依然矫健。他知道妻子担心,于是安慰一句"没事",随后双手拍一拍,就去检查大部队了。

王彩彰曾是晋中地区大名鼎鼎的抗日英雄。新中国成立后,王彩彰放下枪杆,拿起瓦刀,进入了土木建筑行业。他被分配到中南军政委员会建筑工程部,投入第一个五年计划的建设。

在建筑工程部,王彩彰请求去生产第一线,同大伙一起住工棚,吃食堂。三年后,他担任中南建筑工程管理总局第四工程公司党委书记兼经理,先后到河南郑州、新乡等地参加建设。来贵州前,工程公司刚刚修建完成了郑州砂轮厂。这家工厂主厂房的面积有两万多平方米,设备是从德国进口的,对厂房建设要求很高。王彩彰带领干部职工连续奋战,除了吃饭睡觉,他很少回家。

砂轮厂刚刚竣工,他们便接到命令,要搬去大西南,而且这一走,可能再也不会回来了。

成都调黔建安企业员工合影留念

王彩彰先行带人去贵州考察。第一次来到贵州，他们睁眼看到的只有大山。在这里，他们真正体会到"天无三日晴，地无三尺平，人无三分银"和"一山有四季，十里不同天"的感觉。在威清路，王彩彰为公司总部选了一处地势较高、落差较小的落脚地，随后又考察了地势较平的甘荫塘、中曹司、大营坡、花溪、四方河。落实好迁黔的大小事宜后，他马上回到郑州，召开全体职工动员大会。会上，王彩彰说到了贵州的困难状况，说那里有的地方还不通火车，但他表示，就是骑毛驴，大家也要走过去。

立秋后，大队人马从郑州出发。火车晃晃悠悠走了两天两夜，大家身上都落了一层煤灰。跟随王彩彰一路过来的有四百多号人，这是首批入黔的职工。

经历如此远距离、大规模的搬迁，大家多多少少都会产生一些情绪上的波动，所以这些日子里，王彩彰一直忙着处理种种问题，譬如让职工家属先回老家，等贵州有了基地之后再回来等等。事无巨细，各种各样的问题都必须考虑周全。

凌晨，火车到达凯里，一大早，他们又换乘卡车。尽管每个人都很累，但想到自己能参加新中国的建设，他们又热情高涨，不自觉地唱起了《社会主义好》："社会主义好，社会主义好，社会主义国家人民地位高，反动派被打倒，帝国主义夹着尾巴逃跑了，全国人民大团结，掀起了社会主义建设高潮……"

点齐人数，王彩彰一声令下，卡车一辆跟着一辆，走上了窄窄的泥沙路，一路卷着尘土，向着延绵不绝的石山深处驶去，很快就上了盘山公路。

当时的汽车烧的是木炭，走得很慢，路上用了整整一天，天快黑时才到达贵阳。在黄昏暗淡的光线里，贵阳的路上看不到汽车，有些地方还是土路。有些有石板路的地方，几家店铺亮着灯，总算有了一点城市的味道。

这是1958年8月里的一天，平常，却也不寻常。王彩彰带领的是中南建筑第四公司大部队，这是一支两年前由湘潭工程处、南昌工程处、新乡工程处组建起来的施工队伍，曾经转战湖南、湖北、江西、河南，建设了一批重点工程项目。大家怀着建设祖国大西南的热情，用一个多月的时间来到贵州。从八月的这一天开始，他们在大西南开始了新的生活。

中南建筑第四公司下放贵州后，被编入贵州省城建局第四工程公司，后来，他们成为中建四局的骨干力量。

"铁军"出世

先头部队抵达贵阳后，后续的迁黔者纷纷踏上了旅途。他们与全国各地入黔的人一同乘坐列车，再转搭汽车，天南地北的方言一时间在贵州汇聚起来。

在开往贵州的火车上，有的人带着老婆孩子举家搬迁。此外，同车前往贵州的，还有新中国培养的第一批大中专毕业生。苏州建筑工程学校毕业的史醒儒、茅盘金，武昌高级工业学校毕业的王玉屏等，就在参加工作一两年之后，跟随大部队奔赴贵州。

和王彩彰一样，吴厚清也是带着老婆孩子一起来贵州的。他从河南新乡出发，过武汉长江大桥，在凯里转乘卡车，来到甘荫塘。他们的住地离甘荫塘还有十几公里，那段路只能坐马车，他在马车上晃荡了很久才到达目的地。

一家人来到居住地之后发现，他们住的是临时搭建起来的油毛毡房，下雨的时候，雨水会从棚顶滴滴答答往下淌。虽然条件艰苦，但吴厚清没有半句怨言。他对党有一种质朴的感情，共产党对他有恩，他要报恩，所以，他只想着怎样尽自己的力量来建设大西南。

史醒儒比吴厚清晚到一些。他于9月中旬在郑州坐上火车。从都匀乘汽车往贵阳的时候，他遇到了塌方。

两天前，黔东南下了一场暴雨，山区出现了塌方和滚石，一路上险象环生。史醒儒乘坐的是苏联产的嘎斯车，不知道使用的是什么燃料，一路上一直冒着黑烟。车停停走走，前面的路不断被大石头挡住，这时，大家就要下车去搬石头，所以弄得身上到处都是泥。史醒

1962年8月28日，建工部作出了成立建筑工程部西南工程管理局的决定

儒早上出发，晚上十点多钟才到达目的地，路上折腾了十四个小时。来到这里后，他被分配到一处一工段工程技术组，参加贵州铝厂、耐火材料厂的建设。

王玉屏比史醒儒来得还要晚。两年前，他被分配到中南建筑第四公司工作，那时公司刚刚组建，他一上班，就参加了郑州砂轮厂的建设。大部队纷纷动身，他所在的工程一处留下来收尾。郑州有关方面想把他们这些人留下来，处领导请示王彩彰，王彩彰说："不行，支援贵州建设不能打折扣，我们全都要去！"

到了贵阳，王玉屏首先感觉到的，就是这里又湿又潮，需要经常穿雨衣和胶鞋，衣服洗了总是干不了。他是河北苍县人，北方的干燥与贵州的潮湿形成了鲜明的对比，让他一时难以适应。

茅盘金是第二年来到贵阳的。那时贵阳已经通了火车。刚下火车时，他跟人去吃苞谷饭。看见饭是黄黄的颜色，他以为那是蛋炒饭，

挺进贵州的建安企业员工合影

吃起来才知道，这种饭嚼起来很费劲，而且难以下咽。但是，他们并没有打退堂鼓的想法，个个不甘落后，一心追求上进。

大部队迁到贵州之后，一批大中专毕业生被分配到了这里，他们当中有重庆建筑工程学院的雷治樵、叶如清，北京大学的李金顺，同济大学的陈迅，华东师范大学的陈金如，茂名技工学校的徐辉义等。他们都是从学校直接入黔的。后来，这批学生成为四局的骨干力量。

为了更好地完成国家基本建设任务，也为了精简建筑队伍，集中力量，改进工作，1962年8月，建工部对西南各省的建筑安装力量进行统一整编。这种整编有利于在西南地区实行统一指挥与调度，统一承担中央与地方的建筑安装任务。建工部作出决定，成立建筑工程部西南工程管理局。在51号文件中，建工部决定将贵州省建工厅所属建筑安装力量合并，组成建工部贵州工程总公司。"建工部贵州工程总公司"即为中建四局前身，该公司的诞生日即为中建四局的成立日。一支后来享誉国内外的建筑业"铁军"，就这样在贵州诞生了。三年后，该公司被正式命名为建筑工程部第四工程局。

在中建四局麾下，从郑州迁来的中南工程管理总局第四建筑工程公司一工段成为四局一公司前身。二公司由建工部贵州工程总公司综合加工厂改建而成。从宜宾迁来的西南工程管理局四公司四十二处成为三公司前身。

四公司的大部分职工来自湖南、湖北和江西。唐山大地震时，毗邻唐山的天津遭受地震破坏，损失严重。四公司被成建制迁往天津，抗震救灾，重建家园。随着火车的声声嘶鸣，三千多职工告别家乡，集体北上。在天津，他们被改编为天津市第八建筑公司，后来又被调往渤海油田。

从武汉迁来的建工部中南二公司成为四局六公司前身。后来，六公司奉命从都匀迁往安徽淮南，参加两淮煤炭基本建设大会战，都匀留守处改建为五公司。从成都迁来的建工部第八工业设备安装公司一处成为安装公司前身；从郑州迁来的建工部第三机械化施工公司洛阳站郑州施工队成为机械施工公司前身……

中國共產黨國家建委第四工程局

中国共产党国家建委第四工程局第一次代表大会全体代表合影

第二节　神秘山谷

备战备荒

就在身处云贵高原的人们忘我地投入建设的时候，中国周边的环境越来越复杂，美国侵越战争升级，中苏意识形态分歧导致两国关系高度紧张，严峻的形势使得中国领导人开始思考战争的可能性。在这种形势下，毛泽东提出，工厂集中在大城市和沿海地区，不利于备战。于是，他提出了"三线建设"的主张，计划于1964年启动。从此，新中国延续时间最长、规模最为宏大的工业体系建设，在艰苦的岁月里轰轰烈烈地展开。

1964年8月，国家建委召开一、二线搬迁会议，提出"大分散、小集中"的方针，少数国防尖端项目要"靠山、分散、隐蔽"，有的还要进洞。由此，"三线建设"正式拉开帷幕，大批位于大城市的工厂迁入西部山区。"备战备荒为人民""好人好马上三线"等口号，也在召唤人们前往三线地区。

一场前所未有的大战似乎就要来临。西南地区的贵州具有得天独厚的地理环境，具备了建设备战基地的优势。当国际形势出现险恶变化时，早几年已经在贵州扎下根的施工力量，立即发挥了重大作用。

听闻中央"三线建设"的战略部署，王彩彰一时心潮澎湃。此时，他的身份是建筑工程部贵州工程总公司副经理。随后，贵州工程总公司党委决定成立生产指挥部，专管施工生产工作，由王彩彰担任指挥长。

搬迁贵阳之后，王彩彰一家六口人挤在一间窄小的屋子里。工作的万般头绪，使得王彩彰比在郑州时更加忙碌，家里很难看到他的人影。

职工安营扎寨，总会遇到各种各样的困难，所以，王彩彰不但要指挥生产，还要关心职工的生活。重型机械厂的吴厚清一家住在油毛毡房，他的女儿不知是因为不适应气候还是因为不适应油毛毡房而生

位于贵州的都匀三线建设博物馆

了病。孩子看病吃药花了不少钱,而家里只靠吴厚清一个人挣钱,所以,他们的生活一下陷入了困境。为了改善吴厚清一家的经济状况,王彩彰先是安排吴厚清的妻子到食堂工作,随后又去地方相关部门为吴厚清的老婆孩子落实户口。

吴厚清对党有一种质朴的感情。自幼孤苦的他,一直流离失所,不知受了多少委屈。1949年新中国成立,人民当家作主,吴厚清开始挺直了腰杆。他知道自己的一切都是共产党给的,他要报恩,所以工作起来特别卖力。工厂40吨重的水泥柱子在吊装时遇到困难,吴厚清经过研究,采用了自己发明的土办法,将水泥柱顺利吊装到位。一个靠扫盲识字来学文化的人竟然解决了力学难题,着实令人刮目相看。

解毓瑢也很忙。她先到水泥厂负责共青团工作,又到从东北迁来的机械施工公司担任车间党支部书记。她所在的车间,负责加工钢筋、木板和门窗。解毓瑢在水泥厂组织木工、泥工、混凝土工青年突击队,开展劳动竞赛。每个人都不想落后,人人争当积极分子。

这是一场牵动千万人、持续几十年的大集结;这是一次听党召唤的奔赴和担当。烽火中锻造出的红色基因，赋予了他们独特的精神底色，他们以热血开拓荒芜，建设交通、航天、国防、工业等各类工程，扎根在了党和人民最需要的地方。

出征三线

国家建委一、二线搬迁会议召开后，中央各部委确定了搬迁贵州的工业项目。大连钢铁厂的两座50吨电炉和本溪钢铁厂的两台锻锤当年就搬到了贵阳钢铁厂。

1965年9月7日，四局召开经理、书记会议，传达中共中央西南局三线建设会议精神。这天，正好是贵州工程总公司更名建工部第四工程局一个月，这是他们第一次召开经理、书记会议。会议开了一个星期。从此，四局正式投身三线建设。

会后，四局各公司人马齐聚。驻遵义的三公司奔赴位于遵义县、绥阳县和桐梓县的061基地，那里有雷达制导、发射架、特种电源等24个建设项目。

四公司和安装公司来到了083基地，分别承担420、425等工厂的建筑和安装任务。安装公司参加011、061、083三大基地建设，承接的工程有磊庄机场、遵义新舟机场、贵阳铸造厂、贵阳矿山机械厂、873厂、771厂、4325厂、4292厂、4540厂等。276是航天储油工程，油罐建在山洞，由四局"投资包干"承建，储油罐安装也由安装公司来完成。

一公司在贵定县山沟里建设工程，随后开赴息烽县，建设专门提炼放射性物质铀的工厂。贵州发现铀矿后，工厂在息烽县的山沟里秘密修建，为中国的原子弹制造做出了贡献。

六公司分赴083、011基地，参与建设十七个工厂及三个科研所……

贵州三线建设以贵阳为中心，以遵义、安顺、都匀、六盘水、凯里为重点，沿川黔、湘黔、贵昆、黔桂四条铁路干线，向四方呈辐射状展开。沉寂的群山变得人马喧腾，先期修公路、架电线、建水池的人来到山中，运来席子、楠竹、油毡和木板，开始搭建棚子。冬天的贵阳，天气阴冷潮湿，人们住山洞，住帐篷，在稻草上睡觉，虽然会有雨点、雪花飘落到脸上，但他们照样睡得香甜。工程技术人员晚上点上蜡烛和煤油灯，把自己的膝盖当成桌子，开始做方案、编计划。

大量民工和民兵来到工地平整土地。这些民兵组织军事化，行动战斗化，生活集体化。他们使用的工具是锄把、镐把、铁锹、锤子和圆抬杠、扁抬杠。大家上山敲石子，往山上背水泥、担砂子、挑水，用人链往山上传递红砖。干部带领民工抬运铸铁管、电线杆。工人们大雨小干，小雨大干，无雨拼命干。贵州雨水多，他们的棉衣都当成了雨衣，湿衣服在晚上用火烤干，第二天接着穿。

所有在山间工地上奋战的人，都对自己参与的工程一无所知，他们只知道一个代号。这是秘密，不准打听，也无从打听，但是大家知道，这是国家重要的工程，能够参与这样的工程，每个人都激情满怀。

工地上的每个人都在夜以继日地劳动，他们一年也难得离开一次工地。工地上最现代的交通工具是自行车，每个工地只有一两辆。他们吃的食物非常简单，平时很难吃到肉。过年的时候，地方食品站

20世纪六七十年代施工场景

杀猪，生产队村民打年糕，都会送年糕和腊肉来支援民兵团。寒来暑往，他们建好一处厂房，马上又要转到另一座大山中去施工。

吕茂银是第三工程队的指导员。他刚从部队转业，在公司接受了十天培训后，就坐火车来到了桐梓县。车站离工地还有几公里，他步行进山，成为061基地施工队伍中的一员。

1966年3月的一天，吕茂银身穿棉衣，背着背包，迈着军人的步伐，顺着山路往前走。翻过牛金山，一幅热火朝天的劳动景象出现在他面前：山谷里红旗招展，打夯和"抬大扛"的号子声此起彼伏，数百人正在开展劳动竞赛，有的人打着赤膊挖土，有的人挑着土一路小跑，人群里还能看到女民兵的身影。广播里播放着鼓舞人心的口号和竞赛优胜者的成绩，每个人都干劲冲天。吕茂银立刻被这一劳动场面感染，激情瞬间被点燃。

这是061基地团泽口407厂工地。

吕茂银曾经参军，去过朝鲜战场，在距离三八线几十公里的地方看守过仓库。回国后，他去了酒泉卫星发射中心修建航天基地。那是经过严格政审才能去的地方，平时的家信也要经过检查。在酒泉卫星发射中心，他修了三年房屋，随后被调到洛阳工程兵工程技术总队，后来转业到四局。

吕茂银来到工地，看到很多工人在砌窑烧砖。他们的任务是先烧砖，建一座二十多米高、面积七八百平方米的厂房，然后再建办公区。工地实行军事化管理，这种管理吕茂银驾轻就熟，很快他就进入了状态，跟大家打成了一片，把劳动的热情推向了新的高潮。

虽然吕茂银只有小学文化，但他爱想问题，善于学习，特别看重生产安全，"安全生产"四个字成了他的口头禅。他每天在工地上转，总能及时发现安全隐患。他带的队伍，从未出现过安全事故。

在深山里，时间仿佛也变得缓慢了，许多和吕茂银一样的年轻人，在这里一干就是几年。一个人静下来的时候，他们会想家，想年迈的母亲。这里缺少蔬菜，更难吃到肉，但这难不倒这些小伙子，他们开荒种菜，去山里打猎，有时打山鸡，有时打斑鸠，还有去河里钓鱼摸鱼的，大家从来都不会空手回来。他们从未感觉这种生活有多苦，艰苦而又平淡的生活，硬是被他们搞得有声有色，丰富多彩。

到祖国最需要的地方去

随着大山深处的厂房相继竣工，一、二线工厂陆续开始搬迁，机器设备、原材料逐渐到位，工人和技术人员日夜兼程，掀起了新的建设高潮。贵州山区的公路上到处都能听到汽车的轰鸣声，夜行车的灯光不时扫过石灰岩的山峰，像一串串星光落到了地面。三线建设在各地反响热烈，高校的莘莘学子也摩拳擦掌，纷纷要求去三线工作。当时在毕业生中最流行的话就是"祖国的需要就是我的志愿"。

华东师范大学毕业生陈金如在表格里郑重写下了"服从分配，到祖国最需要的地方去"。经过四局人事处挑选，又通过严格的政审之后，陈金如被分配到四局。

1968年的一个冬日，陈金如从上海出发，经过浙江、江西、湖南进入贵州，来到安顺市修文县的大山中。这里是011基地的1028厂工地，与他一起报到的有十几个大中专毕业生。四局人事处曾派专人到各个院校挑人，这批大中专毕业生都是经过严格挑选才最终确定的。他们有学建筑的，有学中文的，还有学医的。大学生们先乘火车，再坐汽车，最后徒步进山。

首先出现在这些大学生面前的是重重山峦，这里的山路极其难行，在冬天里，他们也走得冒汗了。一次次山重水复，一次次柳暗花明，一个大工地终于出现在他们面前。刚刚喘了口气，工地的主任就来看望他们。

主任说："你们都是国家的宝贝，三线建设需要你们，我们热烈欢迎你们。希望你们在大山里磨炼意志，多做贡献。按照上级规定，你们每一个人都要先到基层去劳动锻炼。这里有泥工班、木工班、混凝土班、油漆班，你们可以自己选择。请问，大家对这样的安排有什么意见和要求吗？"

"没有！服从分配！"大家都表了态。陈金如被分到油漆班。油

陈金如在四局首次党建双月会暨党建工作研讨会上回顾四局从贵州到广州的往事

  漆班班长是个40多岁的湖北人,名叫汤厚成。一见到陈金如,汤厚成马上迎上来替他拿行李,并把他安排到自己房间住。他一边帮陈金如铺床一边说:"油漆班就是缺少有文化的人,这回可好了。你来了就是自己人,以后你有什么困难尽管对我说,别客气啊。"

  陈金如觉得很温暖,对他来说,汤厚成就像是一个久别重逢的亲人。

  第二天一早,陈金如迫不及待地换上新发的工作服,戴上雪白的手套,和大家一起上工了。油漆班的任务,就是为厂房的门窗、钢梁铁架刷油漆。

  刷油漆这活看似简单,操作起来门道却很多。老师傅拿着刷子,上下左右挥舞,刷得又快又好。陈金如照葫芦画瓢,却不是刷厚了,就是刷薄了,再不就是刷不上去。一天下来,崭新的工作服被弄得斑斑点点,他自己的一张脸也好似花脸猫。再看看那些老师傅,身上脸上一点油漆痕迹也没有。

陈金如感觉很惭愧。汤厚成鼓励他："不错不错，你第一天干，比我刚刚开始干的时候强多了。"

到了晚上，油漆班组织政治学习，这下陈金如有了用武之地。他给大家念报纸，读毛著，边朗读还边讲解，工人们非常爱听。汤厚成脸上笑开了花，困扰了他很久的学习问题，因为陈金如的到来，一下子就解决了。

和工人们在一起，每天都是愉快的。在油漆班，陈金如一干就是两年。

三线建设实行军事管制，军管会的一位军代表很器重人才。他听说一份很不错的典型材料是陈金如写的，便下了一个调令。主任把陈金如找来，说这个人才看来留不住了，问他愿不愿意去公司工作。

陈金如说："你们决定，我服从分配。"

主任又把他留了一段时间。军管会随后又下了一道命令，陈金如这才不得不走。

油漆班的人舍不得陈金如。陈金如说："反正我也没有走远，我还会和大家在一起的。"

在此后很长的一段时间里，陈金如和油漆班的师傅们一直保持着密切的联系。

荒凉山谷的北大生

都匀是当年红军长征经过的地方。大型军工单位083基地的入驻，使得这里的面貌大大改变，这里的机械厂、无线电器材厂、仪器厂等企事业单位就有二十多家。

李金顺与陈金如是同一年被分配到四局的。当时国家号召知识分子和工农相结合，李金顺没有回自己的家乡河南南阳，而是积极响应国家号召，满怀激情地奔赴贵州。1968年12月，他从北京来到位于黔南的都匀报到。

报到的当天，李金顺就来到501工地。仓库管理员发给他一个工具包，还有一副床板。有人带着他来到刚修好的大礼堂内，他把床板搭在两条板凳上，放下背包，这就算安顿好了。管理员还发给他一把大铲，一块铁板，一个线坨，带他去泥水队上工，学习砌墙。

身材瘦弱的李金顺背着工具包来到工地。泥工队长王顺林是他的师傅。初次见面，王顺林既没有说欢迎，也没有和他握手，只是朝他笑了一笑。师傅是一个憨厚的人，这一笑，已经让北大历史系的才子李金顺感到非常满足了。

接着，劳动锻炼开始了。

按照师傅的指令，李金顺不停地挑灰浆，搬砖递砖。他虽然出生在南阳农村，但没有干过多少体力活，一天下来，真是腰酸背痛。但是李金顺在坚持，而且努力表现出一副轻松愉快的样子。好不容易晚上收工了，躺在硬床板上，却翻来覆去怎么也睡不着。那床板真的硌人，一翻身，身下的稻草窸窸窣窣地响。这样迷迷糊糊熬了一夜，早晨醒来，李金顺感到腰背更痛了，从床上起来都有些困难。

但是，李金顺还是咬着牙爬了起来。他想，马上又要上工了，要想和工人真正打成一片，必须先过劳动关，只有锤炼一颗红心，炼出一副铁身板，才能改造自己的世界观。

吃过早餐，李金顺又精神抖擞地出现在工地上。这天的任务是往上面递砖。墙越砌越高，递砖的队伍也越来越长。每次四五块砖，递砖者要把砖举过头顶，传递给上面的人，然后一层一层传递到楼上。开始时李金顺觉得还行，时间一长就感觉有点体力不支。但李金顺没有动，硬是咬着牙坚持了下来。这一天，他的手上起了血泡。

王顺林看着这位瘦巴巴的大学生，心里想：他还真的有股子精神啊！

半个多月后，李金顺适应了强体力劳动。又过了一段时间，他也适应了大山里的生活。跟着王顺林学了一段时间的砌墙后，李金顺觉得自己完全可以独立操作了。堂堂的大学毕业生，砌个墙算什么呢？这天，他自己搬砖，自己挑灰浆，按照师傅平时教的方法，很快就砌起了一堵隔墙。他自己觉得非常满意，而且，他想要给师傅一个惊

三线建设的施工现场

喜,让他知道自己这个大学不是白念的。

师傅走过来,看他满头大汗,先说了一句:"你自己砌墙呀?"接着看了一下,说:"嗯,小李呀,你砌的这个墙好像有问题了。"

李金顺吃了一惊,赶紧过来,站在师傅的位置上一看,不由得面红耳赤。只见自己砌的这堵墙鼓出了一个肚子。不用说,必须拆掉重来。

李金顺一边羞愧地拆墙,一边在心里感叹:世界上有许多事情看似简单,实际上却不简单,自我感觉良好是没有用的。

当晚,李金顺写了一篇日记,检查剖析了自己的思想。他觉得自己在思想改造上还存在差距。后来,他又在学习会上谈了自己的体会。这种自我反省的精神受到大家的好评。

队里的一个老师傅生病了,领导让李金顺陪老师傅到贵阳去看病。

来贵州这么久,他还没有去过贵阳。他们早晨坐车出发,中午到达贵阳。看完病,天已经黑了。这些年,贵阳的发展变化很大,已经有了城市的模样了。晚上,街头灯光璀璨,店里的商品琳琅满目,电影院散场时的人流黑压压一片。街上有人在听收音机,也有人在悠闲地散步。

李金顺和老师傅在城里住了一晚，第二天一早返回了工地。想起城里的万家灯火，李金顺感觉心里有些失衡。自己天天砌墙盖房子，可城市里那么多繁华的房屋却没有一间是属于自己的，这太不公平了！

第二天上工时，李金顺有点心不在焉，砌烟囱时，灰浆掉落他也不管。师傅看到李金顺有点不对头，就问他怎么了。

李金顺说："我们盖房子的却住不上一间好房子，心里不顺哦。"

师傅笑笑说："这很正常啊。我盖了几十年房子了，都是盖完就走。我们是建筑工人，干的就是这个工作嘛！"

听完师傅不紧不慢说出来的这几句话，李金顺感觉有些羞愧，他一下子意识到了自己和师傅的差距。

两年以后，李金顺当上了工地广播员，接着又当了团委书记。这里的工人都很年轻，朴实能干，吃苦耐劳，人人追求进步。那些本地农民合同工也像老黄牛一样勤勤恳恳。李金顺每天都到工人中去，采访、写稿、广播、开会，他感觉只有在工人身边才生活得踏实。

李金顺用手里的笔和工地的广播，不断宣传工人们的事迹。他还办了一个学习室，吸引大家业余时间到这里来看书学习，唱歌朗诵。有时他们也聚在一起谈天说地，好不热闹。

李金顺得到了大家的拥护，因为他是一个既有能力又肯苦干的人。因为工作能力出色，李金顺后来被提拔为局党委副书记，主持党委日常工作。担任四局党委书记时，他又因为出色的工作能力被省里提拔为建设厅厅长、省委组织部常务副部长、省政协副主席。

现学现用当专家

1968年是四局人才的荟萃之年，陈金如、李金顺等一批大学生来到四局，陈迅也是在同一年来到这里的。局领导接见了前来报到的大学生，向他们介绍了四局的情况，同时说："现在我们的人都在搞三线会战，四局最需要你们这些大学生。"

陈迅是同济大学工程地质专业毕业生，毕业进入职场的首站便是四局。他服从组织安排,去了安装公司,后来又被派到083基地凯里工地。

"083是个什么意思?"陈迅嘴上不说,心里却一直在猜测。等到汽车拉他进了山,看见有人站岗,山上还拉着铁丝网,他立即明白了:这是一个军事基地。

陈迅报到后,同样先在油毛毡房安顿,然后去工地。这时,有的厂房已经盖起来了,正准备搞机械设备安装。那些制氧、制氢还有制造其他稀有气体设备的厚厚的说明书搞得安装师傅们一头雾水。因此,大学生陈迅立刻就成了香饽饽。

陈迅立即披挂上阵,一头扎进那些晦涩难懂的设备资料中,废寝忘食地钻研起来。结合厂房的设计,陈迅弄明白了,这里的工厂上马的是电子工业项目,是准备生产无线电元器件的,此外似乎还有更神秘的配件,许多年后他才知道,那是原子弹的配件。

电子元器件对设备安装的精密度要求极高,车间要干燥、恒温、超静。四局人虽然能打硬仗,但是他们从来没有遇到过这样的设备,对他们来说,这无疑是个巨大的挑战。

其实陈迅也是第一次接触这些设备,但大家的眼睛都盯着他,他

2022年陈迅应邀回四局安装公司座谈

不能辜负了他们的期望。他日夜加班，自己弄明白之后，再按照领导的要求，给安装师傅举办培训班。

在培训的过程中，陈迅从什么是氧、什么是氢这些最基础的知识讲起，告诉师傅们，如果有这些气体存在，是不能进行电焊作业的。他深入浅出、耐心细致地讲解，老师傅们听得特别认真，对他也很佩服。

设备安装工作开始了，陈迅给人上课时在理论上讲得头头是道，但一到实际操作，他就远远不如师傅们了。有时他明明懂得原理，可就是不敢下手，下手也做不出想要的效果。而师傅们却出手利索，手到擒来。这样，他又对师傅们佩服得五体投地。

精密仪器安装的同时，厂区也在绿化，处处都与山体一色，从远处根本看不出来这里有一座工厂。工厂外面还修了一条假公路，这一切都是为了"三线建设"的保密工作。

大山洞里的难关

都匀境内北部多山地，中南部有狭长的河谷盆地，属于喀斯特地貌，暗河洞穴颇多。墨冲镇的276工程要在山洞里建一个超大油库，这是一项前所未有的挑战。

黄孟森比陈迅早七年来到公司。三线建设开始后，他参加了158、258工程建设，随后奉命来到都匀墨冲。

工程所在的山洞是由喀斯特地貌形成的天然溶洞。洞穴的情况很复杂，四个山洞中，有三个是连在一起的，洞口可以并排开进去四辆卡车，但洞里窄的地方要侧身攀爬，洞穴里还有哗哗流过的地下河。溶洞内，一根根钟乳石如冰凌一样倒挂，称得上是一个神奇的世界。

山洞很大，油库也大，储油罐一个接着一个，最大的储油罐可以储油一万多吨。整个山洞可以储存四十多万立方米的航空用油，也就是说，如果一列火车每天送一趟油过来，要用一年的时间才能把这个山洞里的油罐装满。

四局的六公司、安装公司、工程机械厂和施工公司先后来到墨冲。他们以前从没有干过这样的工程，但是四局的人愿意接受挑战，不会就学。他们说,人总要面对很多第一次。

对于航空油储备来说,第一重要的是安全。如果设计施工不到位,后果不堪设想。贵州山区土质比较松,山上常有落石,泥石流频发,所以必须给储油罐建造一个安全的"天花板"。

加"天花板"前,必须先敲掉那些已经松动以及可能出现险情的石头。溶洞里没有昼夜之分,建设者们夜以继日地投入到险情排除之中。山洞里到处都亮着探照灯,几百人在山洞里散开,四处都能听到铁锤的敲击声,"乓乓乓乓""咚咚""轰——"寂静深邃的溶洞突然喧腾起来,光、声、电,还有人,彻底改变了这个与世隔绝的世界。

浇捣"天花板"时,先要绑好钢筋。在这里浇筑混凝土,不能像地面那样施工,需要往"天花板"上喷射。这不仅耗费体力,而且对混凝土也提出了更高的要求,必须让混凝土快速凝结。

技术人员李镇泉对洞库需要的特殊混凝土进行了设计,研究出水泥砂浆的最佳配比。工人师傅往上喷射混凝土的时候,混凝土总是"啪啪啪"地往下掉,师傅们都成了泥人。李镇泉立即跳下去和工人一起操作,一边喷一边摸索,从中找到了更好的施工方法。

安装公司负责安装储油罐和架设输油管道。总长27公里的输油管道从火车站一直通到山里,燃油再通过泵站输入山洞里的油罐。施工队伍沿线铺开,白天像长龙一样,一组一组在平地和山坡上铺设管道,人们喊着号子,汗珠在阳光下闪烁。夜晚施工时,焊花分外夺目,一处处灯光点缀在黑暗里,串成一条光龙,若隐若现。

安装储油罐又是一个巨大的挑战。黄孟森被任命为工程队副队长,负责技术工作。他和工人们铺地板、立围板、搭架子,进行着施工的准备工作。

储油罐的图纸来了,一截截罐体及配件也源源不断地运来了。这些钢铁的罐体要一截一截地焊接在一起,拼成一个大储油罐。储油罐大小不一,有5000立方米的,有8000立方米的,还有13000立方米的,每个罐都有二三十米高。

罐体不是由底下往上装,而是从顶往下装的。如何把沉重的罐体

20世纪70年代六公司职工排球队（前排右一为李镇泉）

升到二三十米高的位置？黄孟森晚上睡不着觉，不停地翻查资料，直到看到一种空气顶升法。可那些资料都介绍得非常简单。黄孟森和工人一起反复研究，发现这种方法利用的就是气缸工作原理。

从研究气缸工作原理开始，黄孟森和工人们在图纸上一点点画着、想着，终于，大罐空气顶升法在纸上演示成功了，其基本原理，就是在有盖子的罐顶部分和顶上的第一个圈板外，用第二个圈板围起来，形成一个密闭空间，用胶皮做辅助密封，底下用几台高压鼓风机一起发力，这样把罐体一点点顶升上去。

这个方法他们从来没有用过，大家都明白，如果出现差池，罐体在半路掉下来，那就非常危险了。

敢不敢干？能不能干？他们的思想斗争非常激烈。可是，不试一下怎么能知道行不行呢？许多事情，不都是靠敢想敢干才获得成功的吗？大家下定了最后的决心。

在正式顶升之前，大家把这一过程在稿纸上推演了无数遍，还组织技术骨干反复进行试验。此时，大家心里想的就是要报答党恩，为国家做贡献。

空气顶升法正式开始实施。几台高压鼓风机同时响了起来，震耳欲聋，气流强大。顶板开始缓慢地上移，顶着罐体缓缓地升高，1米、2米、3米……20米，大家的心都紧绷着，大气都不敢出。不一会儿，第一截罐体已经稳稳地升到了最高位。

成功了！胜利了！大家都在欢呼，冲过去和黄孟森握手。空气顶升法的成功，大大加快了工程进度，节约了大量的人力和物力。

油罐安装顺利进行，但经过检查，发现储油罐竟然出现了偏斜。这可是出了大事。

黄孟森急了，天天围着油罐转，寻找原因。如果拆除油罐，会给国家造成巨大的损失。工程队召开紧急会议，研究解决办法。

有人说，罐倾斜了一点，但只要没有漏的地方，一样可以用。黄孟森说："不行，这绝对不行！这是国防工程，不能有一丝一毫的偏差。"那怎么办？众人面面相觑，谁也想不出什么好办法。

有人提议把专家请来，可开了两天会，他们只找到了由于洞穴地质复杂而出现地基沉降不均的原因，却并没有提出解决办法。

专家走后，指挥部领导找到黄孟森说："还是你们去解决吧！"这个重担再次落到黄孟森和工人们身上。黄孟森把手一挥："我就不信这个邪，我们自己来搞！"

他们夜以继日地研究，终于想出了解决方案。那就是在罐下挖洞，放上三十个30吨的千斤顶，千斤顶一起发力，把大罐顶起来，然后重新浇筑地基。

标好位置之后，他们开始凿洞，放置千斤顶。黄孟森一声号令，三十个千斤顶同时升起，这个巨无霸竟然一点点升起来了。升到两米多高的时候，施工队进场重新打地基，铺沥青砂石。地基做好之后，三十个千斤顶又一起降落，储油罐慢慢回到原位。

当大家拼命鼓掌欢呼时，黄孟森说："先做灌水试验吧。如果不再出现偏斜和渗漏，那才叫成功呢。"通过水压试验，没有发现油罐体倾斜。在当时的情况下，这项施工技术填补了大油罐基础不均匀下沉、罐体倾斜的技术处理空白，可以说是一项开创性的技术。

第三节　赤水河畔

赤天化大会战

赤水河是一条神奇而美丽的河流，因水色赤红而得名。它发源于云南省镇雄县，主要支流有二道河、桐梓河、习水河、古尚河、大同河、同民河等，自古为川黔盐运要道，是川、黔、滇三省界河，于四川合江县汇入长江。

赤水河河谷幽深且狭窄，两岸山高坡陡，时有悬崖峭壁和暗河汇入，水流急湍多滩，其中吴公滩长10公里，落差200米。赤水河因红军长征四渡赤水而闻名，沿河盛产美酒，茅台酒、董酒、习酒、郎酒、钓鱼台国宾酒，均闻名于世。

20世纪70年代，红军一渡赤水之地引起世人瞩目。1974年，为改变全国尿素长期依赖进口的局面，周恩来亲自主持从国外引进十三套"凯洛格—大陆"大型化肥生产装置，其中一套生产装置落户贵州赤水。

贵州赤水天然气化肥厂（简称"赤天化"）是国家首次从美国、荷兰等国引进的大型化工项目。作为先进的天然气化肥生产线之一，赤天化是三线建设时期贵州最大的民生工程。国家将建设赤天化工程的重任交给了四局。

赤天化工程从1973年动工，到1979年结束，历时六年多。四局举全局之力，组织一公司、三公司、安装公司、施工公司等多家公司来到赤水河畔。同时，国家调集了施工技术队伍。贵州省建设厅领导督阵，贵州省政府组织了赤水民兵团，当地的村民也主动参与。在赤水河畔，新组建的设备队、管道队、电气队、探伤队等，展开了一场轰轰烈烈的大会战，工地人数最多时达到数千人。他们在国内首次自主完成了厂区建设，包括码头、船厂等配套设施施工。在没有外国专家现场指导的情况下，四局自主完成了国内首套大型化肥生产装置的联动与投料试车。

贵州赤水天然气化肥厂旧址

许多年后，每当提及那场会战，很多人都记忆犹新，甚至有些参与会战的人到了暮年之后还长途奔波，故地重游，去看看当年与战友并肩奋战的地方。

物是人非，如今我们的国家已经发生了翻天覆地的变化，但往事并不如烟。回想起那段激情燃烧的岁月，人们总会想到叶青，当时他是四局安装公司党委副书记，总是在工地蹲点。赤天化建成几年后，他就病逝了，时年只有53岁。人们怀念那个火红的年代，也对叶青这样的奉献者充满敬意。

1973年，在春暖花开的时节，四局的建设者们来到赤水河畔。春天的河水正在上涨，天台山下水流如泻，一路向北奔腾。河对岸是四川泸州，河岸丘陵起伏，树林茂密。赤天化的天然气来自对岸，是用管道引过来的。

工厂选址紧挨着赤水河右岸，这里土地肥沃，原本是夹在赤水河与天台山之间的狭长的稻田。浸泡在雨水中的田地，到处可以看到烂泥稀浆。天台山山势险峻，山坡上，片片竹海的翠色一直绵延到天际。

赤天化开工典礼在赤水河畔举行。稻田上搭起了主席台，挂起横幅和标语，插上了一面面红旗。推土机、挖土机、汽车都排在会场一侧。广播里播放着革命歌曲。出席开工典礼的有部里和省里的领导，王彩彰在开工典礼上发表了讲话。

王彩彰在讲话中说："为加快我国农业发展，国家决定引进全套外国设备，解决国家尿素紧缺的问题。因此，四局的任务光荣而艰巨。党和政府在看着我们，毛主席和周总理在看着我们，人民在看着我们。我们一定要大干快上，抓革命，促生产，促工作，促战备，尽快建成赤天化！"

党和国家的号召，感染着在场的每一个人。人们放起鞭炮，敲起锣鼓，场面非常热烈。前来围观的老百姓也兴高采烈，会场人头攒动，里三层外三层，人群黑压压的一片。

开工典礼后，工人们马上开始清理地基。工厂地基长2000米，宽500米，全都位于稻田上。这块稻田已经不知耕种了多少年，淤积的黑泥十分深厚，清除淤泥的工程量非常大。那些淤泥已经被雨水泡得稀烂，工人们只能靠人挑、车拉来清理，常常一辆车进去，要用两辆车才能拉出来。后来大家发明了一种滑板，把木板前后翘起，用它来拖运。

清理淤泥的工人，先是有几百人，后来达到了上千人。那些在烈日下穿着短裤挖沟铺设管道的民工，面庞被晒得黝黑。有人喊着号子，众人一起发力，搬运从码头上卸下的设备和材料。河滩上，卡车引擎轰鸣，列队运输砂石，一时间人欢车鸣。工地上彩旗飘扬，广播里播放着快板，到处呈现出大会战的沸腾景象。

在那段岁月里，他们住的是油毛毡房，睡的是大通铺，吃的是窝窝头、苞谷饭，喝的是河沟水。不论严寒酷暑，不分白天黑夜，他们开山放炮、修路打井、架设高压线，靠肩挑背扛来搬运货物，以豪迈斗志战天斗地。在荒山野岭，生活条件非常艰苦，但是，能为三线建设做贡献，四局的每一个人都倍感荣耀。

穿行在深山的车队

赤水县位于贵州西北角,与四川交界。这里交通极为不便,物资运输的途径,一是通过赤水河船运,二是通过汽车从贵阳长途运输。汽车跑一趟,如果顺利的话需要两天。贵州原本就物资紧缺,再加上运输困难,使得建筑工地常常等米下锅,所以上上下下都在喊:进度,进度!

厂房里的机器设备和管道非常多,施工工艺也非常复杂。但是,这些项目所在地都十分荒僻,能走的路本来就不多,实际情况比预想的还要糟糕:凹凸不平的地上随处可见大大小小的泥坑,最深的泥坑可到膝盖处。进入赤天化施工地点要走五公里的路程,这种路况,装满材料工具的汽车根本无法通行,要进入工地,必须先开出一条新路。指挥部火速召开会议,围绕如何解决无路的难题展开讨论,党员纷纷带头建言献策,大家一致决定:没有路,我们就铺出一条路!

路修好了,安装公司的材料怎么运又成了大难题。这时,叶青想起了徐辉义。

徐辉义正在贵阳办婚礼,他曾经参加011、061和083三大基地的建设,此时接到老领导急召的命令,他知道,一定是赤天化有事需要他。徐辉义与新婚妻子告别,一个人上了火车。

徐辉义坐火车从贵阳经重庆来到朱杨溪,然后坐客船到四川的合江,下船之后住一晚,再在合江码头上船,溯赤水河而上,三天两夜的时间,紧赶慢赶,才来到赤天化工地。

一到工地,徐辉义就直奔叶青的办公室。看到徐辉义赶来了,叶青很高兴,他说:"现在工地上建筑安装材料告急,我们成立了一个汽车队。你挑选十个司机,要品质好、技术过硬的。工地上重要建筑安装材料的运输,由你们来负责。"

徐辉义的专业是工程机械操作与维修,被分配到安装公司做钳工。对他来说,当汽车队长似乎比当钳工专业更对口一些,他觉得这不是什么困难的事,就满口应承了。

赤天化物资运输
（李亚平/手绘）

车队成立了，十几辆解放牌和黄河牌汽车排着队上路，运送煤和焦炭，拉水泥砂子，拖运各种设备，主要往返于贵阳、遵义、习水、六枝等地。

开车上路后，徐辉义才明白叶青指挥长为什么要点名让他来。贵州的山路真的太难走了，称得上处处危险，步步惊心。安全问题，成了他面临的头等大事。

冬天，山里冰天雪地。山路弯弯曲曲，陡坡不断。路面结冰之后，又湿又滑，稍有不慎，就会车毁人亡。徐辉义给每辆汽车都配上了防滑链，每次出发，他都开车走在最前面，为车队开路。

除了冰雪路面的危险，徐辉义最担心的是遇上大雾或者冻雨天气。在这种天气里，他们在大白天也必须把车灯全部打开，还要把头伸出驾驶室向外观望。随时随地下起来的牛毛细雨落地即冻，落在车窗玻璃上，立刻就会变成一层冰，严严地遮挡住视线。对车队来说，这种情况才是最要命的。为了应对这种情况，他们后来采用了撒盐的方法，每辆车上都备着盐，遇到这种情况，就往玻璃上撒盐，让冰迅速融化，有时候，他们还要往路面上撒盐。

一天，车队运粮，走在余庆县的山路上。这里的路况，他们不是不熟。前面出现一个急转弯时，徐辉义急踩刹车，车子一下子冲出路基，撞到了山体上。幸亏当时车速不快，才没有酿成大祸。后来，他们用吊车才把车子拖了出来。

货车跑一趟贵阳，要走两天的时间，第一天经叙永到毕节，第二天从毕节到贵阳。跑长途运输，风餐露宿是常事。徐辉义带领的车队在几个地方往来穿梭，渐渐地，和沿途的老百姓都混熟了。车队一来，老百姓们都出门迎接。车队的司机常常自己掏钱，给他们带一点酱油醋之类的日常用品。这些酱油醋是装在竹筒里的，上面钻一个孔，携带很方便。老百姓很感动，常常把鸡和鸡蛋还有山货送给车队。车队当然不肯要，实在推脱不过的时候，就照价给钱。

一户吴姓人家从来没有走出过大山，更不知道贵阳是什么样子。看到他们那么渴望走出大山去外面看看，车队就顺路带他们去了一趟贵阳。许多年后，他们还来到贵阳四处打听，带着鸡和蛋来看望徐辉义的车队。大家都很怀念那些特别温馨的岁月。

攻克吊装难关

厂区和生活区土建完成，设备安装工作随即开始。工程指挥部提出了一个口号，叫"尽快拿下两高一大，早日建成赤天化"。

所谓"两高"，指的是主框架、造粒塔；所谓"一大"，指的是大库房。"两高"是赤天化最核心、最重要的设备，其体型巨大、吨位重，令人望而生畏；而"一大"则因面积大、钢梁多而让人退避三舍。

"两高"中的氨合成塔是从美国进口的，一路漂洋过海，进入长江口之后运到重庆。在重庆换小船后，再沿长江往回走，在合江拐入赤水河，逆流而上，随后，这个庞然大物被运到了赤天化的码头。

吴厚清是机械施工站吊装队副队长，负责卸货和设备吊装。船一到，大家都来码头参观这个圆筒形的巨型钢铁塔。看到这个庞然大物，所有人都傻眼了：这个大家伙怎么运上岸来啊？吴厚清也不由得倒吸了一口凉气。

47米高180吨尿素合成塔设备吊装（李亚平/手绘）

赤天化设备运输吊装（李亚平/手绘）

怎么才能把这个钢铁怪物从船上弄到岸上来？码头是一个不宽的斜坡，一边是河，一边是石头砌的挡土墙，河面与工厂的地面落差有八九米，即便上了岸，又怎样把它运到工厂地面呢？

随行帮助安装设备的美国专家看了看吊车，两手一摊，连声说："NO，NO！"他叽里呱啦说着，不停地摇头。一连串的话翻译出来，就是说没有大型吊装设备，根本不可能卸货，赤天化团队要赶快去美国买吊装设备。

这些年一直醉心于研究吊装技术的吴厚清，心里一时也没了底。不过，他天性倔强，不肯轻易服输。他想到了四两拨千斤的道理，打算用千斤顶加吊车的方法试一试。由于事情重大，他想听听教授的意见。教授一听，劝他不要胡来，因为弄不好要翻船的，如果大家伙掉进河里，肯定再也捞不起来。

这是一场举全局之力的大会战，50余名科技人员陆续来到这里，对所有进口设备以及安装质量进行探伤，对大型吊装设备进行应力监测，尤其是对所有进口设备的说明书、标牌等资料进行翻译。通过逐级读取仪器仪表数据，他们算出了缆风绳的最大应力、地轴的最大位移及变形，确定了吊装方案。把每个环节都想清楚之后，他们觉得完全有把握把它拖上岸来。四局人立志要让教授和美国专家看一看如何把不可能变成可能。

水位和船的受力部位对于防止船的侧翻非常重要。在赤水河水位上涨之后，时机终于到了。这天，领导来了，美国专家和教授也来了，他们站在堤岸上，以怀疑的目光看着工人们如何把这个大家伙从船上卸到岸上来。

大家在合成塔下面安放了32个千斤顶，接着，又在合成塔下面铺上钢板，穿上工字钢，工字钢从船上一直延伸到岸上，上面还加了滚筒。几台吊车根据事先设计好的位置，在合成塔上绑上钢索，然后开始发力。

合成塔真的开始移动了，通过滚筒平移到了岸上。成功了！

人们难以相信自己的眼睛。这个看似难以解决的问题，就这样被师傅们解决了。美国专家竖起了大拇指。

当然，庆祝胜利还为时尚早，这个高47米、重180吨的大家伙怎样安装，还是一个真正的难题。

吴厚清牵头的攻关小组再次陷入苦恼之中。吴厚清关起门来冥思苦想，他不停地画着，灵感不断涌现。他先后想到了辅助塔、滑轮组、滚筒、滑车，出现一个问题解决一个问题，最终确定了安装方案。

他们先在合成塔安装位置的两边建起两座铁塔，在铁塔上装上滑轮，两塔间装上一个倒三角的吊臂，吊臂两角装上由钢索拉动的滑轮，滑轮沿铁塔上下滑动，一角勾在合成塔顶端。合成塔底部放置在钢板上，钢板下面是滚筒，滚筒下面是与之垂直的工字钢。几台吊车拉动钢索之后，合成塔顶端会慢慢抬起来，拖动塔底缓缓移动……

吊装的当天，现场有数百人围观。吴厚清一声令下，吊车同时发力，围观者屏息静气，注视着这个庞然大物。吴厚清的心也提到了嗓子眼。时间一秒一秒过去，滑轮组拖动滑轮一点点往上升，空气仿佛凝固了……

合成塔吊起来准备就位时，大家已经忍不住开始欢呼，只有吴厚清仍然不动声色，直到合成塔丝毫不差地安装就位，他才一屁股坐在地上，用双手捂着脸。这时，有人敲起了锣鼓，庆贺胜利。每一个人的脸上都露出了轻松畅快的笑容。

滑模造出的高塔

"两高"由两部分组成，一个部分是造粒塔，另一部分是主框架，两部分互相连接，融为一体。主框架高62米，这么高的水泥塔，以前还没有人建过，如何完成这一工程，的确是一个巨大的挑战。

叶如清是一公司土建工程技术主管，他从大山深处的三线建设基地来到赤天化工地。这时，地面回填土已经反复夯实，"三通一平"接近尾声。和大家一样，他也住进了油毛毡房。

油毛毡房给叶如清留下了抹不去的记忆。有天夜里，暴风雨把所有的房盖都掀掉了，大家连个躲雨的地方都没有。油毛毡遇火即燃，

滑模施工的造粒塔（李亚平/手绘）

偏偏赤天化有天然气，为了防止火烧连营，大家都很重视安全工作，每个房间的地上都挖了坑，存着水。

叶如清知道，建造造粒塔，采用传统的老办法肯定不行。他牵头成立了施工技术攻关组，组员有姜留文、陈福康、潘厚礼等。大家一起查找资料，寻找最新的科技信息。

攻关小组了解到一种新的施工工艺，那就是滑模技术。这种现浇混凝土的施工方法机械化程度高，施工速度快，结构整体性强，抗震性能好。滑模包含模板、动力滑升设备和配套施工工艺，主要以液压千斤顶为滑升动力，在成组千斤顶的同步作用下，带动模板向上滑动。具体的操作方法就是将混凝土浇筑在模板搭成的槽内，槽的宽度就是水泥墙的厚度，里面扎好钢筋，一次浇灌30厘米。在混凝土还没有完全凝固时，模板套槽开始提升，沿着刚凝固成一定强度的混凝土表面滑动，每次上升约30厘米，再继续浇灌。如此循环作业，直到达到设计高度。

了解到这种工艺之后，叶如清如获至宝，兴奋得要跳起来了。他马上向领导作了汇报，并提出自己的建议。他的建议得到了领导的大力支持。那时,知道滑模技术的人极少,具体做法谁也没有见过。叶如清找到了用滑模技术进行施工的工地,在现场观摩学习,而且马上引进了一套设备。一回来,他就立即设计施工方案,进行施工准备工作。

首先施工的是主框架,39天后,主框架已经升到了62米。接着,造粒塔也开工了。他们采用滑模技术不间断地施工,高塔好像从地里冒出来一样,一天天往上长。

在"两高"战斗如火如荼进行的同时,建造大库房的战役也全面打响了。大库房项目的关键是钢梁制作的焊接技术。

大库房用来存放化肥,长120米,高20多米,跨度55米。屋顶采用三铰拱门式钢梁,间隔距离6米。门式钢梁都在现场制作,每个底座重约3吨,一辆翻斗车每次只能拉一个。

钢檩的重量也不轻,钢檩上还有天窗架。如何把钢檩吊到25米高空,准确搭在钢梁上,然后上好螺栓固定,这也是王玉屏和工人们需要解决的难题。

方案讨论了一个又一个,最后,他们决定使用两台15吨履带式吊车,在两边同时吊装。先穿螺母,再吊钢檩,后吊天窗,环环紧扣,

1976年,安装公司员工在赤天化现场合影

完成组装。

王玉屏有张稚气的娃娃脸,看上去似乎让人不太放心,但是,他做事却非常稳健。经过反复实验之后,履带式吊车组装法获得了成功。大库房的屋架只用了40天的时间就安装到位了。经过焊接、酸洗、加盖等一系列工序,大库房巍然矗立在了赤水河畔。

赤水"双雄"

赤天化工地上涌现出了很多四局的先驱和楷模,其中令人印象深刻的"双雄",一个是"神仙焊手"张荣富,一个是"技能专家"杨德瑜。

张荣富是在1975年底来到赤天化的,这时候他已经出师,成了电焊师傅。来到赤天化,他本以为可以一显身手,想不到,他还要和伙伴们去成都学习。他心里嘀咕:"我好歹也搞了几年电焊呢。"到了成都,他才发现,他们要学习的,是一种叫作氩弧焊的焊接技术,这种技术,他以前根本没见过。什么也不用说了,好好学吧!

搞过电焊的人都知道,焊接铁板并没有多难,难的是敲掉焊渣,使焊接过的地方平整光滑。过去,他们都是用锤子一点点地敲打,现在是用钎子一点点地铲。这项简单重复的劳动非常烦琐,很多人不愿意干,甚至有人因此而离开。张荣富是最有耐心的,他总是坐在那里纹丝不动,一铲就是几个小时,直到焊缝光滑闪亮,他满意之后才会停手。

张荣富结束学习回来了,觉得自己终于可以大干一场了。外国专家看着年纪轻轻的张荣富,脸上露出了不信任的表情。这位专家对中方技术负责人陈迅说,这些管道焊接工艺复杂,需要顶级焊手才能完成。他建议从自己的国家请人来焊接。

陈迅说:"行不行,试一下才知道。"

张荣富出手了。管道外层连接处焊完之后,他又钻进管道里面去焊。他找了一面镜子,通过反光一点点焊。焊完之后又用镜子照,一点点仔细检查。一段管道焊接完成之后,外国专家通过着色、X光照片和超声波探伤进行了三项技术检查，发现焊接的一次性合格率高达99.8%。

外国专家服了，他握着张荣富的手说："你真了不起！"

合成塔主管廊14寸高压合成管管口的压力高，焊接难度大，而这个部位对于按时通气试车来说非常关键。烈日当空，张荣富站在发烫的管道上，一焊就是15个小时，保质保量完成了任务。59号线收尾试压之际，急需在合成塔上焊接一个合金管口。为防止中间停焊出现裂纹，张荣富站在10多米高的空中，一口气连续焊接8小时，顾不上喝水，也顾不上吃饭。

晚上，工地上到处都能看到飞溅的焊花，灯火把人的影子投在地上，拉得长长的。在张荣富眼里，没有白昼之分，他看到的，只有一条条焊好和没有焊好的焊缝。在焊接的时候，张荣富心里只有一个念头：不能让人家说四局的人不行，要为四局增光，为国家争一口气！

功夫不负有心人，张荣富出色地完成了赤天化的焊接任务。而且，他从苛刻的外国专家手中获得了氩弧焊接技术合格证，由此，张荣富也获得了"神仙焊手"的美誉。

赤天化张荣富一焊成名，后来，他还获得了"全国劳动模范"等四十多项荣誉。

杨德瑜是合成车间的安装骨干，参与过赤天化的很多工程。他是安装公司的子弟兵，当钳工已经十几年，来到赤天化之后，他也到成都参加了培训，回来后担任钳工班副班长。

主机安装是最考验技术的。主机很长，由汽轮机、发电机、压缩机等组成，主机在高温、高压下高速运转，转速可以达到每分钟一万多转。安装要保证同心度，对于精度的要求非常高，误差超过头发丝的二分之一，就会产生震动，机器也会自动停转。

在成都学习时，杨德瑜看到日本人用三块千分表来调精度。杨德瑜自己钻研，只用了一块表。他把自己的做法称作读数换像法，把日本人的做法称作填表法。安装主机的时候，两边固定的钢板会热胀冷缩。一天中每个时段的温度都不一样，为了找到合适的安装时间，

1976年,安装公司"全国劳动模范"荣誉获得者张荣富在赤天化施工现场

20世纪90年代,安装公司"全国劳动模范"荣誉获得者杨德瑜在贵州煤气气源厂施工现场

杨德瑜在四周安放了温度计。摸索了近两个月,他终于找到合适的时间,采用读数换像法,高标准地完成了安装工作。正是因为读数换像法,杨德瑜出了名。

但是,杨德瑜从未骄傲,用他自己的话说,他就是想"努力做个符合时代要求的好工人"。杨德瑜的确立志当一名符合时代要求的好工人,在工作中从不挑肥拣瘦,重活、脏活、难活总是抢在前面。

杨德瑜的突出表现,引起了叶青的注意,他在一次会议上提出:"安装公司的杨德瑜表现这么好,怎么还不入党?"组织部门的人说,他家成分不好。叶青拍起了桌子:"这样的表现都不能入党,我们党要发展怎样的人?"政工部门领导找杨德瑜谈话,杨德瑜说:"不管入不入党,我都会这么干的。"

1977年6月,局里召开党委扩大会议,杨德瑜入党的事情定了下来。入党之后的杨德瑜,更加严格要求自己,处处以身作则,后来,杨德瑜被评为"全国劳动模范"。

1977年10月1日,为庆祝中华人民共和国成立二十八周年,贵阳市举行了盛大的群众游行活动。在游行队伍中,由四局制作的赤天化"两高一大"模型格外醒目。参加赤天化建设的职工走在游行队伍里,个个兴高采烈,骄傲地向欢呼的人群招手致意。

迁来贵州之后,从早期的贵阳钢铁厂、贵州水泥厂、761矿,到后来的三线建设,四局完成了一大批重点工程。干部职工在劳动中表现出来的奉献精神、感恩思想、家国情怀,全都发自肺腑,朴实无华。他们热情向上,敢于拼搏,不计得失……这些都成为四局的宝贵财富,激励着后人奋勇前行。

第四节　山砂之梦

立下初心

贵州开展大规模建设,特别是三线建设全面铺开之后,遇到了一个特殊的困难,那就是缺少河砂。这里是石灰岩地区,河砂极少。砂是混凝土不可缺少的部分,从外省运砂,运输成本奇高,会直接推高建筑造价。

这个困难摆在四局面前。怎么办?有人想:有没有什么东西可以代替河砂?贵州多山,石灰岩随处可见,这些岩石可否利用?四局科研

原中南试验所课题组成员

所的夏章中和他的团队不仅仅在冥思苦想，而且把这些想法付诸实践。

夏章中是湖南邵阳人，1953年从江西庐山的中南建筑工程学校设计科毕业，被分配到中南建筑工程局第一建筑公司南昌工程处工作。后来，工程处迁往河南郑州，夏章中跟着北上。再后来，他又带着妻儿，从郑州千里迢迢迁来贵州。他的心里燃着一团火，决心用自己学到的本领来建设祖国的大西南。

来贵州的第一年，夏章中与几位同志外出调查河砂资源。在河边，他看到岸上排着队等待装砂的马车，那些挖砂的农民，用铁锹在浅水中一铲一铲往麻袋里装砂。河里的砂不多，有的农民在沿岸寻砂，他们在这个地方铲两袋，又转到别处铲两袋，河岸已经被挖得面目全非。看到此情此景，夏章中心里很不是滋味，那"嚓嚓嚓"的铲砂声，一直在他心里回荡。

搞基建需要的不是一铲砂、一袋砂，而是需要千万吨砂。他对同行的人说："砂子这么少，我们的基本建设就没办法搞了！"

随着大规模工程建设陆续上马，河砂更是供不应求，建设单位只好到相邻的广西、湖南、四川去买。这样做，不但路远难行，耽误工期，而且河砂运到贵州的费用，能达到砂子价格的八到十倍。

河砂，成了贵州建设的拦路虎。

夏章中把目光投向了大山。贵州有这么多山，山上有这么多石头，如果能把石头加工成砂子，用它代替传统的河砂来配制混凝土，那就是取之不尽、用之不竭的建设资源。

这个想法让夏章中激动不已。他一有空就跑到山上去，拿着锤子，对着岩石敲敲打打，仔细观察鉴别。敲打过众多石头之后，他的信心越来越足，于是大胆提出了自己的想法，要对山砂混凝土进行攻关。

他的想法很朴素，但是，山砂真的能够代替河砂吗？领导听了他的汇报之后，觉得有希望总比没希望好，不管行不行，还是让他试一试吧。不过，对山砂进行研究，他们并没有必要的条件，没有试验室，没有试验设备，技术上遇到的难题一大堆，譬如山砂石粉的化学成分是怎样的，不同岩石对混凝土性能的影响是怎样的，水泥高中低各种标号对山砂有什么不同的要求……

面对重重困难，夏章中和黄一鹤作为主持人，还是启动了山砂研究。他们面对的是几乎一片空白的研究领域，但大家没有退缩，因陋就简，自己动手搭起了简易试验棚。

他们确定了研究的四大部分，一是山砂研究，二是山砂混凝土研究，三是山砂混凝土应用研究，四是山砂混凝土技术标准研究。

对山砂研究，主要是对山砂资源进行调查，对山砂的生产方法进行探讨，对山砂颗粒级配进行分析分类，对山砂中的粉末（小于0.08毫米颗粒）进行研究，对不同产地与不同方法生产的山砂的压碎指标、冻融损失及坚固性进行检验，并与广西河砂进行对比，还有就是对山砂粉末对水泥及砂浆性能的影响进行对比试验与分析。

在试验山砂粉对混凝土的影响时，需要把粉末从砂子中筛出来，这种操作全靠人工用筛子筛，工作量大，非常累，而且现场粉尘飞扬，研究小组的人常常满面尘土，像刚从面粉里爬出来一样。

不少人对山砂怀有成见，认为山砂代替河砂配制混凝土是不可能的。山砂含泥量大，颗粒强度低，级配不良，匀质性差，只能用于配制100号以下的混凝土，不能用于重要构件，不能做预应力混凝土构件。对这些说法，夏章中不为所动，坚持自己的看法。

课题组对山砂加以筛选，按上、中、下进行分类，涉及的砂种有标准砂、广西文里河砂、青山坡山砂、镇钢六角山山砂、小寨吉山砂、解茶寨山砂、空山坝山砂、陈家坡山砂、苏家寨山砂、上坝山砂、望城坡山砂等十多种，获得原始数据一万多条，基本摸清了山砂混凝土的性能。

课题组用上等的山砂配制混凝土，经过对各种物理性能的反复试验，得出了准确数据。他们首次提出了砂中"粉末非泥"的观点。通过化学、物理和土工试验分析，实验小组证明了山砂中的粉末是与砂之母岩化学成分完全相同的石粉，而不是"泥"。石粉作为一种惰性填料，可以改善混凝土的某些性能。试验结果表明，山砂混凝土除收缩比河砂混凝土稍大外，其他性能与河砂混凝土相当或超过河砂混凝土。

誉满黔城

三线建设迫切需要河砂。国家的建设方针是"因地制宜、就地取材、多快好省"。在缺乏河砂的贵州,山砂混凝土的深化研究及广泛应用很快成为人们关注的焦点。1966年初,建工部派以吴中伟、沈旦申为首的专家组来到贵州,对山砂进行论证,他们提出,需要对山砂混凝土进行系统全面的深入研究,以制定山砂混凝土的技术标准。

1966年3月,建工部下达了新产品试制任务,贵州省科委也下文,指定四局科研所负责山砂混凝土的试验研究。

夏章中担任课题组组长,组员有尹志府、姜留文、覃荣华、熊宗铭、丁志贤等,研究内容为山砂的材质性能、山砂混凝土的物理力学性能等。

山砂混凝土徐变试验和山砂混凝土预应力试验,没有仪器设备怎么办?夏章中与大家一道琢磨,决定自己动手制作。他们购来了弹簧,经过一次次反复实践,一台"徐变仪"诞生了。

在进行山砂与山砂混凝土试验研究的基础上,课题组还穿插进行了山砂混凝土构件荷载试验。为了验证它在实际工程中的应用情况,课

《普通山砂混凝土技术规程》地方标准修订审查会

1978年山砂混凝土科研成果获全国科学大会奖

 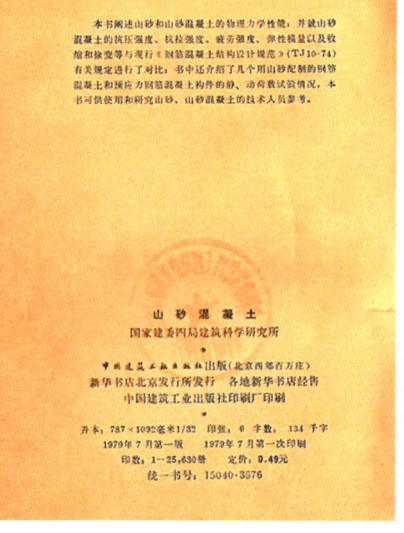

研究成果《山砂混凝土》出版

题组找生产单位配合，进行24米跨山砂混凝土后张自锚预应力屋架荷载试验，进行75吨迭合式预应力山砂混凝土吊车梁试验，进行6米跨30吨后张自锚山砂混凝土鱼腹式吊车梁静载与动载试验。进行这一系列试验时，都用河砂配制的混凝土构件作为对比，以取得具有说服力的证据。

研究工作原本计划一年完成，"文革"开始后，研究工作受到影响，因此，整个研究直到1976年才结束，耗时十年。课题组共制作试件五万四千多个，取得三十多万个数据。研究结论是：机制山砂混凝土除耐磨性较差外，其他性都接近或超过相应的河砂混凝土，能够满足《钢筋混凝土结构设计规范》（TJ10-74），山砂可以用于配制建筑工程所需的所有混凝土。

对山砂混凝土配套技术的研究，涉及混凝土方面的配制技术、检测技术、行业标准以及国家标准。以河砂配制的混凝土为主导，根据山砂及山砂混凝土的实际情况，制定配套技术的地方标准，将更有利于山砂及山砂混凝土的应用与发展。

为此，研究者对山砂混凝土的配比设计、不同山砂混凝土的强度以及不同的测定方法进行了系统研究，制定出了地方标准。

1978年3月，贵州省基本建设委员会以"黔基设字第89号文件"的形式，发布《山砂混凝土技术规定》。这一规定，对贵州山砂的生产和山砂混凝土的应用起到了极为重要的指导作用。

1979年7月，对以夏章中为带头人的研究成果进行总结的《山砂混凝土》一书由中国建筑工业出版社出版。这本书由集体编写，丁志贤执笔。全书对山砂混凝土十年的研究工作以及研究结论进行了详细介绍，在理论与实践上为国内工业与民用建筑行业使用山砂及山砂混凝土提供了科学依据，在业界得到了广泛肯定，填补了国内系统研究山砂混凝土的空白。

随后，云南来人到四局科研所对山砂应用进行调研。大连市构件公司为利用碎石生产过程中产生的废料石屑，与科研院合作，制定了企业标准，在大连率先使用山砂。

科研院的这一科研成果，在1978年作为贵州省地方标准在全省施行。同年，这一成果荣获省和国家颁发的"科技成果奖"。夏章中作为山砂混凝土的研究代表，赴京出席了全国科学大会，并获得全国科学大会奖。1979年，他被选为贵州省第五届人大代表，后又被授予省科研战线劳动标兵称号。

1982年，夏章中加入了中国共产党，实现了二十多年的夙愿。他说："跟着共产党走这一信念，几十年来，我一直坚定不移。"

前赴后继

山砂作为建筑材料代替河砂，结束了贵州从外地购买河砂的历史，彻底解决了贵州建筑业的老大难问题，由此改写了贵州省乃至全国许多地区的建材历史，有力地促进了建筑业的发展，为贵州做出了巨大的贡献。

随后，山砂混凝土研究向特种混凝土研究方向发展。1979年，四局科研所的宋仁用上海产外加剂NNO.MF配制高标号山砂混凝土，标号达到600号左右。20世纪80年代初，四局科研所和省内各施工单位在山砂混凝土和砂浆中开始应用外加剂，取得较好的经济效益。随后，他们用山砂配制的耐酸、耐碱、膨胀混凝土和树脂混凝土也成功用于各种特殊工程。1988年，贵州省科委正式立项开展高标号山砂混凝土、流态山砂混凝土和用贵州原状粉煤灰作混凝土和砂浆掺合料的研究。这项研究由四局科研所的尹志府、林力勋和钟声来共同完成，获1990年贵州省科技成果奖。

1994年，中建四局科研所更名为贵州中建建筑科研设计院，开始从事高性能山砂混凝土研究。1996年，C60山砂混凝土首次用于高层建筑，建成一座高18层、总面积1.4万平方米的职工培训中心。1998年，掺入超细粉的HPC山砂混凝土开始进行研究，2003年成功用于贵阳西南环线小关特大桥梁工程。

进入21世纪之后，河砂资源变得更加紧张，河砂的过量开采已经带来严重的环境问题，很多地方的河砂资源已经枯竭，人们越来越重视山砂的应用，山砂作为混凝土原料的一个砂种，已经正式写入国家

建设中的贵阳花果园双子塔

和行业标准，山砂开始在全国范围内得到应用。

2001年，人工砂生产应用研讨会在河北冀县召开，北京、上海、天津、河南、贵州等11省市50余个单位的70多名代表参加。四局科研院代表在会上发言，全面介绍了山砂混凝土的研究与应用。2001年7月，山砂（机制砂）被列入国家标准，2006年，建工行业标准也将贵州山砂列入其中。

2011年，在贵阳花果园双子塔的建设过程中，山砂混凝土再显神威。双子塔的东塔需要一万方混凝土浇筑量，西塔需要七千方混凝土浇筑量。在建筑基础上使用如此大体积的山砂混凝土进行一次性浇筑，在全国尚属首次。这样超大体积的混凝土，应该如何将里表温差控制在规范之内，又如何预防混凝土开裂，这都是双子塔施工面临的极大挑战。

四局科研院团队再次出马，他们反复实验，对混凝土的强度、收缩、施工性能进行多次测试，取得了大量科学数据。在经过周密准备后，6月30日和7月12日，先后对东西塔进行了大体积混凝土底板浇筑。

当时，浇筑现场气氛非常紧张。科研院团队在现场进行指导，工程师们反复检查泵送设备后，一声令下，一时间，所有泵机发动，山砂混凝土源源不断泵入。西塔用时33小时，东塔用时31小时，一次性完成浇筑，比预计时间缩短了30个小时。

随后，科研院又与技术中心合作，采用最新的无线智能监控技术对混凝土的温度与变形进行监测，掌握大体积混凝土内部温度的变化情况，采取相应的养护措施控制温差，防止混凝土有害裂缝的发生。

通过半个月的监测，山砂混凝土的里表温差全部在国家标准之内，混凝土未发现任何裂缝。人们终于松了一口气，山砂混凝土大体积浇筑一次性获得成功，成为同类工程中的典范。

无数事实证明，经过夏章中和丁志贤、尹志府、姜留文、覃荣华、熊宗铭、林力勋、钟安鑫、徐立斌等几代人的共同努力，山砂混凝土的理论研究与技术运用已经完全成熟。历经五十余年的研究与应用，山砂混凝土技术已经产生了巨大的社会效益与经济效益，四局科研院也为国家做出了不可磨灭的贡献。如果老所长夏章中在天有灵，他也可以开心一笑了。

第五节　两淮会战

1977年，三线建设进入尾声。

这一年，高考制度恢复，国家结束"文革"后开始拨乱反正。

也是在这一年，江苏、浙江、上海等地煤炭告急。主持国务院经济工作的李先念副总理多次给安徽省淮南市委打电话，询问煤炭生产情况。国务院副总理谷牧亲自到淮南视察，提出要打一场开发两淮煤炭的"淮海战役"。

国家煤炭工业部和中共安徽省委、省革委会立即向国务院呈报关于加快两淮煤炭基地建设的报告。国务院批准了报告，并决定成立两淮煤炭基地建设会战总指挥部。刚刚恢复中共中央副主席、中央军委副主席等职务的邓小平，对两淮矿区会战做出了重要指示。

淮南，一场关系到国计民生的能源大战拉开了序幕。

远征淮南

淮南位于安徽中北部，地处淮河中游，素有"中州咽喉，江南屏障""中国能源之都"等称谓。早在明清时期，这里就有了煤炭开采的历史。新中国成立初期，淮南煤矿是全国五大煤矿之一，煤炭储量占全国总储量的19%。

在很长一段时间，新中国的能源发展主要依赖煤炭。在"大跃进"和"文革"那段时间，国家煤炭工业受到很大影响，煤炭生产与煤矿建设基本处于停滞状态，产量增长缓慢。当时，国家能源生产的基础十分薄弱，生产设施、装备及科技水平也比较低，因此，能源成了制约国民经济发展的重要因素。

"文革"结束时，淮南煤矿老矿区的九龙岗矿、大通矿的煤炭产量已经从以前的年产1100万吨，降到了450万吨，几乎无煤可采。淮北煤矿老矿区的十一对矿井中，有五六对矿井的资源量和产量大幅度下滑。煤矿的现状，直接危及国计民生。

开发两淮煤炭的"淮海战役"打响之后，中央要求从建设部抽调精兵强将，支援淮南煤炭能源建设。四局积极响应，大家摩拳擦掌，挥师淮南，准备大干一场。

1978年2月，第一批赴淮人员从贵州都匀出发，先头部队的主体是四局六公司的管理人员和工程技术人员。

1978年4月18日，大队人马拔营起寨，分期分批乘坐火车，向淮南进发。

宋子友登上北上的列车，妻子杨昌美带着孩子到车站送他。他对妻子说："你快回去吧，用不了多久，我们就会在淮南见面了。"

这是一趟开往蚌埠的列车，车厢内十分拥挤，到处是行李，车上的乘客都是年轻人。原来，他们赶上了知青大返城。这趟列车上，别说座位，连站的地方都不好找。火车走得很慢，大家咬紧牙关坚持，熬了三天两夜之后，终于到了淮南。

下了火车，他们再上卡车，颠簸了半天，终于看见了淮河。

四局六公司挺进淮南参加开发两淮煤炭的"淮海战役"

从山区到平原,地平线远远地延伸到了天边。大河上驶过的轮船,在开阔又平静的江面掀起波浪。两岸的油菜花像织锦一般展开。他们眼前呈现的,是与都匀完全不同的风景。

工地离淮南市区不太远,但要坐船经过淮河。站在船头,望着春天的江水,大家的心情都非常愉快。

晚上开会,全体人员都明白了,他们此次入淮的任务,就是承建淮南潘集一号、二号、三号以及谢桥煤矿等四对特大型现代化矿井的地面工程,先期施工任务重点为年产三百万吨的潘一煤矿的地面房建、构筑物工程。

工地周围人烟稀少,工人们只能住在市郊,还有一小部分人住在茅草屋内,一间小屋挤着十几个人。夏天暑气逼人,工人们热得汗流浃背。雨天里房屋经常漏雨,如果不小心在屋里摔跤,还会变成"泥猴子"。

工人们吃饭喝水也是很大的问题,喝的水要从五六公里远的地方运过来,洗澡洗衣服要去稻田里舀水。在河边把芦席一围,就是工地的澡堂了。

住在市郊的人每天早晚都要在淮河渡口摆渡，坐船过河。工地上聚集了上千人，每天工作12个小时，有时需要两班倒，连续作业，每个人都要起早摸黑。混凝土队队长李德元不怕苦不怕累，哪里有困难就往哪里冲。技师彭德其工作起来不要命，责任心特别强，在模板里扎完了钢筋之后，就自觉监工，生怕出一点差错。

为了保证工程顺利完成，指挥部很快在淮河上架起了铁桥，天堑变成通途，大家再也不用等渡船了。

机修厂建成之后，建设者撤走，腾出的房子马上住进了新人。

在淮南度过第一个冬天时，六公司的职工还不知道严寒是什么滋味。那一年，淮南的最低气温降到了零下17度，淮河的河面结上了厚厚的冰层。工人们抓钢筋时，手套和钢筋都被冻得粘在一起，如果用力不当，手就会受伤。下大雪时，寒风呼啸，人站在脚手架上，根本抓不住钢管。很多人手上都生了冻疮。但工人们都在咬牙坚持，没有人叫苦，更没有人喊累。

潘一煤矿副井井塔地基属流沙层土质，开挖地基，必须降低地下水位。工人们采用轻型井点降水技术降低了水位，很快就挖好了地基。在寒冷的天气里，砂子都结冰了。为了能在低温条件下施工而不影响工程质量，工地安装了一台锅炉，进行围护保温。

装筒仓滑模时，下起了漫天大雪。50米的滑升平台揪紧了每一个人的心。滑升的成败既关系到工程质量，也关系到能否如期投产。时任技术组组长的宋子友，每天在脚手架和平台上忙碌，对于每一块预埋件和每一个预留孔洞，甚至每一个钢筋的接头，他都亲自带队检查。

全体职工共同努力，克服了严冬高空施工的种种困难，用短短二十多天的时间，保质保量完成了滑升任务。

进入混凝土浇捣阶段之后，公司领导明确各个岗位的职责，组织三班连续作业。水电安装、机械站和公司机关有关科室的人员全都来到现场，连续作业三天三夜，顺利完成了副井井塔基础2000多立方混凝土的浇筑任务。

庆贺胜利时，大家才意识到，这天是农历腊月二十一，离春节只有八天时间了，一年这么快就过去了。他们的家还在都匀，再晚几天，他们就赶不上年夜饭了。

淮河不会忘记

"科技是第一生产力"，这句话在两淮战役中得到了验证。井塔混凝土基础要求连续浇捣，不能留有缝隙，而当时没有混凝土搅拌站，也没有混凝土输送泵，为了确保基础大体积混凝土连续浇捣，技术人员搞起了技术革新。他们建起了由两台搅拌机组成的搅拌站，用皮带运输机运送砂石料，并且自动称重，解决了混凝土运输这一难题。

在两淮战役中，四局人采用了滑模技术、洗煤厂主厂房网架安装技术、跨度51米输煤皮带廊钢桁架安装技术、36米跨钢筋混凝土后涨法预应力杆架制作、检测吊装技术、烟囱爬模技术等六项新技术。其中滑模技术的运用尤其值得称道。

潘一矿的主井井塔高65米，是当时国内最高、在同类工程中结构最为复杂的井塔之一。在井塔施工中，四局的技术人员大胆采用了滑模施工技术。原煤仓、块精煤仓也是如此。

原煤仓、块精煤仓的筒仓分别由六个直径21米、高51至61米的筒身组成；筒身内转换层设计2.5米×9米深梁，四个棱台安装列车装车口，每个装车口埋一根8D=600螺杆，孔距要求误差不大于3毫米。为保证筒仓的施工作业质量，他们采用了当时最先进的滑模技术，施工速度快，质量好。这项技术的应用，使得六公司成为全国滑模协会会员。

网架结构首次在洗煤厂主厂房应用。网架分段组装，滑移就位。滑动轨道采用四根钢筋，每边两根，布置在支承梁的铁板上，并与铁板点焊。在支座钢板下，加短钢筋做滚筒，使滑动摩擦变为滚动摩擦。施工人员用两台手动链条葫芦做牵引动力，分段滑移，有效解决了无大型起吊设备的难题，减少了脚手架的投入，降低了施工成本，经济效益十分明显。

淮南潘一矿

淮南潘二矿

在潘一矿工地当技术员的梁永家,有写日记的习惯。在两淮工地,他把每天的见闻、感受都记了下来。1982年夏天,他以《流火的七月》为题,记录了当年在田集镇参加滑模施工的点点滴滴——

筒仓采用油压滑升工艺,这对公司来说是首次。从滑模架开始组装的那天起,现场汇集了公司乃至工程局的许多技术人员。从技术人员到参与施工的班组,不止一次参与滑升前的技术交底学习。

这是一种较为超前的工艺,通过油压千斤顶的加载与卸载来提升模板，完成对筒仓的施工。滑模施工工艺具有优质高效的特点，不足之处是，滑升过程中大量的预留、预埋、插筋位置要求高度精准。也许是与数学的缘分，筒仓的基础刚刚完工，工程处的领导便让我做了木工工长。

连续滑升的日子，在没有任何遮挡的操作平台上，清晨还有些凉意。太阳从淮河的水面冉冉升起之后，橘红色渐渐褪去，白晃晃的刺眼的光芒伴随着火一般的灼热洒向大地，洒向施工平台，像蛇信子一般舔着工人们的脸，脸上火烧火燎地疼。有时，大风或雷雨袭来，衣服都黏糊糊包裹在身上。

蝉狂噪地叫着，似乎这个炎热夏天只属于它。白班的工人在蝉的欢鸣声中完成一天的作业之后，踏上回宿舍的路。

白日的燥热，被晚间的缕缕清风拂去。后台的搅拌机轰鸣依旧。井架上的卷扬机不停地运转着，筒仓的滑升在白班时已经超过了四十米。

夜餐时短暂休息，搅拌机不再运转，此时能够听到原野中处处回响的夏日的蛙鸣。四个高大的筒仓高耸在无垠的原野上。在悠然的夜色之中，我们感到的，只有安宁和满足。

当指挥台上的工人按下红色按钮，将滑升的模板再一次提起时，一个声音打破了死一般的寂静："胜利了！胜利了！"一群蓬头垢面的人发出一阵阵嘶哑而又高亢的声音，他们边喊边相互拥抱着，喊声回荡在淮河两岸……

1992年2月3日，梁永家在谢桥煤矿的日记中写道：

今天是农历大年三十，薄雾笼罩着淮北大地，太阳迟迟不肯露脸。钢铁井架在寒风中巍然屹立，显得更加威武挺拔。天轮飞转，机器轰鸣，没有假日的工人在四百多米深的井下挥汗忙碌着。

今天过年，忙完手里的事后，我准备搭乘九点四十分的慢车回家。这时，工地接到矿务局戴局长的电话指令，要求我们不惜一切代价,拆除副井井塔锁口的维护件。原来,锁口施工时,为了保证井下作业人员的安全而逐层加装的钢板、木板等,减小了出风口面积,现在突然降温,零下十几度,负压造成井下出风量不足,井下气温升高,直接危及井下作业人员的生命安全。

接到命令后,我把还没有离开工地的人组织起来,集中机械设备,安排党团员骨干在井口进行拆除作业,其余人员负责转运拆除下来的材料。

井口处在冷热空气的交汇处,脚下是数百米深的呼呼冒着热气的井口,头上是呼啸的北风,不时还飘洒下来几片雪花。汗水浸透了棉衣,霎时又结成了冰。一双双焦虑的眼睛紧紧盯着井口,大家的心在每分每秒中煎熬。

下午两点左右,我们终于看到最后一根工字钢被吊离井口,大喇叭里传来了矿务局局长、建井处处长对抢险人员的感谢与问候。

凛冽的寒风中,抢险的人群离开了井口,朝着三里外的谢桥车站走去,为的是搭乘回淮南的最后一趟慢车。此刻发自内心的一句祝福就是:希望大家平安到家,过年愉快!

功夫不负有心人,1983年10月1日,潘集一号井试生产一次性成功。

四局所承建的45项地面工程,质量全部优良。1986年,这些工程被中建总公司评为优质工程群,并获得煤炭部1986年优质工程奖。四局人以优异的成绩赢得了淮南市场,在这座有名的煤炭城市,首次亮出了四局的"名片"。

紧接着,潘集三号井、谢桥矿井——竣工,并顺利投入生产。

淮南煤矿每对矿井的年产量均在300万吨以上,这里生产的煤炭,为改革开放和经济腾飞提供了重要的能源保障和支持。

为了保证两淮会战的顺利进行,各级领导靠前指挥,科学组织,合理安排,加工厂、机械站、安装处全力配合。加工厂青年创新能手涂正武带领攻关小组发明了混凝土自动化搅拌站,大大提高了劳动生产力,这项发明也获得了贵州省首届科学大会科技进步奖。

第二章

走出大山

1978年是中国具有划时代意义的转折之年。

12月18至22日，中共十一届三中全会在京召开，全会作出了实行改革开放的历史性决策。从此，中国历史开始了伟大的转折，改革开放的序幕就此拉开。改革犹如春风，一夜之间吹遍大江南北。

在"实践是检验真理的唯一标准"全国大讨论后，1979年7月15日，中共中央、国务院批转了广东省委、福建省委关于对外经济活动实行特殊政策和灵活措施的报告，决定在深圳、珠海、汕头和厦门试点经济特区。接着，开放大连、秦皇岛、天津、烟台、青岛、连云港、南通、上海、宁波、温州、福州、广州、湛江、北海14个港口城市，逐步兴办经济技术开发区。随后，增辟海南经济特区，开发与开放上海浦东新区。

一个新的时代来临了。这是一个释放激情、追逐梦想的时代。对于企业来说，这是一场革命，只有从僵化的体制中破茧而出，企业才能改革重生。

在随后不到十年的时间里，国家对建筑企业的改革经历了放权让利、利改税和承包经营三个阶段。

诞生于云贵高原的中建四局，随着时代风起云涌的大潮放眼看世界，他们受到新观念、新思想的启发，顺势而为，迎来了走出去的时机。

形势喜人，形势逼人。这支有着红色基因的队伍，从高山之巅眺望苍茫大海，面对陌生的世界，他们开始尝试"出山"。

第一节 潮起鹭岛

一夜春风

改革开放春潮涌动，中华大地生机勃发。人们挣脱思想的禁锢，放开手脚，新的气象层出不穷。改革开放之后，经济建设的重心已经从当年的三线建设转向了沿海地区，沿海城市成为全国的经济热点。

随着三线建设工程结束，各路人马纷纷撤离贵州。上级决定，中建四局留下来建设贵州。

贵州茅台酒厂（选自贵州人民出版社《中国建筑第四工程局志》）

四局扎根贵州，始终承担着服务贵州、建设贵州的重大使命。他们承建了大量的工程建设任务，仅在贵阳就承建了国防、建材、轻工、化工、冶金、机械、电力、交通、物资、邮电、文教、卫生等十多个系统的1300多个大中型项目。随着这些工程的建成，四局的社会美誉度、品牌知名度与日俱增。四局的广大干部职工早已融入了当地的生活，深深地爱上了这里的山山水水。他们愿意继续留在这片热土，挥洒青春和热血。

在计划经济时代，特别是三线建设时期，四局所有的施工任务，都是由建工部统一下达的。对于项目的事，他们不用操心，只要按照上级布置的任务干就是了，干多干少都是拿固定工资。那时候，大家都是只管干，不管算，领导只管抓生产，职工只管施工，大家不愁没有事干。

改革开放之后，没有上级指派的工程，企业要生存要发展，全靠自己。此时的四局，职工数量已经扩展到了两万多人，机关、公司、科研所、工厂、学校、医院，一应俱全，俨然一个小社会。这么多人，别说一年，就是一个月的工资，也是一笔不小的开支。以前，他们的工资由国家统一划拨。调整了企业的责权利关系之后，企业有了更多的自主权，同时，企业也必须学会自己养活自己了。

1982年6月，国家机关进行调整改革，撤销原国家建筑工程总局，组建中国建筑工程总公司。中建公司成为原国务院机关中第一批自负盈亏的独立法人。从"等米下锅"到"找米下锅"，中国建筑工程总公司主动迎接市场化的浪潮，建工部四局也随之更名为中国建筑第四工程局。

1983年，中建四局代局长赵建华在局领导班子会上提出"走出大山，向外开拓"的新思路。

在"摸着石头过河"的时代背景下，四局开始进行新的探索，他们在省外相继成立了局驻外机构，并作出了鼓励公司出征、占领全国市场的决策。

在计划经济向市场经济转型时期，中建四局领导班子进行了调整，1980年，王彩彰退居二线，担任顾问。这位平易近人的老领导，退居二线后仍然时刻关注着四局，不遗余力地为四局解决了许多具体困难。令人痛心的是，1986年10月26日，王彩彰在北京因病去世，享年70岁。听闻噩耗，四局人悲痛不已，百余位领导、职工、工人代表自发前往北京送行，以鲜花、挽幛寄托哀思。

贵州水泥厂（选自贵州人民出版社《中国建筑第四工程局志》）

代理书记王恩普也是一位老革命，他来自第二野战军，在大别山参加过战斗。当年他与王彩彰一道从河南迁来贵州，参加三线建设，如今又从四川渡口市（今攀枝花市）调来四局。他带领大家直面市场挑战，把眼光投向了山外。

湖里速度

一个长期封闭于大山的企业，要走出高原，与沿海地区的企业竞争，客观地说，是很不容易的，因为这两种企业无论是观念还是行动能力，差距都很大。经济特区涌现出了很多新观点、新思想，在全国引起了极大反响。改革的春风吹向西南内陆山区的时候，四局人觉得不能再等了。形势逼人，四局怎么走出去？往哪里走？全国都在关注特区，四局也同样关注着沿海地区，他们的目光聚集到了厦门、深圳、珠海和宁波。

特区建设首先要打好基础设施的基础，建筑工程肯定少不了，于是，四局决定率先开拓厦门市场。

厦门与贵州之间距离非常遥远，四局的很多人对于厦门都是只闻其名，至于它究竟是怎样的一座城市，知道的人很少。要去这样一个地方找工程，大家心里都没有底。四局的领导很慎重，决定由副局长茅盘金带队，又挑选了叶如清等七八个人，先到厦门进行考察。

当时贵阳到厦门还没有通航，连直达的火车和汽车也没有，需要绕道广州。1984年春节过后，他们先乘飞机到了广州。广州到厦门有长途汽车，为了赶时间，茅盘金决定连夜上路。他们在汽车站简单吃了点东西，就坐上了从广州开往厦门的大巴。

长途大巴的车况并不好，那时没有卧铺，他们在车上就这么整夜坐着，一千多里路，从傍晚一直熬到第二天下午。听到司机一声喊："厦门到了！"大家强打精神往外看。这座传说中的特区城市，似乎并不是他们想象中的样子，外面还能看到成片的荒地和破旧的街道。

在中建总公司的引荐下，茅盘金一行了解到了一些具体情况。厦门属于经济特区的地方只有湖里，那里正在准备搞大规模的开发

施工管理人员在厦门湖里10号标准厂房滑模施工现场

建设。

当时的湖里是一个名不见经传的小渔村,面积只有2.5平方公里。去湖里的公路正在建设,还没通汽车,他们一行人只能步行,走了一个多小时才到目的地。

在特区管委会办公室,他们得知,湖里计划建设十栋标准厂房。

茅盘金很兴奋,当即介绍了四局的历史,特别提到了他们引以为豪的赤天化工程。

管委会答应先让四局建一栋厂房,当年年底前必须交付使用。随后大家来到现场,经过一番考察和详细沟通,就这样签署了协议。

承揽到了工程之后,他们在小渔村租下民房,住了下来。

茅盘金强调说:"这是我们走出大山向外开拓的第一步。如果这一炮打响了,将为全局开一个好头,我们都是功臣。如果打臭了,不用说,我们都是罪人。"

随后,四局在厦门又承接了种子大楼工程。于是,局党委决定,在厦门成立中建四局厦门经理部,茅盘金兼任总经理和项目指挥长。

标准厂房项目的开工面临很多困难。他们来的时候赤手空拳,连一把瓦刀都没有带,更不要说钢材、木料了。工期这么紧,厦门与贵阳千里迢迢,人可以运过来,运材料的麻烦可就大了。叶如清接到任务之后,开始着急起来。

作为技术负责人,叶如清考虑了几天,终于想出了一个办法。当初在赤天化工地,四局使用了滑模技术,那套滑升模板设备在工程结束后运回了贵阳。它的体量并不大,完全可以用汽车运过来。如果能够采用这项技术,既能节约材料,还省时省力,可以加快工程进度。

他把这个想法跟茅盘金做了汇报。茅盘金正在发愁,听他汇报之后,不由得两眼放光:"好,这个办法好!我马上跟家里联系,让他们把设备运过来,把人也尽快调过来。"

王恩普书记接到茅盘金的电话,立即安排汽车,拉上滑升模板就向厦门进发。紧接着,四局派出先遣人员,分批赶赴厦门。

中建四局第一次派出施工队伍到远离贵州的沿海特区去,这个行动本身在四局内部引起了强烈的震动。去的地方那么远,很多职工不愿意与亲人分开,但是,也有积极主动想出去的人,他们想到外面的世界闯荡一番。

不愿离开贵州的职工,有的上有老下有小,有些人怕适应不了外地的生活环境,有些人怕开销太大。为了企业的生存和发展,为了全

厦门湖里 10 号标准厂房

局职工和家属的切身利益，必须有一批人离开自己的家乡和亲人，离开贵阳大本营，到外面去拼搏、去工作，做出奉献和牺牲，这是事业的需要，也是全局的需要。领导一对一地深入动员，有针对性地开展说服教育。很快，一支"远征队"就组建起来了。

大部队相继开赴厦门，一切比预想的要顺利。6月，施工队伍到了，通往湖里的路也修通了，砂子水泥运来了，混凝土搅拌机等施工设备也齐了。为了快速进场，大家按照叶如清的指挥，一起往模板里浇筑混凝土，这样，工程就算开工了。

一圈浇筑完毕，他们启动千斤顶把模板慢慢顶上来。经过检查之后，他们发现效果非常好，浇筑一次性获得成功。

10号标准厂房工程的地基几乎全是花岗岩，锋利的钻头打几下就得磨一次。为了提升工程速度，技术人员在现场进行实验，根据实际情况，对滑模设备进行了改造，创造性地革新了滑模平台结构，在国内首次将型钢焊接的固定式支撑析架，改为普通钢管脚手与扣件连接的拆装式支撑析架。仅这一项技术，就节省了四分之三的平台用钢量，而且做到了一材多用，既可滑柱子，也能同时施工主、次梁。加上木工班和水电安装的密切配合，整个厂房的主体框架仅仅用了四十多天就浇灌滑升完毕，挽回了因台风等因素而耽误的工期。

湖里特区管委会工作人员和围观的村民，从来没有见过这样建房子的，他们无不啧啧称奇。

11月，一栋标准厂房巍然矗立起来，比原定日期提前了一个多月。经过有关部门验收，工程质量完全合格。湖里特区的第一栋厂房交付使用。

茅盘金非常高兴，他召开会议，隆重表扬了叶如清，称赞他推广新技术的做法。

记者闻讯赶来，现场采访了茅盘金和叶如清等人。第二天，《厦门日报》在头版头条发表了湖里特区第一个工程竣工的消息。报道提到了中建四局采用的滑模技术，称赞这是"湖里速度"。一时间，四局引起了厦门各界的关注。

第一炮打响以后,接下来的路就好走了。有的企业主动找上门来,有的大工程邀请中建四局去投标。当时厦门有四大引进工程,包括彩色感光材料厂、中华瓷厂、华美烟厂、叉车厂。这四大工程中,中建四局拿下了三个,一时震动社会各界,传为美谈。

感光时刻

20世纪80年代,拍一张彩色照片是一件很奢侈的事情,不仅照相机价格昂贵,彩色胶卷也很贵。那时的彩色胶卷市场被柯达、富士两个进口品牌垄断,国产品牌乐凯、福达虽然相对便宜,但色彩效果差距明显,所用的材料也依赖进口,市场份额远远落后于前者。当时的感光材料属于战略物资,国家决定引进一条国际先进水平的生产线,改变彩色感光材料长期依赖进口的局面,缩短我国彩色感光材料生产技术与世界先进水平的差距。

厦门彩色感光材料厂,代号"草原2号"工程,是国家"七五"期间重点项目之一,全套引进美国伊斯曼·柯达公司的先进技术、专利工艺和设备。

厦门彩色感光材料厂奠基

开始时，美国伊斯曼·柯达公司根据他们的经验，提出建成这样规模的生产线最少需要五年的时间，即四年完成建筑安装，一年进行验收试车。我国为了争取时间，早见效益，提出用三年时间完成建筑安装，一年进行验收试车。美国设备先进，经验丰富，需要五年时间，我们设备落后，而且是首次引进，却只用四年时间，工程的难度之大可想而知。

厦门彩色感光材料厂工程花落四局。合同约定在1985年1月1日开工，1987年7月24日完工。

1985年11月10日，《厦门日报》在头版头条以《感光的速度，柯达的质量》为题，报道中建四局的建设推进情况。

15日，福建省委领导给四局职工写了亲笔信，他在信中说："中建四局承建这一工程，我感到非常高兴。省委希望你们以工人阶级的革命精神，勇担重任！"

中建四局非常重视，在厦门专门成立了项目指挥部。茅盘金调回局本部，新提拔的副局长陈迅任项目部经理兼总指挥长，叶如清任四局副总工程师和项目总工程师，并兼任项目副总指挥长。

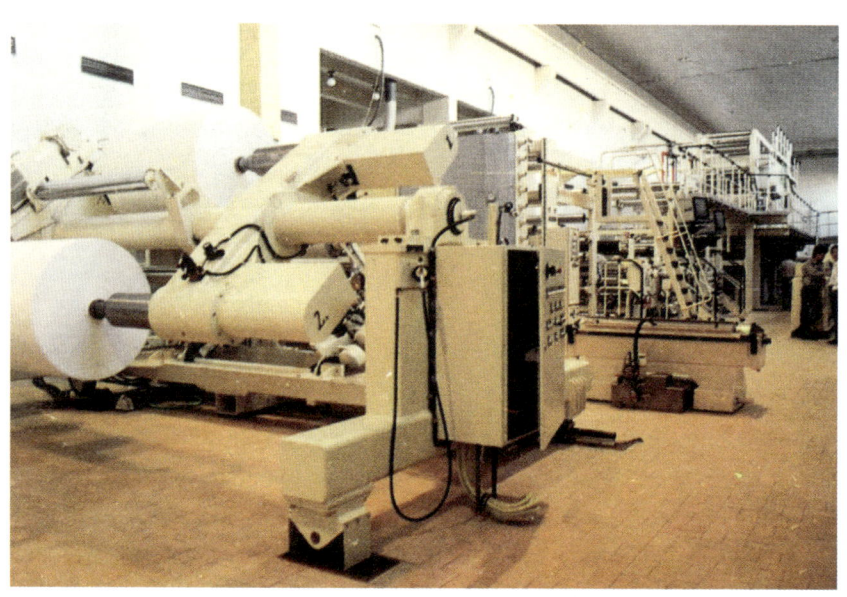

厦门彩色感光材料厂涂塑纸车间

陈迅和叶如清带领大家迅速投入到紧张的工作之中。他们谁也没想到，这个工程一开始就遇到了很多问题。

彩色感光材料工业属高新技术产业，对工程建设和工程质量有许多特殊要求，而且厦门彩色感光材料厂本身又存在一些特殊情况，这些都给工程施工带来了从未碰到过的新课题。

"草原2号"属于精细化工程，工艺设备精密，安装精度要求高，环境净化和温湿度标准高，对工程使用的各种原材料也有严格的"光敏度"要求。美国柯达公司第一次出口全套设备到中国，许多与设备配套的原材料，譬如保温材料等，在厦门买不到，需要到北京、上海等地购买。还有，湖里特区在海边，建筑材料的运输也有困难。特别是开工后，甲方负责的场地清理工作迟迟没有完成，这些都严重拖慢了工程进度。

项目指挥部召开全体职工大会，在会上提出了口号："以土建促安装，以安装保投产。全力确保'724'目标！"

四局马上从贵阳抽调骨干增援，对调来厦门的人，每人发放20元"远征费"。有的人本来就想出去看看，拿到远征费就更高兴了。一批又一批人从贵州汇聚到厦门。一公司负责土建，安装公司负责安装，工地上实行立体施工，各项建设齐头并进。工地一时热火朝天，高峰期施工人数达几千人。

工程开工遇到第一道难关，就是语言关。工程的全套设备都是从美国进口的，当时局里给每个处都配了一个美国工程师和一个翻译。因为语言不通，一个翻译根本忙不过来，而技术员是分专业的，有时候碰上看不懂的图纸，着急沟通的时候，技术员和工人就围在美国工程师身边，打手势、画图，想尽一切办法沟通，彼此终于有了默契，沟通也变得越来越顺畅。

工程对施工和材料有许多特殊要求，所有的建筑材料、涂料、油漆等，都必须进行光敏度检测，数十种材料分批进行，鉴定合格后才组织定点生产、定点采购。

感光材料的生产需要超净化条件，工艺设备的安装必须在厂房清洁的条件下进行,仪表测量管线及仪表本体的无尘度必须达到食品级。施工中,除班组内配备清洁工外,还专门成立了清洁队,为环境净化上了"双保险"。

高精细化工程,对安装工程精密度要求极高。涂布机是感光材料生产线的心脏设备,其主机及其附件全长122米(主机长95米),大小154块不锈钢底板和677根滚筒分布在三个不同标高的楼面上。设计要求所有底板和滚筒的安装水平度以及三层中心线的垂直度误差,均不得超过0.05毫米,涂布机主机及传递辊筒等的开箱和安装均要求在无尘、防震、防潮、恒温的条件下进行。

要达到这样的精度,施工难度非常大。项目团队制定了严密的方案和保证质量的措施,采取了设偏置线和反复吊线的方法,使主机安装质量完全达到柯达设计要求。

项目钳工班为了完成涂布机底板安装,主动查资料,翻英文,想办法。根据美国测量仪器的特点,他们采用中心线引伸法、楼层穿孔

厦门彩色感光材料厂全貌

垂线法，使三层底板中心线保持在同一垂直面上。同时，他们用编组分段测量的方法，精细把控同一层平面底板的水平度。美方的涂布机专家雷德利先生在1986年8月22日发给柯达总部的电传中坦言，"所有底板安装都完成得很好，体现了很高的技能和精确性"。

厦门感光材料厂这样的工程，当时在全国是第一家，没有工程实例可以借鉴。项目开工之前，项目指挥部先组织技术人员认真学习，熟悉规范，做到心中有数。在工程最艰难的日子里，全局上下全力支持，奋战在现场的职工没有一个人产生过动摇或怀疑的情绪。"感光的速度、柯达的质量""实现里程碑"，这些目标深深烙在建设者的头脑里，并变为实际行动。

项目指挥部派人前往美国柯达公司学习，现场考察生产线工艺；同时，虚心向建设单位和柯达专家们请教。

指挥部办公室贴出了一张张目标管理计划表，各施工班组从上面可以看到自己的任务，工程技术人员可看到自己的职责范围，每个职

工也都知道自己的任务，明白肩上的担子。

中美双方将1986年7月至9月这三个月定为中美配合施工的"三个里程碑"。在三个月的攻坚战中，有人放弃休假，有人推迟婚期，工地上的每个人心里都有一个信念，那就是：不做好感光材料厂，绝不回去。

全国劳模杨德瑜带领全班攻克冷冻站、乳剂制备、试验涂布机几个"山头"，还出击支援管道、通风专业施工；老师傅郑雪元说："条件再苦也要干！如果做得不好，就是给公司丢脸！"材料员何天刚说："我们是一个团队，这是一个充满集体荣誉感的地方，一定要干下去！"

指挥部统一指挥，灵活调度，不仅合理解决了全厂多家施工单位水电、场地、道路的统筹安排，而且使全局上下拧成一股绳，发挥了四局的整体功能。各单位党政工团组织齐心协力，推动重点工作落实落地，土建保安装，安装保调试，互相支持，互相帮助，后方职工也为支援前方做出了极大的努力。

安装涂布机底板时，需要一套英制丝攻。我们国家在新中国成立后已经把英制改为公制，所以这种丝攻很难找。后方安装三处的同志在凯里一家旧货商店发现了一套英制丝攻，就买下了它，并立即派人送到工地。在紧张施工的过程中，需要一种20#的工字钢，材料部门跑遍厦门也没找到。六公司的同志知道后，立即从淮南买齐，主动派出专车，选了两名技术最好的司机，日夜行车两千多公里，把钢材送到了厦门。

这种团结一心的协作精神，使四局形成了一个无坚不摧的整体。施工期间，党和国家领导人李鹏等曾经先后到工地视察。

1987年7月24日，这是中建四局全体职工永难忘记的日子。这一天，他们在厦门承接的大型项目——厦门彩色感光材料厂按期交工投产。

1988年9月至11月，柯达专家系统地投料试车，均获得成功。整个工程经美方项目技术顾问组全面检测，完全符合设计要求，而且达到安装工程优良率100%、土建工程优良率97.89%的高标准，创造了

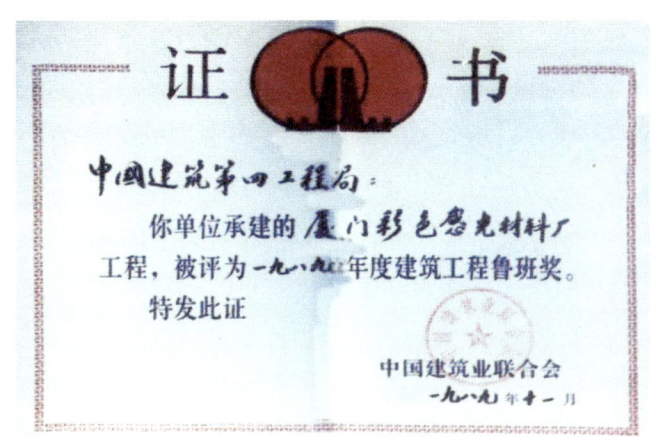

厦门彩色感光材料厂工程获"鲁班奖"

令人吃惊的奇迹。美方项目经理达菲在正式移交签约仪式上评价道:"这条彩色感光材料生产线建设得非常成功,试车产品感光性能和物理性能完全达到柯达规范,尤其是涂布的均匀度超过合作标准。"

美国柯达公司副总裁戴黎羽在发言中赞叹:"在美国,同样的工程搞了四年半才完成,你们只用了三年时间就搞得这么好,这真是一个奇迹!"

厦门彩色感光材料厂项目被福建省人民政府授予重点项目建设优胜奖。厦门市委市政府专门召开庆功大会,会上,中建四局进行了主旨发言,全面总结了感光厂项目在立项、开发、建设等方面取得的社会经济效益。

1989年12月23日,北京传来喜讯,厦门彩色感光材料厂项目荣获全国建筑工程"鲁班奖"。几天后,全国建筑行业第三届鲁班奖颁奖,大会在风景如画的广西桂林隆重举行。副局长陈迅接过沉甸甸的鲁班金像时,往事犹如电影一样在他眼前一幕幕闪过。全场掌声四起,他激动得手在颤抖,那副黑框架的镜片里折射出了点点泪光。

这是中建四局有史以来拿到的第一个"鲁班奖",也是厦门市第一个"鲁班奖"。它是中建四局至高无上的荣誉,标志着中建四局"走出大山、奔向大海"战略取得的巨大成功。这一时刻成为中建四局历史上的"感光时刻",深深地镌刻在四局人的记忆之中。

异军突起

中建四局在厦门打开了局面，一时群英汇集。1990年初，局党委作出重点开拓厦门市场的经营决策。

1990年，新任局长茅盘金带人到厦门，亲自谈判，四局成为台商投资的正新橡胶厂的总包单位。正新橡胶厂是当时厦门特区知名的台商独资项目，位于厦门市杏林区（今厦门市海沧区）郊外，占地面积11万平方米，共有车间、综合办公楼、水池及过滤水塔、氨气发生设备间等29个单位项目，工厂年产2800万套橡胶内胎和外胎。

四局专门成立了施工指挥部，一公司、三公司、五公司分别负责生活区、办公区及主厂房建设，安装公司承担全厂17个车间所有设施设备的安装。一期工程于1990年8月开工，其中一些项目，甲方要求一年内完工。

那一年，马义俊刚满25岁。他是福建三明市人，那里是红军长征的出发地。1986年大学毕业时，他在表格上勾了一个"去企业"。于是，马义俊被分配到中建四局三公司。报到后，他被派去龙岩水泥厂工地。

龙岩那时是贫困山区。水泥厂建筑工地上，工人们住的是油毛毡房，一日三餐吃得也很简单。马义俊是工地上来的第一个大学生。那时的大学生可是天之骄子，其他工地的一些大学生因为吃不了苦，一个个相继走了。但马义俊却坚持了下来。

一天，马义俊的父母到工地上来看他，他们看到自己的儿子穿着沾满泥水的工作服，和普通工人一样在干活，不由得伤心落泪。他们说："你在家里干活，也比这里强啊！"

马义俊安慰父母说："没事的，这里虽然暂时艰苦一些，但我觉得很充实啊！工人们对我好，领导对我好，我在这里锻炼一下怕什么呢？"

马义俊所言不虚。雷治樵那时担任四局三公司总经理，对于新分来公司的大学生，只要有机会，他都会亲自见面交谈，并在笔记本

厦门正新橡胶厂

上做好记录。他听说马义俊一直坚守在龙岩工地上，和工人们打成一片，心里非常高兴。这天，他来到龙岩水泥厂，向工地负责人了解马义俊的情况，随后让人把他找了过来。

马义俊来了，一身泥，一头汗，见了总经理，显得有点拘谨。

雷治樵了解到他在工地干了三年，已经当了工长，就问："假如让你当施工队长，你敢不敢干？"

马义俊点点头，说："我没什么经验。"

雷治樵说："没经验不要紧，谁天生就有经验呢？谁都不是天生会干的，都是在干中学、学中干的。"

"是金子总会发光"，这是雷治樵一直强调的一句话。那几年，四局坚持改革，初步改善了内部经营机制，增强了活力，尤其是在引进大学毕业生、加快培养使用优秀年轻干部这方面，彻底打破了传统。大学生作为重点培养对象，企业上下都格外重视，优秀年轻干部也不断涌现。这个时期，雷治樵只要到厦门来，就会跑到工地上去看望大学生，和他们一起聊天，一起吃饭，鼓励他们树立雄心壮志，干事创业。

年纪轻轻的马义俊，在施工队副队长的位置上干了一年，由于表现突出，又被破格提拔为施工队队长。一个施工队有几百号人马，事无巨细，都归队长管。1990年春节前，三公司召开年终工作会议，雷治樵特意邀请马义俊到遵义总部来开会。马义俊生平第一次乘坐飞机，来到了他向往已久的红色圣地遵义市。

这是一种特殊的体验，是对以马义俊为代表的青年才俊的一种激励。

1990年7月，马义俊被提拔为正新橡胶厂主厂区工程指挥长。

正新橡胶厂是台资重大项目，时任中共中央总书记江泽民、全国政协主席贾庆林曾经先后到工地视察。这一工程施工面积大，社会影响大，因此四局十分重视，希望将其打造成质量的标杆。工程一开始，他们就建立了严格的质量监督体系，按照优良标准施工，确保操作规程和质量安全落到实处。同时，四局充分发挥技术优势，在车间的钢屋架制作中，采用自制多功能除锈机除锈，采用钢屋架制作一次成型的自创工艺。这些自创工艺在正新橡胶厂工程中得到了全面推广，多次受到甲方和总包指挥部的赞扬。

马义俊担任正新橡胶厂主厂区工程指挥长后，实行计件工资制。这是破天荒的一项举措，有人产生了质疑：这不是资本主义管理的那一套吗？

马义俊说："现在国家大力倡导改革开放，农村早已实行了联产承包责任制，我们为什么还要挤在一起吃大锅饭呢？按劳分配，多劳多得，这是社会主义的分配原则。"

于是，他主持制定详细方案。不久，计件工资制在正新橡胶厂工地全面推广。

这一崭新的管理模式所带来的巨大效应，大大超出马义俊的预料，工人的生产积极性犹如火山喷发一般，每个人都热情积极，再也没人磨洋工了。

艰辛的劳动取得了可喜的成绩。很快，第一批大约6万平方米的14个项目交工，台商和地方有关部门给予了较高评价。大家的干劲更足了。

后来，该系列工程被厦门市评为优良工程建筑群。

1991年12月30日，四局厦门正新橡胶厂指挥部党委召开表彰大会，对48个先进集体、116个先进个人给予记功奖励，马义俊等人受到表彰。

值得一提的是，从厦门正新橡胶厂开始，中建四局与正新集团的合作持续了30余年，相继承建了正新海燕、正新实业等重要工程，也培养出一批精通厂房生产流程和大型设备安装的技术骨干。

在厦门，四局除了各生产单位设立的分公司外，还有一个十分重要的机构——厦门经理部。早在1983年，四局就在厦门设立了经理部，主要负责协调地方关系，承揽工程，协助四局各公司在厦门开展业务。它是四局走出贵州向省外拓展最早的驻外机构之一。1992年10月，厦门经理部更名为厦门公司，徐辉义任公司总经理。

因工作业绩突出，马义俊被推荐到厦门公司担任副总经理。

马义俊习惯了在工地上甩开膀子干，从进场到竣工，工程实实在在，看得见摸得着，让他感觉很有成就感。现在，离开生产型单位，来到作为管理机构的厦门公司，他感到有些不适应，特别是厦门公司没有自主生产经营，主要靠收取管理费养活自己，这让他感觉十分被动。

在厦门公司工作期间，有时遇到业主来公司寻求合作，马义俊只能推荐给局属各个驻厦的分公司。他发现，这些公司有时嫌工程小不肯接，看到业主失望地离开时，他触动很大，心里也萌生了新的想法：厦门公司有资源，他和这个团队里的很多人都懂技术和管理，何不拉起一干人马，自己来干呢？他们完全可以把厦门公司变为一个经济实体，变成一个有营销能力、管理能力、盈利能力的实体公司。他的这一设想，与徐辉义的想法不谋而合，两人逐级向分管厦门区域的副

党的十七大代表、时任中建总公司阿尔及利亚经理部总经理郑学选（前排左四）专程到四局驻厦门企业调研

局长史醒儒、局长雷治樵汇报。雷治樵听了，非常赞同，连声说好。

有了领导的支持，马义俊信心陡增。很快，厦门公司启动了实体公司办理程序。可是，3600万元注册资金，在当年可是一个天文数字。史醒儒等领导亲自协调，最终通过银行贷款解决了难题。

就这样，厦门公司开始走向自营之路，成为第一个实施自营业务的区域性公司。

唐庄是厦门公司接的第一个大项目，马义俊自己去谈，合约价1268万元。有了项目，他们开始广招人才，公司新增了十来个管理人员，施工队伍达到两三百人，最终圆满地完成了工程项目。

随后，厦门公司又拿下了林德叉车厂、佳通轮胎厂等项目。公司不但实现了自给自足，每年还向局里提供资金支持。

1997年，雷治樵局长在厦门主持召开了全局"区域性公司自营观摩现场会"。徐辉义、马义俊在会上介绍了经验。雷治樵对区域性公司这种新的定位和发展模式给予充分肯定，号召全局积极行动起来，解放思想，大胆创新。

雷治樵在讲话中说："我们整天喊改革开放，什么叫改革开放呢？对企业来说，所谓改革，就是要改掉制约生产力发展的枷锁；所谓开放，就是要打破旧的思维模式，敢于带头吃螃蟹。"

厦门公司自营的模式，不要局里一分钱，自力更生，不但能养活自己，还能上缴利润，这样的新模式值得大力推广。从此，四局区域性公司的职能定位从管理全面转向自营。

这次现场会之后，中建四局在上海、深圳、广州、宁波等地的区域性公司相继开始实施自营业务，走出大山、拓宽发展之路走得更加坚实，逐步形成了四局发展的重要支撑。

厦门世贸中心是厦门公司承接的又一个代表性工程。该项目1999年开工，两年后收回成本，三年后获得了丰厚的利润。

随着业务的发展，厦门公司很快成为四局人才的聚集地和资金的支撑点。短短几年时间，公司管理人员发展到一百多人，当时四局为数不多的清华大学、同济大学、东南大学等高校的毕业生全部集聚在厦门公司，他们当中的大多数人后来都走上了局属二级单位的主要领导岗位。在之后的发展中，厦门公司一直运营良好，甚至引起中建总公司的关注。2007年，时任中建总公司阿尔及利亚经理部总经理、中共十七大代表郑学选专程来到四局厦门地区所属企业，传达党的十七大会议精神并指导工作。

2000年，马义俊被任命为厦门公司总经理。他上任后，通过外出对标调研厦门的市场情况，从厦门公司实际出发，适时调整经营策略，提出了"立足厦门、面向全国、转产路桥、多元经营"的指导思想，开拓江浙、广东市场，既承接工业与民用建筑，也兼接路桥、装饰等其他工程。

2003年，马义俊被提拔为中建四局副局长。这一年，马义俊在厦门已经工作了整整十八年。这十八年，他在厦门安了家，结识了很多朋友，拥有了一起拼搏的战友……对厦门，他有很深厚的感情，要离开这座城市，心里感到十分不舍。

马义俊离开之前，厦门公司的员工中已有四五十名大学生，在四局所有的区域性公司中，厦门公司的大学生数量最多，稳定性最好，流失率最小。个人的成长让马义俊深刻感受到人才的重要性,厦门公司的发展让他更加坚信,只有不断优化队伍的知识结构,发现人才,培养人才,聚集人才,才能永远保持旺盛的活力和创造力,使企业立于不败之地。

第二节 逐梦上海

1987年,中建四局在贵州以外的营收接近一半,走出去的人马却只有三分之一。大家清晰地认识到,固守一地,远远不能满足企业自身发展的需求,更不能发挥综合生产能力的优势。

在厦门旗开得胜,先后拿下感光材料厂、中华瓷厂、华美烟厂等工程之外,四局还拿下了淮南潘集一、二、三号井、谢桥矿井、江西彩电中心、浙江广播电视中心、宁波戚家山宾馆等有影响力的工程。

四局每年的工作会议都会特意安排在厦门、南昌、上海、宁波、杭州、海南等地,目的就是要拓宽大家的视野,放眼全国,坚定决心走出去。各单位也开始自觉总结开拓厦门的经验,积极实施"战略东移",重点经营布局华东地区,全方位、多省市发展的经营态势愈加稳固。

双喜临门

在全国一盘棋的大格局中,上海是一个企业做大做强不可不攻的大市场。四局要开辟新的战场,上海是一个理想目标。

1986年,时任四局一公司经理的史醒儒想去上海闯一闯。在上海,从南京路往外滩走,充满异国情调的建筑让人目不暇接。不过,对于四局来说,上海的市场实在太陌生了。史醒儒到处打听,到工地了解上海施工的情况,打探项目信息,接触各种各样的人,一连数天,进展却并不大。

难道就这么回去了?史醒儒心有不甘。他准备去浦东看一看,据说那里要搞开发,有个工程项目指挥部。

史醒儒第二天就去了浦东,直接找到了指挥长。指挥长说话操着

上海喜临门大酒店

湖北口音，外地人见外地人总会有几分亲切感，史醒儒心中暗喜，觉得事情有门。

这次交谈非常愉快。指挥长是个爽快人，他说："我们这里有几栋二十多层高的住宅楼，地点是规划中的张杨路小区，有几个单位在竞争，能不能成，就看你们的本事了。"

史醒儒心里明白，自己初来乍到，肯定没有本地施工队的各种优势，还需额外增加交通、住宿等成本，他们只能调整价格，只要能保本就干。回到旅馆之后，他打电话向茅盘金局长汇报，又向公司王天才书记说明情况。领导表态：这个工程事关长远，无论怎样都要拿下来。

经过反复核算，史醒儒拿出了一个相对合适的报价。指挥部看了他们的报价，又详细了解了中建四局的实力，最后拍板决定：张杨路小区的15栋高层居民楼交给四局来做。

在签订合同的时候，史醒儒握笔的手在微微颤抖，他不敢相信自己真的挤进了上海市场。他手里拿的不仅仅是一支笔，还是一把打开大都市的钥匙，是他们进入大上海的第一根楔子。

签完合同，史醒儒兴冲冲地回到贵阳，开始调兵遣将。按照规定的时间，一公司几百名职工陆陆续续向上海出发。

作为公司在上海的第一个项目，工程建设必须以品质突围，这样才能在上海立足。施工过程中，公司率先采用滑模施工，每层结构按滑一层浇一层的工序连续进行，即滑一层柱梁，浇一层楼板，简称"滑一浇一"。如此一来，墙体和楼板节点整体性好，建设的速度也提高很多，浇一层墙体和楼板，比常规方法缩短工期三分之二，可以说搞得又好又快。

张杨路小区住宅工程克服了重重困难，施工十分顺利。工程指挥部对一公司的施工速度和质量非常满意，主动为他们提供了一条信息："虹口区有一座喜临门大酒店正在招标，你们可以去试一试。"

史醒儒没想到，这件事竟然也成了。那天，他正在浦东工地上忙碌，喜临门酒店的甲方突然通知他们过去签合同，地点是希尔顿酒店。史醒儒连工作服都没有来得及换下，就带人匆匆赶过去了。

到了希尔顿，他才知道这是五星级酒店。保安看到他们穿着邋遢，起先不肯放行，直到史醒儒联系甲方，他们才进入酒店。

喜临门大酒店是外商投资建设的酒店，总建筑面积近6万平方米，地上32层，地下1层，设有容纳500人的多功能宴会厅及三层楼高的大堂，还有其他功能用房和配套设施。在当时，这样的工程已经不算小了。在签约现场，甲方代表一律西装革履，乙方代表却穿着工装，虽然形成强烈反差，但外资代表却很欣赏，他说："我看到了施工方的敬业精神。"

喜临门大酒店是四局在上海的重点工程，不仅技术含量高，效益含金量也很高。施工遇到了很多困难，但是，困难再大也难不倒满怀雄心壮志的项目团队。

自工程施工以来，大家全身心扑在工作上，干在工地，吃在工地，住也在工地。项目负责人集党建、生产于一身，全方位落实各项工作，不仅每天在工地上积极协调与甲方的关系，积极协调与兄弟施工单位的关系，同时还要积极协调公司内部的各种关系，及时解决施工难题。广大职工在火热的工地上团结战斗，顽强拼搏。为了加快工程进度，他们洒下了辛勤的汗水，做出了无私的贡献，工程取得了令人满意的效果。

酒店主体在1994年元旦前完成，提前了20多天。项目工期、质量受到甲方和上海市质检站的好评。甲方称赞他们有"顽强的精神"，有"一流的速度"。

四局各家单位也不甘人后，陆续在上海承接了四达综合楼、东华大厦、罗马花园公寓等工程，尤其承建了大中华橡胶厂。在60米烟囱的建设中，他们再次采用滑模施工工艺，并获得成功。

1993年，中建四局提出"东进南下，经营多元化"的方针，先后在上海、深圳、珠海、宁波、武汉、重庆等地设立联络处、分局、分公司，同时，派出机构开始向区域性公司过渡。

1995年，中建四局又提出了"实施一个战略，佐以两个依托，发挥三个效应，加强四项措施，五点并驾齐驱"的经营方针。那时，上海、厦门、深圳、珠海、宁波已经成为全局生产经营的主要支撑点。

上海质量

1993年，中建四局全面推行项目法施工，率先承接上海玉佛城工程，采用大模板工艺施工方案，以惊人的"普陀区速度"，打了一场漂亮的"玉佛城大会战"，得到了相关领导的一致好评，为后续源源不断获得工程打下了基础。

1994年4月1日，上海又一项标志性工程开工，那就是四局一直引以自豪的海兴广场。海兴广场位于上海市日晖东路，由上海海兴房地产开发公司投资建设，上海民用建筑设计院、香港王董建筑设计公司共同设计，建筑面积8万多平方米，由一栋28层办公楼和一栋31层公寓楼组成。建筑结构新颖，造型雄伟，施工精良，颇具时代气息。

上海海兴广场

上海海悦花园

海兴广场是上海利用外资对旧城进行改造的第一个项目，在当时是比较大的项目，项目由区长亲自负责。开工那天，卢湾区区长出席开工仪式并讲话，对中建四局寄予了厚望。

雷治樵局长对这项工程非常重视，他在全局范围内精选三十个精兵强将，开赴上海进行管理指挥。施工主力部队，来自四局六公司上海分公司。雷治樵提出，要把这个工程打造成名牌工程，通过这个工程，彻底打响中建四局在上海的品牌。

在海兴广场施工过程中，项目团队大胆提出创"三个一流"的目标，即"一流的质量""一流的现场""一流的效益"，同时还明确提出，这一工程势夺上海市工程质量最高奖——白玉兰优质工程奖，力夺中国建筑行业工程质量最高荣誉——鲁班奖。这一目标的提出，在当时的四局范围内不亚于一声春雷。

施工中，四局大量推广并设计使用了电动提升架、双层自升式外爬架、自动化搅拌站、泵送混凝土等18项新工艺、新技术，其中6项成果获四局科技进步奖。电动提升架使得每层升架时间缩短到了一小时；双层自升式外爬架贴面和刮糙同步进行，每月的面砖粘贴可达八层，提高工效一倍。

项目组创优意识强，创优决心大，创优目标明确，创优措施实，在项目上层层签订创优责任状，开展群众性的创优活动，还与分包单位签订了《创"白玉兰"目标奖罚协议书》。

在安全质量方面，项目组实行"一票否决"制，推行质量保证体系；在物资材料方面，做到"三检"完备，上道工序不完成，下道工序不施工；在工程进度方面，制订了严密的网格倒推计划。

经过两年多时间的奋战，两栋高楼拔地而起，精彩亮相。老区旧貌换了新颜，海兴广场像一面巨大的弧形墙出现在十字路口，崭新的造型夺人眼球，为大上海增添了一处亮丽的风景。

海兴广场所有分部工程均被评为优良，优良率达到100%。工程还未竣工，就被授予1995年度上海市住宅点评金奖和中建总公司优质工程金奖。

1996年，海兴广场工程竣工时还实现了"梅开二度"。上海海兴广场公寓楼、办公楼双双荣获上海市工程质量最高奖——"白玉兰"优质工程奖，实现了四局进沪十多年"白玉兰"奖零的突破。

1996年12月7日，海兴广场公寓楼不负期待，为四局在上海地区率先夺得"鲁班奖"。1997年，海兴广场公寓楼再获中建总公司优质工程"金质奖"，办公楼获中建总公司优质工程"银质奖"。

这个项目，市民满意，卢湾区委区政府满意，中建总公司满意，中建四局更加满意，真正实现了社会效益和经济效益双丰收。

海兴广场还没有完全交工的时候，海丽花园、海悦花园两个大项

上海海丽花园

目已经主动找上门来。海丽花园、海信花园总投资近5亿元，这样的地产大盘项目，当然叫人喜上眉梢。

项目团队乘胜追击，两年之后，海丽花园小区再次夺得"鲁班奖"。后来，海悦花园又一次摘取桂冠。

在开拓上海市场的过程中，四局人不断锤炼精诚品格，锻造善建体魄。他们以一次次搏击浪潮的坚定步伐，走出了一条"质量效益型"的发展之路。

第三节　走向世界

一样的出海，不一样的路径。计划经济时代，中建总公司到外国去施工，主要是承担国家对外援建任务。改革开放后，公司的对外业务转向承包工程和劳务输出，已在港澳地区和也门、伊拉克、科威特、泰国、利比亚等国家开展业务。

"占领市场，出征出国"，中建四局积极参与总公司的工程承包和劳务输出，打开国门不久，他们就走向了海外。

杜呼克的好汉们

1984年2月2日，大年初一，一百多位奔赴伊拉克的中建四局人来到车站，其中有一公司的会计虞胜祥。虞胜祥的眼睛有点红，昨夜一家人守岁，到了后半夜才上床睡觉，但是，家里人谁也不想睡了。

这段时间，虞胜祥连过年的心思都没有了，想到自己即将去伊拉克，心情既紧张又兴奋。

家里人的心情也是一样，虽然很高兴，但毕竟那里是异国他乡，特别是两伊战争还没有结束，所以不免有些担心。虞胜祥安慰家里人说："没事的，工地离战场很远。"

虞胜祥说的工地，就是伊拉克北部的杜呼克砂石坝工程。

伊拉克地处两河文明发源地，是一个历史悠久的国家。20世纪70年代末，伊拉克已探明的石油存储量居世界第三，仅次于沙特和伊朗。利用丰富的石油资源，伊拉克曾经一度进入快速发展时期。

1979年，中建总公司开始进入伊拉克建筑市场。欧美建设热潮过后，中东地区因为石油的缘故，成了全球建筑业最热的地方。伊拉克政府凭借丰厚的石油资源，愿意花钱搞建设，所以，这里的工程不仅发包量大，涉及金额也大，萨达姆水坝、伊拉克国际机场、巴格达至约旦高速公路等等，这些数十亿美元的工程成为法国、德国等众多西方国家的建筑公司竞相争夺的目标。国门一打开，中建总公司就伸出了触角，试水中东，为工程项目提供劳务。

中建总公司坚定不移地把开拓国际建筑市场当成一项重要任务，很快改变了单纯的劳务输出方式，在20世纪80年代初搞起了总包或分包。总公司承揽到工程后，将项目分配给所属各局承建。

1983年年底，中建四局承接了第一个海外分包工程——杜呼克砂石坝工程。这个工程建在两山之间，砂石坝用来拦河蓄水，坝长620米，高66米。项目业主是伊拉克杜呼克省政府，由阿联酋一家公司总承包，中建四局是第三方分包单位。

中建四局接到工程时，已临近春节。四局领导十分重视，安排副局长郭继川亲自挂帅，又把局总工程师包世贤也派了过去。春节前，局里开始组织施工队伍。由于首批劳务输出归国人员纷纷搬回了"八大件"，工人出国的热情被推向了高潮。出国能为国家赚外汇，同时也能增加个人收入，还能饱览异国风光，所以想出国的人很多，首批一百多位赴伊拉克的工作人员很快就确定下来。

一百多名工作人员和送行的家属，把候车厅挤得满满的。开始检票了，虞胜祥要妻子回去，但是她坚持要送他上车。送行的人挤满了站台，叮咛、执手，以致泪目。火车"咣当"一声开动，虞胜祥妻子的眼泪也唰地流了下来，弄得虞胜祥的眼睛也湿了。

列车前行，所有的儿女情长都被一点点割断。火车上，同事们都很兴奋。当一望无际的荒漠展现在他们面前时，思念又紧紧地缠上了他们，白天想的夜晚梦的，都是家里的亲人。

虞胜祥来到杜呼克大坝工地。这里的山鲜有树木，远处就是戈壁与沙漠，周围还有很多碉堡。这些碉堡是属于政府军的。原来，政府军和反政府军经常打仗，当地治安非常混乱，还有库尔德人的游击队出没。

郭继川要求大家一定要服从命令听指挥，注意安全。听到副局长严肃的口吻，虞胜祥感到鼻子里闻到了一股硝烟的味道。

幸运的是，木板房是现成的，这是以前英国人留下来的，屋顶和墙壁有隔热层，里面的设施一应俱全。第一天，大家都在收拾房屋，晚上就有人忍不住给家里人写信。

第二天一早，郭继川和包世贤带人跟随业主和总承包方去看工地。不看则已，一看大吃一惊。说是要建拦河大坝，可出现在他们眼前的，只有一条宽不过六七米的小河，河水深不过一尺。在这里建一座如此规模的大坝，不是开玩笑吧？

业主代表是个军人，他身穿军装，腰挂手枪，似乎看出了大家的疑问。他解释说："你们看远处的雪山，那是土耳其雪山。每到夏天，土耳其雪山融化，这里就是一片汪洋。"大家这才明白了。

他们着手进行施工准备，包世贤带人研究图纸，郭继川找施工设

伊拉克132千伏高压输电线工程

备。建坝材料需求量巨大，大坝所在地杜呼克周围大都只有沙土，建坝的砂石要去离营地六七十公里的砂石厂运输，但业主却没有运输车辆。如果是在国内，他们还能想想办法，但在伊拉克，他们人生地不熟，语言也不通，运输车辆成了一个大难题。

业主也很犯难，他们有十几辆美国卡车，但那些车基本都开不动了，不是缺这个零件，就是少那个配件，这些零部件在伊拉克根本买不到。正当大家一筹莫展的时候，六公司加工车间主任傅永根主动站出来，他说："我来想想办法。"

傅永根带了几个人过来拆零件。他先搞清楚每辆车缺什么零件，再从其他车上找到这些零件，把它们拆下来，然后带去加工车间仿制。幸运的是，加工车间的车床都没什么问题，他们就这样加工出了一个又一个零件，竟然把所有车辆的零件都配齐了。

傅永根把零件一个个安装上去，一辆辆车安装，一辆辆车试验，直到所有的车都能开动。业主和总承包方差点惊掉了下巴：中国人简直太神奇了！他们不敢相信眼前的事实。

1984年2月，工程开工。工人被分成大坝队、隧道队、管网队（负责修建溢洪洞和引洪渠等）、运输队、机械加工厂、后勤保障队，大家投入工作，热火朝天地干了起来。这个工程毕竟是由中国人自己干，一切都由自己做主，所以工程推进十分顺畅。第二批、第三批工人也相继到来，施工有条不紊地展开。

建溢洪洞时，需要向下挖一个57米深的直洞，也就是打一口竖井。业主要求这口井要从下往上挖。从下往上怎么挖呢？工人们表示从来没有见过，于是他们与业主协商，确保竖井按时完成。

在统一指挥下，大家按照上大下小的喇叭口形开挖，先向下挖出5米，然后扎钢筋、挂铁网，再浇灌水泥，制作出一个钢筋混凝土圆筒，随后在圆筒里面挖土。钢筋混凝土圆筒一节节下沉，一直沉降到20米的深度。

开始修建大坝了。大坝下宽上窄，中间部分是黄黏土，外面是砂石层，再外面是鹅卵石、毛石，以混凝土黏结，一层层压实。杜呼克大坝需要大量砂石，这时，那十几台老卡车派上了大用场。

工人们说，他们每天就像在做大蛋糕，长条形的蛋糕从两侧山边不断向中间伸展，直到有一天合龙，大坝就建成了。

天有不测风云。修大坝的头两年，环境还算太平，后来，两伊战争进入拉锯阶段，双方进行袭城战、袭船战，并袭击油田，甚至不惜动用化学武器。这一天，大家去工地时，忽然看到两架伊朗飞机飞过来。飞机飞得很低，能够看得见机身上的字母和机翼下面挂着的炸弹。突然，炸弹被发射出去，几乎贴着营房呼啸而过，落到了后面政府军的仓库，发出巨大的爆炸声，一股浓烟冲上了天。

大家都被吓坏了，没想到轰炸就发生在自己眼皮底下。几天后，又有伊朗的飞机向工地大巴扫射，子弹打在大巴车顶上，幸亏没有伤人。

在这种情况下，营地紧急动员，开挖"之"字形防空洞，上面加盖厚厚的钢板，再填上土。借鉴一次职工脱险的经验，营地又组织大家学习英语和阿拉伯语，以便在紧急情况下自保。

随着工程的逐步推进，虞胜祥和当地人越来越熟悉了。一天，对方经理哈利姆看到虞胜祥办公桌上的算盘，好奇地问这是做什么用的。虞胜祥说，这是中国最早的计算器。哈利姆对算盘产生了兴趣，一定要跟虞胜祥学。虞胜祥开始教他加法和减法，哈利姆学得很认真，一有空就跑过来拨拉算盘。

1987年10月，奋战了整整45个月之后，杜呼克砂石坝工程终于竣工。从土耳其雪山流下来的冰水蓄满了水库，白茫茫的湖面出现了。伊拉克的农民用水库里的水灌溉农田，感到非常高兴，他们见到中国人，纷纷伸出了大拇指。

中建四局的好汉们，用自己的心血和汗水，在异国他乡的土地上筑起了一道巍峨的大坝。为留下永久的纪念，工程技术人员在大坝上修建了一座巨大的纪念碑，上面写着大大的汉字：杜呼克砂石坝，中国建筑总公司第四工程局建。下面用小字写上了英文和阿拉伯文。

干部职工开始一批批撤离。虞胜祥也要动身了。快要上车时，哈利姆突然跑了过来，和他一次次贴脸拥抱。虞胜祥发现，哈利姆的眼睛都红了。车子开动了，车上车下都在挥手。看着这片曾经陌生而现在已经非常熟悉的土地，虞胜祥的脑海中涌现出四年来在这里发生的一幕幕往事，泪水不由得模糊了双眼……

从"借船"到"造船"

在那个年代，中国的建筑行业与国外同行相比，最大的差距体现在建筑市场管理和产业运作体制机制方面，如项目策划、施工总承包、工程保单、施工保函等，当时，国内的企业都没怎么听说过这些概念。这种差距也迫使四局人想进一步了解外面的世界。

李镇泉从同济大学毕业之后就投身于三线建设，在276油库天花板浇筑上立了大功，后来从技术员、工程师、六公司经理，一直升到中建四局副局长。来伊拉克时，他刚刚调到中建总公司。李镇泉率领工作组到伊拉克考察，除了考察建设项目进展情况，还想了解竞争对手的运作和管理情况。

这天，李镇泉来到了杜呼克砂石坝工地，此时，工程已进入收尾阶段，大家并不知道他已经调任，看到老领导，都感觉特别亲切。

李镇泉在四局主管经营，主要负责海外项目。他参加过总公司的海外人才培训班，是懂得海外建筑市场管理的干部。他曾考察美国和南美建筑市场，认识到美国建筑市场之所以成熟和高效，是市场经济在背后起了关键作用——有市场才会有充分的竞争，才能搞活经济。

来到伊拉克，他特别想了解国外公司管理和运作实际操作的情况。在市场竞争的环境下，如果按照国内的做法而不做变通，是很难打开局面的。

在工人身上，李镇泉看到了中建的优势，那就是长期养成的吃苦耐劳的创业精神和团结合作的作风。中建的工人组织纪律性强，工程质量和效率都有保证。要占领中东市场，除了勇敢地走出去，没有别的选择，必须做好吃苦的打算，做好打硬仗的准备。

他知道时间不等人，中建必须尽快适应海外市场的要求。

李镇泉看到，工人们在沙地上开辟了菜园，园子里的萝卜、白菜长势很好。这些蔬菜的种子都是从国内带来的。这里缺水，工人们的洗脸水都用来浇菜园了。当地的蔬菜很少，而且很贵。自己种的蔬菜吃不完，善良的工人就把菜送给当地的村民。大家和村民相处得很好，这让李镇泉感到很欣慰。

几年来，四局不断强化自身在国际建筑市场的竞争力，在较早开发的伊拉克市场做出了成绩。凭借良好的履约记录和品牌、口碑，四局在中东地区逐渐站稳了脚跟，相继拿下了约旦新王宫、南北也门一级公路工程等项目。

新王宫全名叫西哈姆王宫，是一座建筑面积19000平方米的宫殿式建筑，由主建筑、网球场、游泳池、动物园、花房、马厩、直升机停机坪等几个部分组成。中建总公司承接下这个工程后，外交部非常重视，李镇泉负责新王宫建设协调工作。

王室对新王宫建设的要求非常高，要求用最新型的建材，以最高标准装修，对恒温游泳池、无烟壁炉、无噪声电梯等，都提出了十分苛刻的要求，仅壁炉的造价就几乎比得上一栋房子。李镇泉一次次召集项目部的同事商量研究，一次次修改施工图，反复琢磨，直到拿出最佳方案。

王宫的结构首次采取预制装配的方式施工。为了使裸露的混凝土外观更漂亮，他们用大理石做骨料，用白水泥混合当地的一种红砂进行配制，浇捣出颜色接近金黄色的彩色混凝土，再用喷砂的办法将表面的水泥浆打去，露出内部的砂浆和骨料，呈现出一种自然的毛面。为找到理想的粉红大理石，承包方跑了七个矿产区。正是这种一丝不苟的精神和精益求精的工艺，为中国建筑赢得了信任，为公司后续在约旦开展业务打下了很好的基础。

当地动荡的局势，是海外工程难以控制的风险。李镇泉来到中东的第三年，伊拉克对科威特发动了战争，美国迅速介入。伊拉克的巴格达机场被迫关闭，通邮通航停止。中建总公司在伊拉克的大型工程也被迫停工，这时候，大型机械设备和人员都面临着进不去也出不来的危险。

伊拉克冷库工程

美军宣布出兵第二天,中建工地周围出现了紧张局势,伊拉克士兵开始在工地四周巡逻,所有外国建筑工人和设备都不准离开伊拉克,所有的物资也不准运走。每个人的心都提到了嗓子眼,大家心里确实感到害怕。

一架架黑黝黝的战机在工地上空盘旋,防空警报不断拉响。工人们没有见过这样的战争场面,人人都盼着快点回国。此时此刻,和平显得极其珍贵。

此时正是伊拉克气候最为干燥炎热的时候,平均气温达到40℃以上,每个人身上都能闻到一股汗臭味。最可怕的是,工地上的蔬菜、饮用水仅能维持几天,大家根本就不可能奢望洗澡。

伊拉克通往外界的路正在一条条被堵死,高标准的公路被炸出一个个大坑。中建在伊拉克有大批人员和价值较高的设备需要撤出。这些设备都是最先进的,在国内还没有哪家公司使用过。对于中建来说,这些设备非常重要。中建总部将情况反映给外交部,外交部非常重视,责成大使馆协助中建撤离,尽量减少损失。

中建总部任命李镇泉为组长,由他带领一队人马,想方设法将人员和设备从伊拉克抢运出来。此时，约旦和伊拉克的边境口岸已经被军队把持，但那里还是一个相对安全的救援通道。

李镇泉率领应急小组从约旦首都阿曼出发，进入伊拉克，去中建的几个大型工地撤人撤设备。

车队载着中建总公司的工人，插着五星红旗准备离开，这时，许多香港和台湾同胞也赶了过来，他们也在自己的车上涂上了五星红旗。在那一刻，李镇泉深切地体会到"弱国无外交"，只有强大的祖国，才是所有在外的中国人的坚强后盾。那一刻，所有人都深切地领悟到了五星红旗的深刻含义。

最后，中建的所有人员和设备都顺利地转运到了约旦，又经约旦转运回国。

睁眼看世界

杜呼克砂石坝工程并非中建四局在伊拉克修建的最早的工程。1981年，四局人就以劳务输出的形式来到伊拉克，修建了纳杰夫妇幼医院。

一天，中建总公司领导找到史醒儒，要他马上赶到北京去接受任务。法国雷诺公司在伊拉克承包了一批医院建设项目，他们想跟中建合作，而总公司想让四局派人出国施工。把史醒儒找来，是要他先琢磨一下意向书，然后去巴黎谈判。

出国谈判？史醒儒一听，不由得跳了起来。意向书、报价单和图纸没问题，可说明书是外文，他看不懂。

翻译来了，但他表示时间紧急，很难在短时间内准确翻译。史醒儒想了想，让翻译说一个大概意思，然后他借助图纸来理解。

在北京待了将近一个月，总公司为他办好了护照和签证，史醒儒和其他同志一起坐上了飞往巴黎的飞机。

谈判开始，雷诺公司的代表要中方对意向书和报价单等提出意见。史醒儒不慌不忙，一条一款，侃侃而谈，然后通过翻译说给对方听。

史醒儒说到，报价单里有很多缺项的地方，譬如施工需要脚手架等设施，还有材料的运输费用等等，报价单里都没有明确标示。

谈判进行了整整一个星期，雷诺公司给中方的施工费用增加了一倍。

回到国内，史醒儒向领导进行了详细汇报。中建总公司给四局下达了劳务派遣任务，要求选派优秀员工，去伊拉克建设纳杰夫妇幼医院。项目总面积2万多平方米，必须确保两年内完工。为保证顺利完成任务，挑选的人员必须"思想好、技术好、身体好"。

这时，伊拉克和伊朗正在打仗，当地战火纷飞，这场战争就是爆发于1980年9月的"两伊战争"。纳杰夫妇幼医院地处炎热的沙漠地带。那时大家都还没有走出过国门，愿意去的人不多，史醒儒开始做起大家的思想工作。

张荣富等人报了名，愿意接受挑战。有的技术骨干虽然本人想去，但家属不同意，史醒儒一连数次登门做工作，最终家属被他说服。几经周折之后，周竟成和叶念祖也成功报了名。

中建总公司出国劳务人员集结的大本营位于北京阜外大街甲6号，来自国内各分支公司选派的出国援建队伍，都集结在这里，等候前往国家的入境签证，同时接受出国注意事项和安保纪律教育，了解所到国家的政治、地理、文化、生活以及民族习俗。此外，公司还为每人定制了一中一西两套出国服装。

在京准备一个多月后，出国劳务人员坐上了法国航空公司的波音707飞机，飞往阿联酋的沙迦机场，转机之后到达巴格达，一路上走了31个小时。

纳杰夫位于伊拉克中南部，这里到处戈壁沙漠，称得上是不毛之地，难得看到绿色，更难遇到雨水。这种环境与贵州形成了巨大的反差，工人们似乎身处两个世界。

在工地，工人们住进了集装箱。每个集装箱里住八个人，里面有卫生间，还有空调。大家第一次看到这种可以调控室内温度的机器，觉得非常新奇。

伊拉克妇幼医院工程

在伊拉克做工程，最大的威胁就是战争。巴士拉是伊拉克的第二大城市，也是伊拉克最大的港口城市，由于这一险要的地理位置，巴士拉成为兵家必争之地。四局在巴士拉有一个项目，几十位职工冒着生命危险在这里施工。

在两伊战争升级阶段，巴士拉项目被迫停工，但发包方不准施工人员撤离工地。工人们天天听着炮弹从头顶上飞过，生命悬于一线。中方驻伊工程经理部安排了一辆车，停在巴士拉工地，一旦工地遭到炮火袭击，就立即组织职工紧急撤离，向巴格达转移。

在施工过程中，跟他们打交道的人来自不同的国家，有法国人、菲律宾人，还有索马里人，工地上还有中建总公司其他下属单位的工人。不管以前认不认识，到了国外，中国人自然而然成了一家人。与外国的施工人员相比，中国工人在掌控机械化施工方面还存在较大差距，那些外国工人可以操作多种机器设备，而有些设备，中国工人摸都没有摸过。不过，说起手工技术活，外国工人就望尘莫及了。医院的粉刷几乎都是中国人完成的。贴瓷砖也是一样。伊拉克的瓷砖很小，只有5×5厘米，法国工人觉得有了展示自己技能的机会。没想到，四局人用了一晚，也贴了一间。墙上瓷砖贴得非常平整，看到这样的成果,法国工程师反而不肯走了,比画着表示要交流学习。

项目负责人与外方语言不通,而翻译对建筑知识又是一知半解,因此在与法方交流沟通的过程中,时常造成误解。叶念祖是这一项目的中方负责人,他后来想了个办法,直接拿了图纸去找法国工程师,以画图的方式来沟通,一来二去,建筑绘图成了中法沟通的最直接的语言。

受两伊战争影响,当地物价飞涨,物资供不应求,国外的建筑材料也不能如期运到伊拉克。伊拉克业主不能如期支付工程款给法国的承包商,这给每级承包商都造成了巨大的压力。面对合同履约与工期问题,四局在坚定维护中方工人权益的同时,从未放松过对安全和质量的管控。

纳杰夫妇幼医院终于竣工了。竣工联欢会上,雷诺公司驻伊总经理巴尔巴桑先生举着酒杯向叶念祖祝贺,他说:"你们的工作完成得很好,纳杰夫工程的进度和质量是超一流的。感谢中方与我们的合作,中国工程技术人员的水平是很棒的。"

三年的时间是非常难熬的,更何况这里是战火纷飞的伊拉克。每个人都在渴望马上飞回祖国的怀抱。医院竣工之后,工人们欢天喜地,大家终于可以回国了。

飞到北京后,劳务人员的家属纷纷从全国各地赶来团聚,家人一起游览京城。最令人兴奋的是,他们还可以在归国人员服务部选购免税的进口家电和日常物品,还有专人帮助他们办理托运手续。

劳务人员的"八大件"运回家,一时在遵义城引起轰动。买了彩电的人家,家里天天挤满了看电视的人群;买了录音机的人家,每天都从屋子里传出港台音乐……亲朋好友欢聚一堂,共同分享辛勤劳动的成果,可谓其乐融融。

从四局来说,干部职工出国,经受了锻炼和考验,开阔了眼界,提高了劳动技能,职工们的集体主义精神变得更强了。从这时起,占领市场、出征出国,逐渐成为四局广大职工的共同愿景和自觉行动。

1983年12月中建四局召开第二次党代会,会上,四局明确将"力争多出国"写入经营方针。在对外承包和劳务合作业务上,四局进一步解放思想。到1983年年底,四局在伊拉克承担的三个医院、四个冷库、液化气加压站、机场管道等几个项目全部完成。后来,他们还在伊拉克、阿联酋承建了132千伏高压输电线、12层公用大楼、砂石坝等三个工程。

1985年8月,四局在中东地区继续开辟新市场,首次进入南也门,承包南也门赛永3300公顷农田灌溉工程。这是当时四局在国外承包的最大工程,也是中建在南也门的最大工程。

国际建筑市场的奋勇开拓,为中建四局在20世纪80年代后期施工生产的大踏步前进提供了先决条件。四局人清醒地认识到,企业要发展,就必须狠抓经营开拓,经营开拓必须走在施工生产前面。

随着企业深化改革的步伐的加大,自1988年1月起,中建四局全面实行了经理、厂长负责制,推动了企业内部改革的逐步深入,并且初步确立了"向经营管理型总承包发展"的构思。也是在这一年,中建四局开始实行承包经营责任制,广大干部职工的主人翁责任感和经济核算观念进一步增强,促进了企业生产发展和经济效益的提高。

踏足北非

中建总公司的海外业务向非洲拓展,中建四局也紧跟总公司的步伐。

20世纪80年代末,中建四局在国外的经营有了新突破。1989年,局里印发了《海外经营工作若干暂行规定》,实行了国外经营管理工作的改革措施,加强海外经营管理工作责任制,单独设立海外经营部,统一协调国外的投标、报价、承包施工、结算索赔,提高企业经济效益,增强竞争能力。

由世界银行贷款的阿尔及利亚8000公顷农田高压混凝土灌溉网络工程,经过四个国家六家公司的激烈竞争,花落中建。中建四局于1989年3月派出投标报价组,赴阿尔及利亚为该项目编标报价。

这个项目是四局第一个承包经营、独立核算、自负盈亏的国外项目。应阿尔及利亚政府要求，中建四局第一次向海外派出了以宋子友为组长的专家组，指导高压管的生产。

自1981年开展海外业务以来，中建四局经历了由单纯提供劳务、提供成套劳务、联合承包工程，再到独立承包工程的发展过程。

1990年6月，工程进入实施阶段，陈迅副局长任项目经理，率先遣组一行12人前往阿尔及利亚，同时开始组织200多人的管理和施工队伍赴阿。

在阿工程最初进展顺利，按照合同规定，世界银行的拨付款也很及时。没想到几个月后，当地局势发生了巨大变化，阿尔及利亚政府与伊斯兰极端组织之间发生武装冲突。开始的时候，枪炮声的距离还比较远，后来就打到了工地附近。

总公司在阿有两个由世界银行贷款的大型农田灌溉项目，如果丢

六公司测量工程师在南也门农田进行激光测量工作

下工程全部撤回，损失非常惨重。因此，经理部接到命令之后，没有惊慌，在不到两个小时的时间内，组织所有职工、专家井然有序地撤入大使馆，在这一过程中，员工们显示出了良好的纪律性。

经理部与当地省政府和业主交涉，要求他们为中建员工提供必要的保护，并提出了损失赔偿的要求。因为这两个工程都是阿尔及利亚的重点工程，政府对其十分重视。当年在社会主义大家庭孕育出的中阿传统友谊，在此时得到了充分体现。当局给两个项目分别派驻了一个排的正规编制部队，还配备了坦克、装甲车、轻重武器，对中建基地实施全封闭的武装保护。

工地的围墙加高加固，同时架设了铁丝网，安装了探照灯、警报器，设置了观察哨，接通了与当地部队和省长之间的直线电话，营地内还挖设了地下掩体。工地的房间从表面上看并无异样，实际上在后面的隔断中增设了防空洞，装上了钢门、排气孔和排水孔，里面储备了充足的药品、食物、矿泉水、毛毯等生活必需品。一旦遇到紧急情况，除值班的人员外，大家一律进入防空洞，确保人身安全。

于是，在工地周围出现了这样的景象：工地和工人住宅区，都有军人站岗，甚至有坦克和大炮压阵。公司的司机也担负着多重使命，不仅要保证驾车安全，还要注意是否有车跟踪。

一次，陈迅去一处工地察看工程进展情况，汽车走出不远，就遇上了政府军和反对派交火，车辆无法继续前行。这时，政府军朝对面的敌方喊话，大意是现在有中国的车辆要经过，一共两辆车，请暂时停火，让他们过去。

奇妙的是，对方真的就不打了，两边阵地很快鸦雀无声。陈迅在交战双方的阵地前走过去，毫发无损。他们的车刚刚过去，身后的枪炮声又继续响了起来。

这里的工程施工几乎都是在炮火中进行的。中建四局职工表现出了空前的凝聚力和巨大的劳动热情。按规定，工人每年有20天探亲假，两年轮换一次。局势比较紧张的时候，陈迅就鼓励大家回国探亲。厨师老李，家在遵义农村，一直坚持了好几年都没有回家，陈迅强迫他回国探亲，还让一位同事陪他一起走。

中建总公司海外经理部成立后，陈迅上任总经理，但是他依然住在四局工地，总是两头跑，哪头都丢不下。

工程做到第六年的时候，实在难以进行下去，连世界银行也要求他们撤离。陈迅用电话向总公司进行汇报，决定留下一部分人坚守岗位，大队人马撤到离首都阿尔及尔80公里的地方，然后转道回国。

四局的坚守，守住了这片市场，打开了北非的局面。总公司以及所属单位站稳了阿尔及利亚市场，这里也发展成为总公司在境外的最大的市场，培育了新一代的高层次海外管理干部。

20世纪八九十年代，中建四局以承包工程或派出技术与劳务人员方式开拓的海外建筑市场，已拓展到伊拉克、南也门、阿尔及利亚、阿联酋、美国关岛、新加坡、日本、西萨摩亚、马来西亚等12个国家或地区，还向中建总公司驻伊拉克、沙特阿拉伯、埃及、约旦、泰国、博茨瓦纳等国家的机构派管理人员及技术人员，足迹遍布亚洲、非洲、美洲及大洋洲。

2013年，中建集团积极响应国家"一带一路"号召，不断深化"大海外"战略。四局再次认识到，必须走向更广阔的世界去寻找出路。

2014年，四局掀起了"二次出海"的序幕。通过重新定位海外业务，调整人员、机构，坚持"做深既有主战场，积极拓展新战场"，着力在海外体系建设、营销网络扩张、后方支援培育、管理模式创新等方面下功夫，最终成功"破局"。

2015年，四局借船出海，在柬埔寨承接首个项目——柬埔寨214街EAST ONE公寓。这一破冰项目在开工之初，面临物资材料短缺、劳务分包短缺、管理人员短缺及文化语言不通等重重困难，项目管理团队充分发挥主观能动性，认真做好人员组织，选择合格的材料供应商和能打硬仗的分包队伍，公寓于2017年4月如期竣工并交付使用。

2015年，四局又相继签下宏发韦立氧化铝公司印尼氧化铝项目一期生活区、办公区及配套设施工程和柬埔寨首都金边诺罗敦大道南系

施工中的印尼棉兰高速公路

位于柬埔寨金边市的太子集团总部大厦

列综合体项目，创下四局海外经营历史最高纪录。

2019年刚开年，四局就拿下了他们在柬埔寨的第一个美标项目——金边诺富特（Novotel）酒店；6月又承接了四局在柬埔寨首个EPC项目——西港SITED项目。

2016年至2020年，四局先后在柬埔寨承接了15个项目，其中的柬埔寨太子集团总部项目成为四局首个获得境外"鲁班奖"的项目，实现了从"借船出海"到自主营销的转变。

"中建速度"在柬埔寨逐渐打响了知名度。金边太子中央广场项目在建设过程中，主体施工以平均每5.5天一层的速度，创造了当地建筑业的"第一速度"，提前两个月完成主体结构封顶。工程被柬埔寨国土规划建设部副部长亲自评定为金边"优质工程实体样板"及柬埔寨建筑大学实习参观的"示范工地"。

印尼市场是中建集团践行"一带一路"倡议、实施海外优先战略的重要支点之一。中建在印尼的发展，持续助力打造"中国建造、中国友谊、中国精神"三张名片。

勇立潮头敢为先，乘风破浪正当时。中建四局聚焦东南亚，深耕印尼，营销版图已扩大至柬埔寨、新加坡、马来西亚、菲律宾、越南、老挝，并在德国设立公司，进入欧洲高端市场。

第四节　剑指南粤

深圳没有迟到者

"1979年，那是一个春天，有一位老人在中国的南海边画了一个圈……"这首曾唱响东西南北的歌，唱的是改革开放总设计师邓小平1979年春天、1992年春天两次就改革开放问题发表重要讲话，从而掀起一波又一波改革开放热潮的故事。深圳，就是"春天的故事"开始的地方。

当年，蛇口工业区的一声炮响，震动了全国。全国和全世界的目光都投向了深圳。

中建四局很早就把目光投向了这座正在兴建的新城。1984年6月，经深圳市人民政府同意，中建四局联合深圳的一家企业和香港的一家企业，成立了"深圳市华林装潢工程有限公司"。可惜的是，华林公司没有真正运作起来，他们所做的事情，大都是给别人加工木材、做预制件，因此生意一直不温不火。

1993年3月，中建四局深圳公司成立，由此，四局向开拓深圳市场迈出了更大的步子。

1994年，三公司经理带队来深圳考察。这时，国家开始住房市场化改革，各地纷纷成立房地产公司。

三公司考察组从遵义直接来到深圳。驻扎在遵义的三公司除了茅台酒厂、烟厂等效益好的一些工程，承揽的工程数量和效益总体都不够理想。不过，要来特区闯荡一番，不是谁都有这个胆量的。深圳的观念意识、行为方式、人际关系都与内地不一样。想到四局在深圳有个公司，三公司鼓足勇气，想来找一找机会。

考察组一行人过了边防检查站，来到深南大道，这条宽阔的马路正在施工，中巴车在尘土飞扬的路上奔驰。经过上海宾馆进入市区之后，他们看到，这里的街道非常干净，人们衣着光鲜，容光焕发，步伐有力。每个人都在忙碌，"时间就是金钱，效率就是生命"的标语格外醒目。周围一座座拔地而起的建筑，造型新颖独特，也显现出充满自信的样子。

感受到深圳蒸蒸日上、一派兴旺的景象，考察组除了心生羡慕，也产生了一个感觉，那就是自己来晚了。

一行人在一家小旅馆住下来，然后到街上去转。除了看看工地之外，他们还见了熟人朋友，去了一趟沙头角中英街，此外一无所获。出来时，他们带了五千块钱，住宿吃饭已经花了一半。深圳开销太大，于是，经理准备打道回府。

随队来的第三工程处主任看到眼前的一切，却被激发出了斗志，他要留下来找工程项目。苍天不负有心人，三个月后，他们得到一条信息：宝安区沙井镇有一项大工程要招标，他们马上赶了过去。

那里真有一个工程，是香港人投资建设的一处厂房，总投资3800万元。很多建筑公司都来了，很明显，"狼多肉少"。三公司一行人以中国建筑总公司第四工程局的名义报了名。这个头衔一出现，施工方立即批准了他们的竞标资格。

取得投标资格的消息传到局里，雷治樵指示：动员所有力量，务必拿下这个项目。眼前既然出现了这个机会，就一定要抓住不放。

四局专家集聚一堂，集思广益，连续奋战一周，终于做好了标书，随后一举中标。

施工在即，工程技术人员乘坐汽车和火车赶到了深圳。大批的工人被大客车运到了这里。出山的路不好走，工人们在路上走了整整一个星期。走出大山真的不容易啊！

到了工地，三公司第一时间解决设备问题，一口气配备了必要的卷扬机、塔吊等设备。这时，人人都跃跃欲试，准备甩开膀子大干一场。

工程进展非常顺利，项目按时竣工。这一项目的成功，不但取得了可观的经济效益，还提升了公司能力，开阔了员工的眼界，积累了各种经验，为打入深圳市场奠定了基础。

消息传回贵州，局领导喜出望外。对处于困难时期的四局来说，这次经历太宝贵了。三公司领导更高兴，他们梦寐以求的闯深圳的愿望终于落地了。脚已经踏上了这片热土，只要继续拼搏，就有可能立足。

有了良好的开端之后，大家再接再厉，又承接了盛华大厦和金宝城两个大工程。随着项目的顺利竣工，越来越多的人意识到，走出大山，进入特区，的确是正确的选择。

1996年8月，中建四局拿到了一个更大的项目——深华商业大厦。这个项目位于深圳国贸大厦附近，建筑面积9.86万平方米，建筑高度107米。参与工程竞争的施工单位有30多家。经过精心策划、认真测算，编写高质量的投标资料，中建四局一举中标。但是，这项工程施工的前提条件是没有预付款，工程进展到五层以上，才开始付进度款。

1996年12月19日，时任中建总公司总经理马挺贵视察深华商业大厦工地并题词

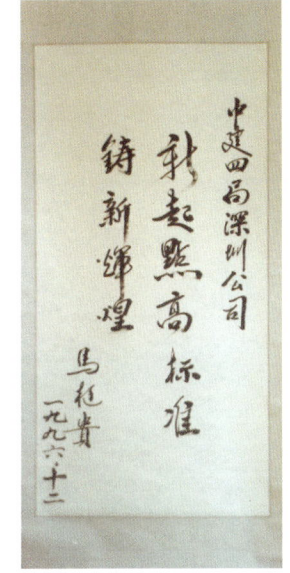
马挺贵总经理题词

工程接下来了，怎么干？四局没有被眼前的风险吓倒，他们大胆地发挥市场优势，果断地决定借助社会生产要素来共担这一任务和风险，用组装式的生产方式来安排生产。

1996年11月1日，深华商业大厦的施工拉开序幕。四局提出了用两个月的时间完成四层裙楼主体的口号，并且排出了两个月的进度计划，同时也排出了每周进度计划。

压力也是动力。"开拓、创新、团结、奉献"的深圳精神感染着四局人，也鼓舞着四局人，在工地，热火朝天的"大干快上"场面随处可见。短短两个月时间，项目团队完成了建筑面积1.8万平方米的四层裙楼，产值2000万元。他们完成了一个进度快、质量好的工程，也展现了一支高素质的施工队伍的风采。业主兴奋地表示："我们目睹了四局打造的'深圳速度'！"为了表示鼓励，他们向项目提前支付了工程进度款。

四局人用行动证明：中建四局敢打硬仗，能创优树牌，敢在风险中搏击，而且有驾驭风险的能力。

深华商业大厦项目现场

1997年至2000年，四局先后承建了南山金城大厦、名仕阁、和平广场等一大批建筑工程。1998年和2000年，两度被深圳市授予"守法纳税大户"称号。

珠海新"门面"

南中国海，涛声阵阵。船驶过伶仃洋跨海大桥，从澳门一侧隔水相望，百米开外，珠海特区的湾仔镇岸头，气势宏大的鸿景花园商住楼五幢25层至28层的大厦一字排开，昭示着珠海勇超澳门的崭新姿态。

鸿景花园是特区的"门面"，体量巨大，总建筑面积达12.6万平方米，包括一幢28层的商品住宅楼和四幢25层的综合楼，此外，还有两个距离地面61.5米的RQPN高空连廊及两座旋转车道，形成了全长600米的门面景观。这一建筑群体面对澳门昂然挺立，显现出非凡的气势。

托起它的，是远道而来的中建四局的建设者们。

1992年4月的一天，珠海市政府的会议室里，气氛非常严肃。市政府、鸿景花园发展商、总承包商三方代表，在慎重地选择施工单位。这项建设部科技示范推广工程由于地理位置特殊，由李鹏总理批示，市政府牵头，意义非凡。

几十家建筑单位已经递交了申请书。代表们的选择目标是"强中之强"。终于，凭借闪亮的业绩清单，四局人如愿将鸿景花园工程收入囊中。

1992年6月，年轻的郭正祥和三十多位战友从杭州出发，乘火车南下广州，再搭汽车来到珠海。那个年代，交通还不够发达，从广州到珠海不过百余公里的路程，汽车在崎岖的羊肠小道上颠簸，竟然走了十四个小时！

这支年轻的施工队伍刚刚建设了浙江广播电视中心项目，工程进入了收尾阶段。现任中建集团党组书记、董事长郑学选曾在这里参加实习。这支生龙活虎的队伍，很快成了中建四局开拓珠海特区的先锋。

先头部队抵达珠海，先租了两间房落脚，随后就着手用毛竹、石棉瓦、油毛毡等搭建临时宿舍。

长期驻扎在工地上的人，原本并不是特别在意生活条件，但是，郭正祥还是感觉到了"水土不服"。珠海夏天的气温高达40℃，空气里永远潮乎乎的，人仿佛身处蒸笼，身上的汗从来没有干过。更可怕的是蚊虫叮咬，干了一天活之后，大家都累极了，倒头就睡，醒来后常常发现，脸上身上到处是蚊虫叮咬的痕迹。

生活上艰苦一点都不算什么，真正让人着急的是设备、材料和劳动力的紧缺。珠海是经济特区，按当时的政策，只有办理了《边防证》才能通行。后续开拔的庞大的工人队伍怎么办？公司保卫科承担了这项工作，高峰时，共办理了上千张《边防证》。

干工程少不了大型机械。四局人初来乍到，很多事情还摸不着门路。为了尽快把工程干起来，也为了尽量节省成本，他们直接从浙江杭州、安徽淮南调运三台塔吊，还拉来了施工电梯。

1992年10月，鸿景花园项目正式动工，此时距离"先遣队"进入珠海，才过去一百多天。在工地那片比人还高的芦苇荡里，工人们顶风冒雨，手抬肩扛，只过了短短的四十天，那片芦苇荡就不见了。

1993年，中建四局注册成立了中建四局珠海公司，杨德勋被任命为经理，同时兼任鸿景花园项目经理。

1994年7月18日，鸿景花园项目挖开了第一铲土。

开工后，各家材料推销员纷至沓来。材料的质量和价格直接关系到建筑质量和造价，杨德勋亲自出面把关。他会同材料部门负责人，一起去了解市场价格，一起看样，经过货比货和讨价还价，把住了材料采购这一关。

工地上呈现出一片热火朝天的景象，晚上也是灯火通明。五幢堪称杰作的大厦像春笋般猛长起来——有一个月，每幢楼都齐刷刷地升高了五层。仅仅用了十一个月的时间，鸿景花园即告封顶。

珠海鸿景花园凭借先进的设计以及快速优质的施工管理，多次受到国家和省市领导的高度评价。其商住楼工程是建设部和中国建筑总公司确定的全国首批三个科技示范工程之一。施工中，四局根据工程

珠海鸿景花园

珠海鸿景花园大门

特点，推广运用了竖向钢筋电渣压力焊、小流水段施工法、组合式三绞筒模施工、砼掺外加剂、外墙爬模施工、水泵模板碗扣快拆体系、锥形反转出料砼搅拌机、钢管吊篮脚手架、H25型整体移动砼搅拌站等十多项新技术、新工艺。仅一年时间，五栋大楼的主体工程全部完工，创造了珠海建筑行业中全剪力墙体系六天一层楼的新纪录。经质量检测，工程的各项指标均为优良。

建设过程中，这项工程被评为珠海市优质工程，同时被建设部验收为全国首批科技推广示范工程。除此之外，工程还荣获了建设部科技推广三等奖。建设部科技司司长曾撰文称"鸿景花园工程是建设部科技推广的典范之作"。

工程施工期间，李鹏总理、乔石委员长等党和国家领导人以及珠海市有关领导先后莅临现场视察。该工程被专家们称为具有创造性的"一篇杰作"。

羊城的荣誉

20世纪90年代末，广州每年新开工项目的建筑面积达1000多万平方米，广州也成为国内最大的建筑市场之一，众多建筑队伍在这里角逐。在这种形势下，中建四局当机立断，决定把开拓重点转移至广州。

1999年，广州丽景湾项目首先为四局打开了局面。从此，四局拉开了进军广州的帷幕。

郭正祥是广州丽景湾的项目经理。这个工程，可以说是业主自己找上门来的。

丽景湾项目是"以现场促市场，以项目经营项目"的典型例子。当时，郭正祥在深圳和平广场担任项目经理。他在工地搭了个棚子，一天24小时守在现场。在项目管理上，郭正祥很有一套，工程的安全、质量、进度都很不错。

一天，一行人到工地参观考察，点名要见项目经理。经过一番交流，对方说明了来意。他们计划在广州建高层住宅，看了和平广场之

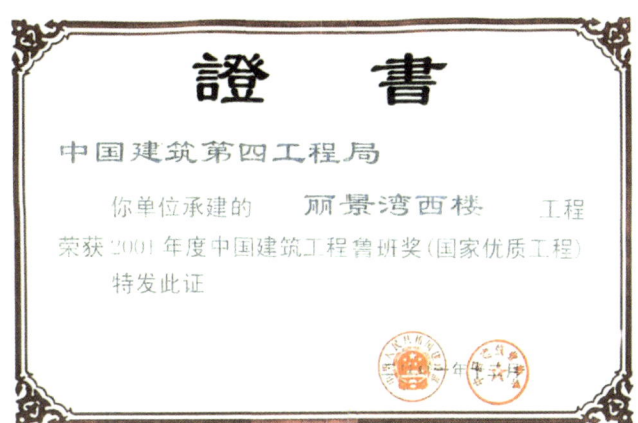

广州丽景湾西楼
工程鲁班奖证书

后,感觉很不错,想跟这样优质的施工单位合作。

这可是送上门来的大好事。郭正祥很高兴,欣然同意。对方提出:"马上就要竞标了,欢迎你来投标。"

于是,广州丽景湾项目被中建四局拿下了。

此时,正值和平广场工程收尾,郭正祥带上一部分技术骨干和工人,共400多人,转战广州。

丽景湾小区位于广州市滨江东路,分为西楼、南楼、北楼等。1999年5月,西楼率先开工建设。西楼共31层,高度98米,建筑面积3.1万平方米。

中建四局对入穗的首个项目相当重视,一开始就确立了誓夺"鲁班奖"的创优目标。作为项目经理,郭正祥感觉肩上的担子更重了。不过,对于"鲁班奖",他还是有信心的,他曾在厦门参加过一个"鲁班奖"工程的建设,那就是赫赫有名的"草原2号"工程。何况,广州丽景湾西楼已经初步具备了参评条件,现在只要专心致志地干好工程就行。郭正祥激励项目团队,如果能够拿到省级以上优质工程,会增加劳务费。大家一听来了精神,工作积极性都被调动起来了。

郭正祥提出了"三控制一协调"的管理策略。所谓"三控制"是指进度控制、安全控制、质量控制;"一协调"是指管理协调,每一个分包工程都要同步有序进行。同时,他引入了成本控制理念,以严

广州丽景湾

格的规章制度管理人,对工地上司空见惯的长明灯、长流水现象进行严厉处罚。

为了凝聚人心,稳定队伍,郭正祥对公司派来的管理团队实行更加严格的管理。他跟公司总经理约法三章,如果派来的管理人员不能胜任,就会把人退回公司,而且这样的人在公司不能再次得到重用。

不久,真有两个人撞到了枪口上。这两个人是公司的老同志,与

郭正祥私交也不错,觉得自己懒散一点,郭正祥也不可能真拿他们开刀。一天,他们被派出去买材料,这些材料都是工地上等着急用的,可是,他们出去一整天,晚上空手而归,却不以为意。

郭正祥火了,找这两个人严肃谈话,但他们继续我行我素。看到这两个人屡教不改,郭正祥开会宣布,将两人退回公司。

此后,管理团队上下一致,雷厉风行,形成了过硬的战斗力。后来,这个37人的团队中,有24人成为企业的各级领导。广州丽景湾项目一时被誉为四局"人才的摇篮"。

2000年9月,西楼建成。这栋建筑犹如出水芙蓉,盛开在城市楼群之中,显得格外惹眼。在建期间,工地就被评为广州市、广东省的优良样板工地。西楼荣获广州市的"五羊杯"奖,接着,又获得广东省"金匠奖"。

2001年11月,喜讯从北京传来,广州丽景湾西楼工程获得了中国建筑业的最高荣誉——"鲁班奖"。这是四局在广东首次获得该项殊荣。这个荣誉,极大地提振了四局进一步开拓羊城的信心。

服务与共赢

中建四局广东分局成立于1997年5月,是中建四局在广州注册的机构。成立这个分局的目的,就是想打开广东的局面。它是中建四局向广东伸出的一条腿,代表着中建四局要在广州开疆拓土,同时,它似乎还包含了一个希望和寄托。四局领导意识到,贵州已经难以承载他们这支庞大的队伍了。

雷治樵局长大力推广厦门区域公司经验,于是,中建四局在全国各地成立了很多区域性公司,其中就有宁波公司。宁波公司做得红红火火,邵智慧被选拔到宁波,在那里当了四年总会计师。广东分局急需用人时,雷治樵听说宁波公司的总会计师很能干,就大胆启用了她。邵智慧首先确立了"共赢的意识,服务的观念",很快就承接到广州农垦局住宅楼和办公楼工程。她自己带头做好过程管控,通过多方努力,广东分局在广州的第一个工程竣工,双方都实现了盈利。不久,广东分局又承接了广州海关新业务技术综合楼。这个项目位于广州珠江新城中心地段的花城大道,建筑造型既参考了全国重点文物保护单位——原广州海关大楼的欧陆风格,又融合了中国建筑的传统特色和现代特点。

2003年7月,海关大楼开工。12月,广东分局正式更名为中建四局华南公司,邵智慧被任命为总经理。她与领导班子成员沿用前面两

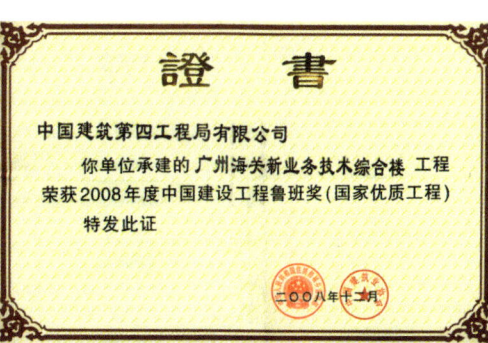

广州海关大楼鲁班奖证书

广州海关大楼

广东全球通大厦鲁班奖证书

广东全球通大厦

个工程的管理办法，走"现场出市场"的经营道路，以资金为主线，现场为主战场，通过严格的资金管理，把住材料进场和人员工资关，确保人力物力的投入。在施工过程中，项目部大胆应用新材料、新工艺，精心施工，从而保证了海关大楼工程的顺利进行。

由于财务管理公开透明，大家职责分明，工地上风清气正，大家心无旁骛地干工作，项目质量状况一直保持良好状态，工程先后获得广东省样板工程、广东省建设工程"金匠奖"、广州地区建设工程质量"五羊杯"、全国优秀质量管理小组等15项荣誉，并成功夺得"鲁班奖"。

"鲁班奖"为中建四局树立了良好的品牌形象，一时引人注目。广州人具有极强的务实精神，只要你做出了实绩，他们就会认可你。海关大楼的成功，为中建四局后来中标广州西塔项目等，创造了有利的条件。

在全体职工的共同努力下，华南公司陆续承建了广东全球通大厦、广州白云机场塔台、广州中石化大厦、贵阳香格里拉大厦等一大批优秀工程，公司的合同额、产值、利润等重要指标快速提升，展现出了强劲的发展势头。

2006年，邵智慧又接到一个新的任务，四局派她去贵阳整合濒临破产的二公司。华南公司总经理一职仍由她继续担任。

回到贵阳，来到故乡，邵智慧感觉这里的山山水水、一草一木都是那么熟悉，那么亲切。

踏进二公司的大门，邵智慧第一时间了解公司当下的情况。她来到职工家里走访，发现不少人住在干打垒的房子里，有的还住在棚户区的简易房里。看到这种情景，大家的心情久久无法平静。企业要发展，必须想办法寻找生存之路，让骨头自己长肉。

华南公司的第一个发展举措，并不是忙着发钱，而是去找项目。公司很快拿到了一个两栋楼的项目，接着就召开在岗职工会议，组织队伍去施工。

这一时期，二公司和华南公司的人员实行统一调动，统一安排。

有的被派去广州上班，使他们有了新的归属感。一些骨干人员被从广州调过来，参与贵州这边工程的管理和施工，两家单位紧密联动，为重振二公司实施造血式的帮扶。

公司始终坚持一条原则，无论怎样缺钱，工程质量永远是第一位的，绝不能搞砂锅捣蒜一锤子买卖那一套。必须立足长远，这样企业才能真正复活，也才能更有前途。

在两栋楼施工的过程中，他们狠抓质量管理，严把材料关。施工过程中有企业过来参观，业主感到非常满意。

项目竣工，二公司当年止损，第二年效益大增，公司进入正常发展阶段。公司腾出手来，开始建设职工安置房。这一年，公司建设了3万多平方米的安置房，职工们欢天喜地迁入新居。

2006年，华南公司与二公司合二为一，实行两块牌子经营、一套班子管理，在贵州设立办事处。公司为此专门制定了一套针对性的规章制度，党政联席会议成为公司重大事项决策的主要形式。

2008年，华南公司提出"争当四局区域公司排头兵"的发展目标，发展步伐不断加快。这一年，中建四局承建了造价为14.28亿元的亚洲规模最大的轻纺商业项目——广州纺织博览中心。

广州纺织博览中心是广东省、广州市、海珠区三级政府指定的重点建设项目，也是中国纺织品展贸示范基地，是中大布市千亿商圈和全球纺织品采购中心，引领着中大纺织商圈业态的全面转型升级。

这个项目是四局有史以来承建的最大的单体工程，第一期的三层地下室和六层裙楼，建筑面积就达40.81万平方米。项目于2008年5月23日中标，工期仅有11个月。

工期紧，任务重。四局开始紧锣密鼓地筹备，连续召开合同交底会、动员大会，策划施工方案。为了更好地管理项目，保证施工质量，各部门分工协作，赶制出一部完备的《广州纺织博览中心项目管理策划书》。从宏观的质量目标、成本测算，到微观的请款流程、电话线路配置，《策划书》精确到了与施工相关的每一个细节。

2008年7月，项目正式签约。此后，一支数千人的建设大军紧急向工地集结。除了工程技术人员,华南公司机关有近三分之二的人被调往该项目,现场最高峰时有四千人同时作业。

数个大项目的优质履约,为四局"大市场、大业主、大项目"的经营方向奠定了坚实的基础,也为四局在广东的品牌建设积累了重要的业绩成果。

第五节 "三牛"精神

中建四局在实施"走出去"战略,大力开拓沿海城市,关注海外市场的同时,对全国市场也很重视。1998年这一年,四局做出了一个重要决定:开拓北方市场。

这项任务交由六公司完成。

六公司先后选派了五名干部负责东北的工作,但他们没待多久,就都先后回来了。他们面临的难题,不是满足不了业主的需求,就是达不到中建总公司的要求,总之就是两个字:难干。

难道"开拓大东北"计划要泡汤?六公司经理王庆善的心里也犯起了嘀咕。

时光一晃到了2001年,六公司首次以中建四局六公司北方分公司的名义在东北从事生产经营。经过班子讨论,他们一致认为,丁云朝是分公司经理的合适人选。王庆善找丁云朝谈话,说:"要不,你去东北试试?"

丁云朝略一沉吟,回答说:"让我考虑一下,和家里人商量商量。"

第二天,丁云朝下定决心,服从组织安排去东北。

从他坚定的目光可以看出,对于这件事,他经过了深思熟虑,也征得了家里人的同意。

很快,丁云朝就带着对家乡和对安徽公司的不舍,收拾行装上路了。

王庆善的一颗心却仍然悬着:丁云朝要去的北方分公司,刚从中

沈阳光达大厦

建北方脱钩，客户、朋友、管理基础几乎为零，再加上他去的地方是沈阳，眼下正值隆冬季节……在这种情况下，出现任何问题，都是有可能的。

不过，很快就有消息传来，说丁云朝工作非常积极，首先安抚好员工，同时到处寻找项目。这时候，王庆善心中的一块石头才算是落了地。

严冬的沈阳城里，丁云朝冒着严寒，带人到处找米下锅。这个土生土长的南方人，从来没见过北方严冬的架势。出门时，他只带了一件薄棉袄，连双棉鞋都没有。办公室里冬天有暖气，房间里人也多，还算比较暖和，但一出去，他就感觉像是掉进了冰窖。扑面而来的寒风让人直打哆嗦，刚来几天，丁云朝就感冒了，但是他顾不了这些。

天寒地冻无关紧要，人家不给面子，比天冷更让人心寒。有些业主连见面都不肯，只甩给他一句话："你们接不了这个项目。"

丁云朝听了这些话，彻夜难眠。晚上，他组织"火炉会"，跟员工共同商讨发展策略，为大家打气鼓劲。

不管路途多么遥远，只要听到消息，四局的这支开拓小队就要冲过去，只要有一点希望，他们就会竭尽全力。大家在心里暗暗发誓，一定要在东北市场做出成绩，让四局在北方打开局面。

虽然人生地不熟，但是这支队伍点燃了一颗颗火热的心。功夫不负有心人，四局终于承接到了两个不太大的项目。

作为"新人"，他们不嫌工程小，只想全力以赴，做好履约。

工程进展得很顺利，速度快，质量好，业主连连夸奖："干得老好了！"

2003年，中建四局承接了沈阳市重点工程——沈阳光达大厦项目。

此时，每一位员工都感受到了坚持带来的收获。他们凝心聚力，主动参与项目策划，对工程实行精细化管理。这个项目一时成为引领沈阳市文明施工的标杆，多次代表沈阳市乃至辽宁省迎接各地各级领导和社会各界的观摩检查。

光达大厦项目如期完工，成为沈阳市的新地标，四局的品牌也在这里一炮打响。

随后，以光达大厦项目为"敲门砖"，四局先后承揽了东方威尼斯二期、沈阳工业大学综合实验楼、沈阳曼哈顿广场等优质项目。

四局在东北市场站稳了脚跟，但丁云朝依旧不敢懈怠，他像爱护眼睛一样保护着公司刚刚建立起来的声誉。

千缘爱城项目工期提前，同时还要参与创优。面对双重压力，丁云朝吃住都在工地，每天晚上在项目现场组织召开施工碰头会，及时沟通施工过程中遇到的问题，指挥各部门协同作战。

2005年，千缘爱城项目获得了沈、长、哈三市观摩和"三金一银"等众多奖项。

通过一系列项目的优质履约，四局逐步打开了东北市场，为在北方地区从规模到品牌的稳步提升打下了坚实基础。在这个过程中，四局以经营管理、成本管控和清欠防欠三张王牌为企业发展保驾护航，打造出效益领军的发展模式，一批批青年员工快速成长为优秀骨干。

2015年，北方分公司与原六公司北京分公司合并，更名为六公司东北分公司，区域由东三省扩展到东北、华北地区。新机构整合后，面临重重压力和考验，丁云朝带领团队奔赴北京、河北、山东、山西等地，一一拜访客户。

由于一些业主对先前的项目履约不满，所以，丁云朝一行人常常遭遇冷眼甚至闭门羹。但是，丁云朝坚持新官理旧账，不推诿不气馁，一面抓项目履约，化解问题，一面硬着头皮"三顾茅庐"，与客户诚恳沟通，不但卸掉了历史包袱，挽回了企业损失，还扭转了业主对四局的看法，赢得了客户的信任。

四局紧抓机遇，主动融入区域高端市场，积极钻研市场动态，与行业高手同台竞技，团队的锐气越来越足，管理能力不断提升，客户和行业对四局的信赖度也越来越高。

随着规模与品牌的提升，不少单位向丁云朝伸出了橄榄枝，有的单位甚至开出了高于他目前收入数倍的年薪，但是，他都婉言拒绝了。丁云朝已把公司当作自己的家，与团队凝结了血浓于水的感情。

一晃十七年过去了，肩负四局开拓东北重任的北方分公司已经成为一棵大树，根须越扎越深。十七年的时间里，北方分公司的员工发展至近700人。凭借持之以恒地开源节流和底线管理理念，北方分公司取得了超百个项目无亏损的可贵成绩。作为四局在东北地区唯一的分公司，北方分公司扎根北方沃土，孜孜探路，奋楫潮头，从困境中突围，直到站稳脚跟，硬是闯出了四局在东北的一片天。

"都是大家努力的结果。"荣誉之下，这是丁云朝最常说的一句话。

看到员工们在成长发展，成家立业，丁云朝感到非常欣慰。员工子女因户口问题不能正常上学，丁云朝多方奔走协调；员工找对象，他也会主动关心，还成就了几桩美满姻缘。他费尽周折，为近百名员工争取到了团购房，分公司三分之二的员工都在沈阳安了家。

丁云朝唯一亏欠的是自己的家庭。十七年的时间里，丁云朝一个人住在沈阳，屋子里只有灰色的布艺沙发、玻璃的茶几，32英寸的电视机挂在大白墙上，机顶盒和路由器直接放在地上，这就是他在东北的家。他与妻子和女儿三人三地生活。他一直觉得自己不是一个称职的父亲，有时想起自己的家人，他总是暗自叹息。2019年2月，六公司合肥分公司与淮南分公司合并，组建了新的安徽分公司。新成立的分公司困难重重，54岁的老将丁云朝再次主动担当，担任安徽分公司总经理。三年多来，他顶着压力，清理和优化员工队伍，主攻公投市场，深化属地政府对接，加强基础业务管理，再次攻坚安徽市场。

2022年，中建四局党委作出了《关于在全局开展向丁云朝同志学

沈阳千缘爱城

习活动的决定》,号召全局党员干部和职工学习丁云朝的"三牛"精神:一是学习他服从大局、牢记使命,无怨无悔在偏远艰苦地区十几年如一日无私奉献,舍小家为大家的"孺子牛"精神,引导广大党员干部带头践行四局忠诚、真诚的文化理念,为追求企业进步和员工幸福做出更大贡献;二是学习他扎根一线,身处困局,重压之下不回避、不退缩,敢于攻坚,艰苦奋斗,走一路闯一路的"拓荒牛"精神,引导广大基层骨干带头践行四局至诚、精锐的文化理念,为企业改革攻坚、跨越发展冲锋陷阵,建功立业;三是学习他扎实、真实、务实的工作作风,干一行爱一行的"老黄牛"精神,引导广大员工踊跃践行四局精益、精品的文化理念,在日常工作中坚持实干兴业,精益求精,追求卓越。

第三章

移师岭南

跨入21世纪，历史翻开了新千年的第一页，我国的经济发展也进入新阶段。

2000年，国内生产总值首次突破一万亿美元，国有大中型企业改革和三年脱困目标基本实现。

2001年，是实施"十五"规划（2001—2005）的第一年，是保持经济增长良好势头、乘势前进的一年，也是深化体制改革、扩大对外开放的重要一年。这一年，中国加入世贸组织（WTO），上海召开亚太经合组织（APEC）会议，我国对外开放进入了一个新阶段。在国际化的新格局下，四局也将面临新的机遇和挑战。

2002年，党的十六大把"三个代表"重要思想写入党章，提出了全面建设小康社会的奋斗目标。

这一年，四局迁粤成功，完成了一次历史性战略转变和胜利突围。

然而，对于一家在西南大山里长大的国有建筑企业来说，想要立足于市场化程度更高的沿海一线城市，注定面临着一场严峻考验，甚至生死挑战。在这里与四局竞争的，不但有根深叶茂的本土建筑工程公司，更有慕名而来的国内建筑业翘楚。

四局是幸运的，迁粤后遇到了国家建筑业的黄金时期。从岭南地标争夺战，到蝶变与转型，四局上演了一幕幕精彩大戏，练就了一身好本领。

随后，贵州大建设再次拉开帷幕，四局人返黔慈乌反哺，报效乡梓。殊不知这一去深陷泥淖，又丢失了大量战略要地，四局的发展开始陷入被动，遭遇了一场危机……

他们征程一路，风雨一路。在峥嵘岁月里，经历辉煌与传奇，痛苦与失落；在波峰浪谷间，也雕琢出精诚的品格之貌。

第一节　绝境突围

凛冬星火

1989年，全国停建缓建1.8万个项目，建筑业陷入了空前激烈的竞争，地方保护、行业保护空前强化。国家紧缩信贷，许多建设单位的支付能力受到制约，对建筑企业进行压价和拖欠工程款以转移资金紧张压力的态势不断加剧，四局的生产经营也受到了直接冲击。

1992年5月，中建总公司领导到四局调研。他们在贵阳全面考察了四局的情况后，感到很不满意，多次表示四局前途堪忧，困局难解。

时任四局副局长的雷治樵对此深有体会，心里十分难受。这的确是一个残酷的现实。

散会后，雷治樵走出会议室，走到走廊尽头，透过窗子望着贵阳城。看到密密的楼宇和远处的山头，眼前的景象似乎变得有些忧伤，他心里感到有些堵得慌。

二十岁出头从重庆建筑学院工民建专业毕业，雷治樵就被分配到贵州，在中建四局一干就是三十年。小时候为了赚学费，他在长江边的码头上扛水泥，到县城读书要走三十里山路。来到贵州以后，他参与了预制厂、木材厂、构件厂建设，三线建设时期又参加061项目建设，跑遍了这里的山山水水。

他是个能吃苦的人。但现在形势已经变了，他们面临的，不是吃不吃苦的问题，而是上上下下有没有活干的问题。在本地找业务很困难，但职工又不愿意离开家，四局的路何去何从？

这时，全局除了少数几个公司以外，多数公司在经营上都出现了问题，入不敷出，资不抵债，人心涣散。

造成这个局面的原因是什么呢？贵州的活越来越少，四局在这里的负担越来越重。三线建设时期，贵州需要大量实力雄厚的建筑队伍。改革开放后，国家的经济建设重心落到了沿海城市，大量工程项目也跟着落脚到那里。

贵阳中建四局大厦（威清路）

尽管这些年四局在全国各地建立了一些分公司，有些公司还取得了不错的效益，但总的来看，向外的开拓步伐还不够大。对于一个大企业来说，他们就如同一头大象，鼻子伸了出去，身子却还困在山里。

大象是留恋高原的，它生于斯，长于斯，对这片土地怀着深厚的感情。这里有纯净的江河，奔泻的瀑布，清甜的空气，巍峨的大山，怒放的杜鹃；这里有灵啭的鸟鸣，多彩的云朵，充沛的雨水，木构的风雨桥与鼓楼；这里民族众多，山中的侗族大歌，苗家的芦笙舞，布依族的铜鼓，无不令人迷醉；这里有酱香酒、乌江鱼、折耳根……特别是这里的人充满友爱，充满善意，这里的山山水水都留下了四局人青春和汗水的痕迹，印证了他们的光荣与梦想。这里有他们的爱情和如歌的岁月，这里是他们的下一代出生和成长的地方，所以，他们与这块土地已经血肉相连。

不久，组织上找雷治樵谈话，让他接任中建四局局长。这时候，他也有调去北京工作的机会。雷治樵有些犹豫。中建四局现在困难重重，在此时上任，颇有临危受命的意味。如果答应下来，他就必须全力以赴。再过两个多月，他就53岁了，在这个年纪，还要继续去接受高难度的挑战吗？但是，从另一方面来说，他这一生从四局起步，一直成长到今天，可以说是四局培养了他，他能在四局危难之时弃它而

中建四局原深圳公司承建的震雄工业园项目

去吗?

雷治樵的思想斗争很激烈。这时候,四局党委副书记陈金如在北京接受总公司人事部领导委托,给雷治樵做工作,他打电话说:"雷老兄,你把这副担子挑起来吧!中建四局这么困难,我们一起来干一场。"

总公司领导和四局班子对他如此信任,这让雷治樵最终下定了决心。

新班子宣布组成。他们对四局面临的问题以及今后的出路有着一致的看法:要想走出困局,四局只有一条路,那就是走出大山,到外面去寻求发展的机会。

但是,走出去也必须循序渐进,不能盲目冒进。四局这么大的一个企业,人数非常多,而且在贵州深耕几十年,早已与当地融为一体。如果搬迁到其他地方,那里能否接纳,迁过去之后能否生存得更好,市场竞争这么激烈,企业能否适应,这都是可能面对的问题。这并不是一件容易的事情,一定要等到条件成熟,在外面有了一定的实力和适当的生存空间之后才行。自古以来,迁徙就不是小事,要步步为营才是。

雷治樵上任以后,抓住四局人才青黄不接、基础管理薄弱、技术力量不强等制约发展的问题,狠抓改革,狠抓基础管理,明确企业的发展目标、经营目标、管理目标,把责任落实到人。

在他的带领下,大家下定决心要改善四局的人才状况,提出每年要招录三百至五百名学生,把能人善者破格提拔到重要岗位上来,培养一批敢于为职工负责并且真诚待人、责任心强的干部。

雷治樵坚定了一个信念,要扩大开拓成果,把区域性公司做强。他把精力倾注到向外的业务拓展上,积极推广厦门公司的成功经验,号召大家解放思想,转变观念,开拓进取,走出贵州,大力发展区域性公司。

那些年,四局撤销深圳华林公司,成立深圳公司,又在广东分局的基础上成立华南公司,并督促六公司、装饰公司等单位向外走,向全国各地进军。四局每年都在外地召开工作会议,把人拉出去,让员工们开阔眼界，让大家习惯全国一盘棋，用表彰先进的方法来激励后进，一心想让更多的人走出大山。

雷治樵也在思考：四局下一步的落脚点到底应该在哪里？

东进还是南下

在全局困难企业不断增加、整体资金情况不容乐观的形势下，四局该怎么办？雷治樵带领局领导班子，深入分析了当时的形势。面对"僧多粥少，无米下锅"的状况，四局调整了经营方针，把原来"立足贵州，开拓沿海，力争多出国"的政策，调整为"走出贵州，面向全国，走向世界"。

走出贵州，应该怎么走？除了向全国开拓，还有什么举措？四局领导班子反复研究，提出了两个办法：一是适时迁出局总部，寻找新的机遇；二是增强局本部的经济实力，同时，把原来的管理型区域性公司变为自营的实体公司。

局总部迁出贵州，应该落在何处？是东进还是南下？

四局在上海、厦门、浙江、广东、海南等多地都有开拓点，但哪里最适合总部落户呢？有人认为老牌经济中心上海更有优势，有人觉得改革开放前沿的广东机会更多。

经过反复分析比较，多数领导班子成员认为，广州应为首选。

广州毗邻香港、澳门，港澳回归后，必然有一个大的发展机遇。广州是省会城市，是华南重要的大都市，历史悠久，而且对外来企业包容、开放，有利于四局发展。

1996年底，雷治樵开始在领导班子内部提出搬迁的设想，强调要把广东地区业务做大做优，特别要把深圳、广州等地做成四局的经济支撑点。

1997年，局总部迁移落户广州被列入工作规划。

1998年，为应对亚洲金融危机带来的冲击，上海出台《关于进一步服务全国、扩大对内开放若干政策意见》，旨在吸引内资和大企业落户。随即，中建总公司在上海召开会议，对这一政策红利带来的发

原中建总公司马挺贵总经理在四局调研

展机遇进行专题研究。会上提出,根据国家发展形势,为更好适应改革开放的需要,各局可以根据实际情况整体搬迁上海或在沪注册成立子公司。

迁址事关重大。当天晚上,雷治樵给远在贵阳的陈金如打了长途电话,两人交谈了很久。四局已经在深圳、珠海和广州布了局,与上海相比,四局在广东的基础更牢固。广东是改革开放的前沿,毗邻港澳,发展潜力大,后劲足,从各方面来看,迁粤都是更好的选择。

第二天,雷治樵向总公司领导郑重表态:四局希望到广东去发展,局总部落户点选在广州。听取了相关分析汇报后,总公司领导也表示赞同。

从上海回到贵阳后,雷治樵立即召开领导班子会,大家一致认可总部迁移落户广州的决定,并开始对迁粤进行初步规划。

从此,中建四局与广东发生了千丝万缕的关系。在这个被四局人称为"粤海"的地方,他们上演了一幕幕精彩的大戏,写下了一个个崭新的故事。

1998年底,在深圳召开的年度工作会上,雷治樵在工作报告中提出"在广东地区铸就四局的半壁河山,实现局总部迁移落户广州"的目标。

2000年,中建四局把总部迁移广州写入《四局改革与发展五年规划》,正式把迁移广州定为长远发展的战略目标。

在此期间,中建总公司对四局迁粤非常重视。总公司第一任总经理张恩树长期关心四局的生产经营情况,鼓励四局向外开拓,离休后仍支持四局迁粤工作。副总经理孟广水也一再鼓励四局走出贵州。总经理马挺贵多次到贵州调研,强调要认清形势,在本地任务严重不足的情况下,必须走出去……

与此同时,一批批90年代入职四局的大学生也陆续成长起来。

对于南下,大家越来越有信心。

第二节 迁粤之路

回望自省,很多人意识到,要把四局这艘大船开往充满机遇和挑战的沿海地区,让它乘着改革开放的春风扬帆破浪,还需再创造条件,让它以充满生机与活力的精神状态进驻广州。

四局提出,要力争在2001—2003的三年中,完成三件大事:第一是完成新资质的就位,获取搏击市场的许可证;第二是完成局总部的迁移落户,拿到进入广州的通行证;第三是解决历史遗留包袱,搬走阻碍发展的拦路虎。

一纸珍贵的批文

1999年,四局一公司、二公司、三公司、六公司、安装公司、施工公司等主力队伍先后在广东布局,并加强了力量,迁粤的步伐已经越来越近。

总部迁移是一项系统工程,事关四局未来的战略决策,意义大,难度也大。他们面临着贵州和广东的注册问题、住房问题、语言问题、文化问题等诸多问题,还有个别职工在思想上没有完全接受这一历史性的转变,毕竟故土难舍,他乡路长……这些问题环环相扣,都需要认真研究和解决。

中建四局迁粤首个办公地点——天河北信源大厦

2000年，雷治樵光荣退休，徐辉义接任局长。历史的重担，责无旁贷地落到了他的头上。

徐辉义早已下定决心，四局要再上新台阶，总部迁粤是头等大事。同时，他也意识到，迁粤已经到了最好的时机，到了最后落地的阶段。

四局一刻都不想再等。先前，他们已经选派了精兵强将，到广州去开拓市场。2001年初，又补充了广州地区的队伍，将新资质就位、落实总部迁移应该办理的相关手续和办公地点选址等问题提上议事日程。四局领导班子提出要筹集资金，专项解决有关总部迁移的各项问题，有计划、有步骤地推进搬迁工作。

从2001年开始，全国建筑企业都在按国家建设部的要求申请资质就位。四局下定决心，必须拿到房建特级总承包资质。只有拥有这一资质，手里才有进入广州的"敲门砖"。

但拿到这个资质绝非易事。徐辉义提出一个口号：要以国家申办奥运会的精神，来申报特级总承包资质。

四局填写申报材料，向国家建设部申请，同时积极与中建总公司沟通。经过不懈努力，2002年，国家建设部批准了中建四局特级总承包资质的申请，四局所属的11家独立法人资格的建筑施工企业，共获得施工总承包及专业承包一级资质19项，二级资质25项，三级资质5项。

2002年初，徐辉义在四局职代会上提出当年的工作重点就是迁粤。四局要走出贵州的大山，到广州去，在那里安一个新家。

徐辉义说："从贵阳迁广州，这是中建四局历史上的一次战略大转移。历史的担子落在我们这一代人身上，这是我们的光荣。这是百年大计，千年大计。待到我们成功迁粤，开创出新的局面，我们的后人都会记住我们，记住所有为此付出过努力的人。"

会上决定成立"中建四局广东指挥中心工作组"，由徐辉义任组长，成员有局办公室秘书石庆林等。"迁粤行动"正式拉开帷幕。

2002年3月18日，羊城正是木棉花盛开时节。徐辉义、石庆林和李

中建四局在粤总部办公大楼（2003—2022年）

云三人来到广州。前期进驻广州的同事们十分兴奋，总部搬迁的大事到了动真格的节点。

建筑企业要进广东，首先要找的无疑是广东省建设厅。经过总公司引荐，徐辉义一行人来到建设厅，向厅长汇报了中建四局迁来广州的想法。他谈了三条理由：

第一，中建四局是国有企业，有特级总承包资质，实力强大。四局曾经在三线建设中大显身手，目前在全国各地建设了许多大型项目。进入广东之后，可以更好地服务广东经济社会发展。

第二，中建四局在广东已经有了"半壁江山"，四局所辖广东分局、深圳公司、安装公司、六公司等早已来到广东发展，在广州承建了丽景湾小区等项目，陆续摘得"鲁班奖"等诸多殊荣。

第三，中建四局和广东有许多地缘关系。四局科研院等单位，以前就在茂名，后来奉调进入贵州，部分四局人也曾经在广东求学。搬迁至此，其实还有点寻根的意思。

2002年4月12日,是徐辉义一生都记得的日子,总公司张青林书记直接飞到广州,与广东省有关领导见面。这次会见,对于四局总部迁移落户广州来说,是一个重大突破。经过前期的沟通汇报,省领导纷纷表示:欢迎中建四局到广东来!历史将会证明,你们选择迁粤,是无比正确的选择。相关领导要求四局按照流程马上申报。

4月13日,报告起草完毕,经过仔细推敲,报告标题确定为《中国建筑第四工程局总部迁移落户广州的请示》。报告先呈报上级主管机构审阅,总公司领导对申请报告进行一些修改之后,即以中建总公司的名义行文,主送广东省人民政府,抄送分管副省长、广东省建设厅。5月,经批示,省建设厅将文件转至广州市政府。

9月16日,广州市政府办公厅复函省建设厅,欢迎中建四局总部落户广州,同时要求中建四局完成工商、税务、社保等各项登记手续。于是,贺婷、李波、李庆福迅速抵穗,投入到对外办理登记手续、对内装修办公室的紧张工作中。

番禺中建四局新总部大楼(2022年)

随后，广东省人民政府批准同意：中建四局总部迁移广州，作为中央驻粤企业纳入管理（粤办函〔2002〕327号）。

中建四局迁粤获得了正式批准。

这天，石庆林来到省建设厅。他拿到了一个信封，里面装着四局的每一个人都期盼已久的批文。他把批文抽出来看了看，上面赫然盖着广东省人民政府的鲜红的大印。它代表着未来，承载着希望，所以，薄薄的一页纸，似乎有着千斤的重量。

经过四局两任领导班子的共同努力和中建总公司的大力支持，2002年12月9日，四局总部顺利迁移落户广州，作为中央企业纳入广东省管理，成为中央驻粤企业，完成了四局历史上最大的一次战略转移。

从夜郎古国到南粤楚庭，有件事情让贺婷初识了两地文化的巨大差异。刚从省工商局领回的营业执照崭新亮丽，贺婷小心翼翼地将正副本平铺在办公桌上，生怕弄脏弄花，哪怕有一点点压痕，都感觉是对神圣事业的亵渎。

可是第二天早上来到办公室的时候，大家都吓坏了。原来，昨天夜里，天花板内的空调水管意外爆裂，空调水倾盆而下，将放在办公桌上的营业执照全部浸湿损毁。贺婷垂头丧气地找到省工商局办事人员，战战兢兢地解释着发生的事情，没想到办事人员不仅没有责怪，反而笑着说："恭喜你吔，中建四局亘会大发！"原来，广东人以水为财，水从天降预示着财源滚滚。贺婷本来还悬着的一颗心终于落地了。

搬走"拦路虎"

迁粤获得批准，对中建四局而言，堪比经过艰苦的爬雪山过草地之后，进入到一片崭新的天地，所以，怎么庆贺都不为过。

但是，真的要离开贵州这片土地，从大山走向大海，前路漫漫，并非所有人都会感到欣喜，正可谓几家欢喜几家愁。有些人只想过安稳日子，不愿离开，他们在思考自己今后的路该如何走。有些人上有老下有小，老人故土难离，孩子在学习迎考，家人也在贵州当地工作，对于这样的家庭来说，举家搬迁并不现实，而迁粤就意味着家人的分离。

徐辉义回到贵阳，等着他做的事情太多太多，还没高兴几天，问题就接踵而至。首先就是债务问题，一公司、二公司、五公司、施工公司、工程机械厂等五家单位，加上局总部，已经形成的拖欠贷款不容乐观。这是一座大山，必须把它搬走，否则它就会成为迁粤的拦路虎。

四局决定分步走。徐辉义了解到，银行有为困难企业减免债务的政策。于是他找到资产公司，说明情况，请求给予减免。

经过多次沟通协商，又经请示上报，对方提出，先按照四局现有的偿还能力进行偿还，但必须在半个月之内把钱一次性还上。

徐辉义心中一喜，立即答应了这个要求。通过多方筹措，在局各级单位的支持下，依靠总公司等多方发力，他们终于在规定的时间把钱打了过去，彻底割断了几家下属公司的长期债务。

这件事也进一步统一了全局的财务意识。全局一心，不仅成功解困，还通过诚信守约的表现提高了信誉，改善了银企关系。

徐辉义终于可以一身轻松，集中精力去办理迁粤事宜了。

迁粤行动开始时，并没有大张旗鼓。贵州人是最讲感情的，他们从来没把四局的员工当外人，真的要走了，他们也有许多不舍。

剪不断，理还乱，是离愁，别是一番滋味在心头。

但是，开弓哪有回头箭？为了中建四局的长远发展，走，是他们的不二选择。陈金如书记出面，去贵州省建设厅说明情况。

听说四局要走，建设厅领导很长时间没有说话。

陈金如接着说："这些年，贵州没少支持我们，我们都记在心里了。我们现在去广东，是去那里寻找一个新的发展平台。我们的一些公司和人员，还会留在贵州，继续为贵州的建设发展服务。"

领导点了点头，又摇了摇头。事到如今，他又能怎样呢？当年一声号令，大队人马从全国各地来到贵州，四局归入贵州省城建局旗下，成为地方建筑行业主力军；后来成立建筑工程部贵州工程总公司,归属建工部。四局参与地方建设,特别是为三线建设挑大梁,发挥了至关重要的作用。改革开放了,一切以市场为主导,为了企业的生存和发展,他们不去沿海经济发达地区,又能有怎样的选择?一切皆因时势所为,谁又能奈何!

贵州省委、省政府领导听到中建四局迁去广州的消息,深感意外,同时也感到惋惜。不过,既然木已成舟,他们还是希望四局去广东发展得更好。

热泪为谁而流

2002年11月25日,清晨八时,贵阳威清路8号中建四局总部办公大楼前,第一批赴粤的职工集结出发。这意味着,中建四局迁粤工程正式进入搬迁阶段。人们对贵阳满是牵挂,又对广州充满向往,每个人心里都缠绕着莫名又难言的情感。

火车从贵州穿过湖南、广西直奔广东,一路上,四局的员工们都在聊四局的故事,聊自己的经历,聊赤天化工程,聊各种只有本人才记得的工厂代码。四局承建的一个个工程,还有在四局成长起来的一个个人物,都跟随着他们一路向前。

局工会副主席徐功秀也在火车上。入夜之后,四岁的儿子问她:"妈妈,你为什么要去广州上班?贵阳的办公室怎么办呢?广州太远了!"她回答:"儿子,以后你就会说贵州太远了!"对于年逾不惑的她来说,去一个快节奏的城市工作并不是一件容易的事。列车在摇晃,她的思绪也在一路摇晃。

这是一次不同寻常的旅行,她深切地体会到了什么是迁徙。迁徙就是无所不包地把你的一切连根拔起,抛向另一个地方,包括生活、工作、思想、关系、亲情、乡情、环境、责任、前景……列车带走了他们的身体,却带不走那些深厚的情谊和往事。

第二天下午五时,列车正点到达广州。华灯初上,车站人山人海,城市被灯光和落日的余晖染成了淡黄色,这是大都市黄昏的色彩,也是乡愁的颜色。地面上、高架桥上疾驶的汽车不停地发出嗡嗡

《中建四局报》报道了中建四局总部从贵阳搬迁至广州

的喧嚣声。

　　望着人头攒动的车站广场，大家不免心生感慨。这片改革开放的先行地，竞争可谓空前激烈，我们可不敢有丝毫的松懈啊！

　　2002年12月9日，虽然会议室和办公室还没有完全布置好，桌椅也都没有运到，但是，四局总部已经在广州正式办公了。早上八点三十分，位于广州市天河区天河北路898号的信源大厦18层会议室，总部的三十多名职工，举行了一个简短的开工仪式。

　　徐辉义站在人群中，声音洪亮地说："同志们，从今天开始，我们中建四局就正式进入广东了。到广东来，就是想让企业能有一个更大的发展，跃上一个新的台阶。若干年以后，大家就会看到，我们今天的选择是无比正确的!今天在这里的每一个人,都将是历史的见证者,大家很幸运,也很光荣,当然,大家也要吃一些苦,克服一些困难……"

讲着讲着,他突然声音哽咽,泣不成声。此时,每个人的心像在被锤子重重地敲打。那是一个男儿的眼泪,泪水中有几分激动,几分喜悦,更有几分心酸。大家无不为之动容,同时,大家也感受到了一位国企主要领导肩上所担负的重于泰山的责任。

前排的人流泪了,后排的人也流泪了。徐辉义局长讲完之后,出现了短暂的安静,随后突然有人鼓掌,所有的人也跟着一齐鼓掌,掌声如骤雨一般,热烈而又庄严。

多少年后,每当想起这一幕,当时在场的人还能感受到那种气氛给人带来的复杂情感和像电流一样的战栗。四局人牢牢记住了这个日子,人们为四局迁粤的勇气而击节称叹,也被四局主动应变的迁粤精神深深感染。

紧接着,大家分头布置办公室,连夜搬运从贵阳运来的文件资料。办公室的两位女士晚上加班准备会议资料,困了就铺上一张毯子就地躺一会儿,全然没有了往日的矜持。

中建总公司总经理孙文杰一行来到广州,一起分析四局目前的发展态势,指出今后努力的方向。接着,他拜会了相关领导,为四局办理各种手续,落实政策,理顺关系,为四局融入广州给予了大力支持。

所有的努力都指向同一个方向,大家都在热切等待那个高光时刻的到来。

2002年12月26日,天气晴好,广州的冬季依然鲜花盛开。信源大厦18层张灯结彩,一派喜庆景象。

这一天,是中建四局历史上辉煌灿烂的一天,即将载入中建四局的史册。

这一天的《广州日报》整版刊出一条消息:中国建筑第四工程局正式迁入广东。

上午十点，大家欢聚一堂，每个人脸上都挂着灿烂的笑容。中建四局总部揭牌仪式开始。在大家热烈的掌声中，徐辉义把一块大红布轻轻地拉了下来。"中国建筑第四工程局"九个闪闪发光的大字，出现在人们的眼前。

全场热烈鼓掌，许多人热泪盈眶。为了这一刻，四局的员工夜以继日，付出了无数的辛劳和努力。

徐辉义清了清嗓子，发表了热情洋溢的致辞，他说："今天，我们借党的十六大东风，在这里举行中建四局总部迁移落户广州的揭牌仪式，这是中建四局发展史上的一件盛事，让我们四局人共同揭开我局发展史上新的一页！ 中建四局的历史始于1962年8月。四十年来，我局在贵州为祖国建设做出了卓越的贡献。时代在发展，市场在变化，今天，我们追寻更广阔的市场，跻身这片改革的热土，续写四局新的历史，这是我们四局人肩上的责任。从国庆节前后广东省政府复函同意我局总部迁移落户广州，到12月9日总部正式运行，历时两个月。一二·九运动是中华民族团结奋进、一致抗战、争取民族独立和解放的纪念日。对于四局而言，'一二·九'是总部迁移落户广州的纪念日。四局立足市场，直面竞争，奋起自救，完成了历史性的战略大转移。四局的拓荒者，用压力激发潜在的活力，必将使中建四局以崭新的形象出现在广州。此州非彼州，任重而道远……"

"学习广州，融入广州，扎根广州"，这是四局人面临的新挑战。

《中建四局报》专门出了一期彩版，以《总部在广州，新年新气象》为题，对迁粤进行了报道，其中一篇述评写道："四局总部南迁，是一场大的变革，将对四局未来的发展产生重大而深远的影响。它是一个分水岭，预示着四局将彻底摒弃旧的观念和保守思想，大胆解放思想，开拓奋进；它是一个里程碑，将在四局的发展史上抹下一笔重彩；它是一个新起点，激励着四局人在广州创造新的辉煌。我们期盼着四局在觉醒后的奋起，期盼着四局的生机勃发，期盼着四局的美好未来。"

第三节　岭南地标

在21世纪之初，国家对建筑市场进一步加强规范管理，一些保护建筑施工企业合法利益的法律法规陆续出台并实施，尤其是"十一五"（2006—2010）期间，随着城市化进程的加快和国家鼓励住房消费，国内建筑行业迎来发展的黄金时期。

与此同时，中国建筑业也在面临转型接轨的考验，具有科研、设计、采购、施工一体化优势的大型建筑企业集团纷纷开始实施"走出去"战略，抢占"大业主、大工程、大项目"等高端市场，建筑业市场竞争进入白热化阶段。大力推行工程总承包，成为这一时期行业改革的亮点。

成功迁粤后，如何在广州这片创业热土站稳脚跟，抓住国内建筑业发展的黄金时期并一鸣惊人，成了四局人共同的期盼。

试行董事会

2004年，中建总公司开始在工程局试行董事会制度。这是借鉴国外及港澳地区的先进管理经验，率先在民营企业里发展起来的一种机制。国有企业尝试实行董事会制度，主要目的是进行企业内部改革，实行董事长和党委书记一肩挑，坚持党的领导，发挥国有企业党组织的政治核心作用。

总公司经过考察之后，中建三局常务副局长叶浩文成了中建四局的董事长人选。

叶浩文是广东四会人，清华大学工程硕士，国家一级注册建造师、高级工程师。他在中建系统从工长、技术员、栋号长做起，一路成长，后来先后担任公司副经理、总经济师、副局长、常务副局长。

2004年9月7日，中建四局召开干部大会，叶浩文被任命为董事会试点工作领导小组组长。从武汉再回广州，回到熟悉的家乡，叶浩文在大会上并没有多说什么，只是表示他会全力以赴，把四局的工作搞好。

广州珠江新城夜景

这次干部大会决定，中建四局列为总公司国有独资企业董事会试点单位。

2004年11月23日，中建四局试行董事会制度启动会议在上海召开，总公司企管部经理李百安代表总公司宣布了董事会构成人员名单，叶浩文任董事长，法人代表。董事会由七人组成，下设四个专业委员会，并对各部门的职能进行了调整。

董事长是个新头衔，叶浩文也是新领导，大家都在探讨和议论着。中建四局从贵阳迁来广州的时间并不长，基础还没有完全打牢，而留在贵阳的单位更是举步维艰，情况很不乐观。

慰问困难职工时，叶浩文的眼圈红了，他说："无论如何，一定要把四局尽快搞好。"

俯瞰广州东塔及珠江新城

思路决定出路。针对当时的困境，叶浩文首先提出"理念先行，战略引领"。现代企业制度的建立，成为四局的重要转折。

让理念观念先行，首先必须统一思想：发展是硬道理，所有困难都只能在发展中解决。作为领航人的叶浩文大力倡导"大发展难，小发展更难，不发展难上加难"的大发展意识；提出了"有项目生，无项目死""干好项目生，干坏项目死"的项目管理观念；统一了"幸福四局，品质四局"的发展愿景。这些观念理念在四局深入人心，引起共鸣，最终在全局上下形成了"加快发展四局，科学发展四局，协调发展四局"的企业发展观和工作主题。思想的解放，观念的更新，让四局人开阔了视野，提升了境界，看到了差距，找准了坐标，新的观念也成为推动四局发展的新动力。

从战略引领入手，叶浩文带领班子先后确立了"三年再造一个四局""争当广东地区排头兵"和"争当中建系统高质量发展排头兵"的目标，逐步探索出一条适合四局实际、有四局特色的"335"创新发展之路。具体来说就是：实施机构、管理、资源"三大整合"；打造房建、基础设施、房地产"三大支撑"；综合效益、房地产开发、承接特大型项目、精细化管理、处理历史遗留问题"五个方面"走在中建系统前列。

"三大整合"解决了困难企业的发展问题。通过整合，四局的单位由以前的50多家减少至不到20家，缩短了管理链条，有效整合了资源，根治了管理混乱的局面，惩处了腐败人员，止住了企业亏损，困难单位变成了正常发展的企业，达到了1+1大于2的效果。

"三大支撑"通过改变增长方式、创新发展模式，实现了产业结构上的调整和经济增长方式转变的重大突破，增强了企业抵御市场风险的能力，大大解放了生产力。在打造"三大支撑"的过程中，四局着力于高端市场，积极对接大市场、大业主、大项目，强化珠三角、长三角和西南地区的市场经营，区域经营渐趋合理。

"五个前列"解决了企业发展质量不高的问题，正确处理了改革、发展与稳定的关系，为实现"品质四局、幸福四局"提供了良好的发展环境，职工谋事干事的积极性更加高涨，凝聚力进一步增强。

"335"的战略之路，彻底解决了四局怎样走出困境、靠什么发展、怎样发展以及向什么方向发展等问题，既从战略高度明确了未来的发展方向，又从战术层面回应了发展举措，从而厘清了四局发展的思路，统一了四局发展的思想，为四局发展奠定了坚实的基础。

叶浩文是企业家，同时也是工程新技术、新工艺、新材料的有力推动者和亲身实践者。十年来，他带领四局建立了以企业为主体、市场为导向、产学研相结合的技术创新体系，在不断吸收国内外先进技术成果的同时，开发拥有自主知识产权的专有技术，企业技术质量资源优势得到最大限度的转化，使企业真正成为研究开发投入的主体、技术创新活动的主体和创新成果应用的主体，取得了良好的经济效益和社会效益。

初试牛刀

珠江新城是广州的CBD，是继北京、上海之后，国务院批准的全国三大中央商务区之一。1992年，珠江新城开始规划，在广州城市中轴线和珠江新城景观轴的交会处，规划了多个标志性建筑。

珠江新城规划后曾经沉寂了很多年。在周围还是大片荒地的时候，广东全球通大厦的建设引起了人们的关注。广东全球通大厦是中国移动广东公司总部大楼，这是一幢设计先进、功能配套齐全、智能化程度高、节能应用广泛的通信枢纽工程，承担着广东地区移动通信网络的运营与管理，是2010年广州亚运会的通信保障中心，也是国内首幢移动信息化大厦。工程项目建筑面积12.15万平方米，楼高166.2米。

叶浩文下决心要拿到这个大项目。他兼任项目指挥长，抽调精兵强将，大胆启用年轻人，集中研讨如何组织施工、如何保证质量等问题。同时，为了弥补管理团队年纪小、经验少的缺陷，叶浩文从上海请来时任中建总公司副总工兼上海环球金融中心项目联合体总经理的王伍仁来进行指导。最后，中建四局以技术标第一、商务标最低而成功中标。

四局上下一片欢腾。叶浩文亲力亲为,每月召开一次例会,研究问题,进行协调和纠偏。他给大家提出了明确目标:广东全球通大厦一定要拿到"鲁班奖"。

2006年4月,广东全球通大厦开工。

从策划开始,这一项目就拉高了标杆:生活给水系统采用先进的变频装置控制;光伏发电系统采用世界最先进的铜铟硒薄膜太阳能电池新技术;空调采用先进的变风量VAV系统,通过DDC控制技术,实现各房间参数调整;图书室设置了光导系统,把自然光通过光导通道引入图书室进行照明,以达到节约能源的目的。

广州珠江新城施工中的广州东塔

2010年6月，工程竣工。验收组由业主和各方专家组成，他们从楼下看到楼上，从里面看到外面。他们发现，这里的管道布置、线路安排、油漆喷刷，都非常讲究，就像艺术品一样。项目一次性通过验收，得到检查组的高度评价。

验收组来到楼外，这时夕阳西沉，暮色渐浓。随着一声令下，全球通大厦霎时亮起灯光，上下里外一片金碧辉煌。人们看到，整座大楼就像是一部厚重的书，巍然矗立在珠江之畔，它简洁、通透，充满现代感，像是在向所有人讲述广州的传奇和奋斗的故事。

人们热烈鼓掌、欢呼，脸上洋溢着笑容。

这个项目荣获广州市结构优良样板工程、广州市优良样板工程及"五羊杯"、广东省安全文明样板工地、广东省优良样板工程、广东省建设工程金匠奖、中建总公司优秀项目管理奖（中建杯）、国家AAA级安全文明标准化诚信工地等奖项。

中建四局牛刀小试，声威大震。广东全球通大厦几乎拿到了建筑行业内的所有奖项，2011年获得"鲁班奖"。

西塔：擎天一柱

在广东全球通大厦建设的过程中，距其工地一百多米远的地方，一座超高层建筑正在酝酿中，它牵动了全国所有建筑行业精英的视线。

这个超高层建筑就是西塔，后来又称广州国际金融中心（IFC）。它是广州市的第一座摩天大楼。

这些天，西塔工程也进入了叶浩文的梦里。他白天想，晚上也想，在梦里，他总是梦到西塔开始招投标，他生怕错过，总是从梦中惊醒。

西塔的设计高度为432米（后经加高，达到440.75米），楼高当时位居世界第六，中国大陆第二，楼内设有国内最高的酒店和最高的游泳池。西塔位于珠江新城核心金融商务区，处于新城市中心的中轴线上，在世界超高层建筑中占有一席之地。

西塔不仅工程大，效益可观，最重要的是，它具有特殊的政治意义和社会影响力。中建四局总部已经迁到了广州,广州的超高层项目,当然是他们梦寐以求的,必须把它拿下!

特别是当前,中建四局需要通过建造这座高大精深的项目,来进一步提振士气,对外树立新形象,对内践行新班子提出来的一系列主张,给大家打造一个样板。因此,西塔是四局的一次重要机遇。叶浩文暗暗下定决心:西塔志在必得。

终于,西塔的基坑支护工程开始招标。不出所料,竞争异常激烈。四局不仅要与实力雄厚的大型施工总承包单位竞争,同时也要与本地知名的基础专业公司比拼。经过群策群力的努力,开标结果让人欢欣鼓舞,四局一举夺标。

叶浩文清楚地记得,那天是2005年12月26日。

搞好基坑支护工程事关重大,它不仅关系到整座大楼的安全性与牢固性,还关系到下一步的竞标。经过深思熟虑,叶浩文调来了曾经在珠海鸿景花园、广州丽景湾花园等系列工程建设中表现出色的虎将郭正祥,让他担任基坑支护工程的项目经理。

基坑支护项目占地2.8万平方米,土石方量53万立方米,支护形式为挖孔桩,需要打1900多条挖孔桩,另外还有3万多根锚索。工期6个月。

2006年1月26日,西塔基坑开工。郭正祥带领工人日夜奋战,如期完工。基坑支护工程质量优良,投资方非常满意。这为中建四局进入高层建设打下了坚实的基础。

为了赶工期,这年春节,郭正祥没有休假,带队在工地上加班。大年初一,叶浩文来到工地上给工人们发利是红包,大家都很高兴,工地上一片欢腾,充满了节日气氛。

接下来是第二标:大楼底板建设。西塔要打造2800平方米的高标准水泥地板,440.75米高的大楼和配套设施就将安放在这个底板上面。这次竞标的结果,是中建四局与广州建筑总公司联合中标。

与热火朝天的工地相辉映的是灯火通明的做标现场。大年三十刚过,西塔做标团队又投入到紧张的主塔及裙楼施工总承包工程的投

施工中的广州西塔

标中。

西塔招标的高门槛首先决定了其游戏规则必然是巨人间的竞争。面对这么多强劲的对手，怎样才能把工程顺利接到手呢？大家坐下来分析一番，决定与广州建筑总公司展开合作。

最后，中建总公司联手广州建筑总公司，进行了一系列统筹策划和精密部署。双方开始合力投标，最终以"方案先进，价格合理"中标。

叶浩文心中的一块巨石落地了。

精兵强将齐聚，承建的是一个高度前所未有的建筑，所有人都感到无上荣光。

举世瞩目的亚运会要在广州举行，投资方提出，必须在2009年之前完工，向亚运会献礼。

项目工期大大提前。要在三年多的时间建好一座摩天大楼，难度可想而知。

叶浩文大手一挥：干！拼了命也要如期完成！

2006年6月6日，西塔上部工程开工。叶浩文兼任项目总经理，他要在这个工程中推广新技术，实行"科技建楼"。

西塔独特的筒中筒结构和橄榄外形给现场施工带来很大难度。与同类工程比，他们需要在工期极其紧张的情况下重点解决巨型超重斜交网格钢管柱制作安装、复杂多变砼核心筒多功能整体提升模板、超高性能混凝土（C100）超高泵送（411米）等世界级施工难题。为此，联合体项目部确定了十二个大课题和若干个小课题，联合进行攻关。技术部的二十多人，共编制了近两百套施工技术方案。

经过分解，西塔主楼主体结构要做到平均三天半一层。叶浩文心里清楚，如果不采用新技术，在这么短的时间内，根本就不可能建成一百多层的高楼。

大楼里面结构最复杂的是核心筒，它的墙体变化非常大，如厚墙变薄墙、直墙变弧墙、墙变柱、柱变墙等。用什么样的模板体系来进行核心筒的施工，是至关重要的。

以前，叶如清曾经采用过滑模技术，后来有人在此基础上创新，搞出了爬模技术。现在，叶浩文正在进行一种新的创造，那就是"顶模技术"。在广州麦芽厂建筒仓的时候，他进行过类似的试验。他想要把这项技术用到造楼上来，建成"造楼机"。所谓顶模技术，模架是关键环节，传统的滑模、爬模、提模都不能满足建筑功能多样化以及工期紧、结构复杂的要求，必须研究新的模架体系，发明超高层智能化整体顶升工作平台及模架体系。

叶浩文的想法得到了投资方的大力支持。他考虑在低于施工层两层的位置，设置三至五个顶撑结构，支撑钢骨架工作平台。平台上布置布料机、焊机、大宗钢筋、消防水箱等施工料具；平台下设置轨道，所有模板与架体均通过导轮仪吊杆挂设在轨道上。模架自身可滑动、转动、翻转和伸缩，三向可调。

为此，需要从最少支点、低位支撑、顶撑合一、大吨位长行程顶升、大刚度平台、三维可调模架、分拆组合大钢模板、智能控制系统等多个方面进行创新。

造楼机将施工固定在一个封闭的空间内进行，楼在升高，造楼机也随着楼的升高而爬升。它是一个悬在空中的"加工车间"，工人在封闭式的"加工车间"内施工，不用担心安全问题，可以提高工作效率，保证施工进度，同时，工程质量也有了保障。

在地面试验时，他们在局部一项一项试验。试验取得成功后，主体结构建到三层时，造楼机便搬到楼上做整体试验。

平台和可变模架体系装好了，大钢模板达2200平方米，操作架2600平方米。控制系统、爬升系统、挂架系统经过了反复检查。大家兴致勃勃等着奇迹出现时，却发现机器顶不动这副沉重的"模"。

有人气馁了，说这个法子根本就不行，完全是异想天开，还是老办法靠得住。

叶浩文说："技术创新哪有这么容易的？哪里不行就解决哪里的问题嘛。"

他们一起查找原因，调整大小油缸和模具角度。经过多次实验，伴随着造楼机突突突的响声，操作平台被缓缓地顶升起来，工地上响起了一片欢呼声。

顶模技术获得了成功。它最大的优点是支撑点少，爬升高度大，可随建筑结构的变化而变化，因而可以满足复杂结构的施工。无论多么复杂、难度多大的结构，都可实现两到三天一层。

叶浩文非常激动。他的梦想实现了，西塔工程有了神助攻，不愁完不成任务。

果然，通过造楼机，他们实现了两天造一层楼的目标，创造了超高层施工的新速度。

参观的人们在惊呼，媒体记者也在惊呼：造楼机了不起！

主塔核心筒的问题解决了，外筒的难题同样需要攻克。西塔外筒的钢结构为30根直径由底部1.8米渐变为0.7米的大直径厚壁钢管柱构成的斜交网格体系，主塔103个结构层，有1.73万个钢构件，外框钢结构的每一层、每一个节点都各不相同，其制作和安装难度同样前所未有。

为了精准加工，精准安装，技术团队在工地推广使用了钢结构虚拟预安装技术，先在电脑里预拼接、预安装，再根据预测数据，在电脑里查看效果，如果电脑里的模拟没有问题，再去实际操作。

在此基础上，他们还做了对接定位器，安装在每一个关节点上，通过现场测量定准后，一节节安装上去。安装完毕，用定位器进行激光复查，确定精准后再进行下一节安装。工程采用精确切割与焊接加工、无揽风吊装、空间多点三维坐标精确定位和复杂环境下超厚钢板焊接等多项先进施工技术，破解了世界上钢结构制作与安装的难题。

如此精心安装出来的钢结构网格，精确美观，牢不可破，而且大大提高了工效。

叶浩文团队研发的超高层智能化整体顶升钢平台及可变模架体系和钢结构虚拟预安装技术，荣获了国家科技发明二等奖。前者更是填补了中国建筑领域的空白，是超高层施工的革命性技术。

2009年4月，经专家鉴定，西塔双曲面斜交网格超高钢结构施工关键技术研究应用，整体达到国际领先水平。

第三章 移师岭南 161

广州西塔夜景

有了造楼机和各项高精尖技术助力，眼见西塔楼层就像拔节的竹子一样噌噌地往上长，人们情绪激昂。但是，楼层升到极高处时，却出现了一个拦路虎：高标号的水泥无法用水泥泵"泵"到高层去。

在高层建设中，楼层越高，使用的水泥标号就越高，先是从C70号升至C80号，再升至C90号，直至升到C100号。C100号的水泥抗压强，体积小，是当时我国生产的最高标号水泥。西塔团队经过攻关，取得突破性进展，成功研发出强度为C100的超高性能混凝土（UHPC）和免振自密实超高性能混凝土（C100）。它们搅拌出来的混凝土就像糯米团子，黏度特别大，一般的水泥泵根本就泵不动，把它泵到400米的高空，更是难上加难。

这是一个世界级难题。叶浩文带领科研人员进行实验研究，从高标号水泥的扩张度和强度入手，不断调整水泥泵的力度，调整水泥湿度，从低到高，一点点进行实验，掌握其中规律。经过一段时间的努力，超高性能混凝土超高泵送技术出炉，成功地将两种C100超高性能混凝土泵送到411米的高度，创造了该强度等级的混凝土超高泵送的新的世界纪录，大大提高了劳动生产率。

科技引领，成果不断。一时间，西塔成为业界学习典范，不断有建筑单位前来学习取经。西塔还没有建成，就已经名扬天下。

西塔在建期间，不断有国际国内的研讨会在广州举行。国内外建筑业的大咖云集广州，对西塔建设取得的成就及其采用的新技术、新手段进行深入研讨。仅2008年4月，广州就举行了两场研讨会。

2008年12月31日上午，西塔举行封顶仪式。工程历时700余天，中建四局完成了地下4层、地上103层的项目施工，顺利实现结构封顶，被誉为"世界上长得最快的摩天大楼"出现在世人面前。

这天，媒体云集，西塔封顶成为广州市民的热门话题，很多人都在向它行注目礼。四局人更是感到精神振奋。

2009年11月3日，广州西塔竣工。西塔创造了六个世界第一：它是世界上最高的采用全隐框玻璃幕墙系统的建筑；世界上第一座自施工阶段开始就进行系统性结构健康监测的超高层建筑；在超高层建筑中，首次应用创新的钢筋混凝土巨型斜交网格筒中筒结构体系；自主研发的低位三支点长行程顶升钢平台可变模架体系达到国际领先水平；自主研发的C100超高性能免振、自密实混凝土成功泵送411米的世界高度；主体结构创造了两天一层的世界纪录。这栋建筑巍然屹立于珠江之畔，直插云天，气度非凡，一时成为广州的打卡地。

2010年11月12日20点，亚运会开幕式直播的电视画面上，两座高耸的建筑频繁出现。南面，犹如江南温婉女子的广州塔扭动着"小蛮腰"；北面，大气端庄、身着"长裙"的西塔仪态万千。初建成的西塔通过直播画面冲击着亿万观众的眼球，顿时名声大噪。

此时的任德明正在西塔的六条"金腰带"上巡逻、监控，神情淡定，步伐有力。直播进行时，任德明信心满满，他说："我们做的工程，我放心！"

2010年11月9日下午6点，距离亚运会开幕仅剩74小时，一阵急促的电话铃声打断了任德明的现场巡视。打来电话的是业主，他们要求任德明带领的机电安装团队在亚运会开幕前完成西塔"金腰带"四千多套灯具的采购、安装、调试工作。

3天，74小时，4440分钟，266400秒。

任务紧急，时间必须按秒来计算。任德明迅速组织项目管理人员和施工班组部署工作，并进行了思想动员，所有力量迅速投入到十万火急的景观工程中。任德明亲自上阵指挥，从采购、安装到调试，74个小时未离开现场一步。累了，他就和衣在办公室的沙发上打个盹儿，对付半个小时。他回忆说："那时候其实一分钟也没睡着，脑子里仿佛有个小时钟，一直在嘀嗒嘀嗒响。"到了亚运会开幕那一刻，他仍在现场监控、巡视。

西塔项目紧急接到光亮景观工程的当天，广州站亚运会火炬传递活动在中山纪念堂正式拉开帷幕，叶浩文董事长被选为火炬手。

2010年11月9日上午9时，在珠江南岸，广州塔下，中建四局在粤四百余名职工代表中建公司到场呐喊助威。他们身穿中建四局统一的服装，拉起"建设广州 服务亚运"的大红标语，整齐有序地在活动

时任局党委书记、董事长叶浩文担任第十六届广州亚运会火炬手

区域内迎接圣火的到来。

珠江北岸的西塔恰好成了南岸醒目的大红标语和拉拉队的背景，构成了一幅生动的画面。在人群中，中建四局整齐划一的强大阵容显得格外醒目，吸引了无数人的目光。正在进行现场直播的广东卫视记者也把镜头对准了中国建筑的队伍。

11时30分，随着火炬手运送专车的到来，现场的人群开始欢呼。叶浩文面带笑容从车上走下来，手上紧握着的正是神圣的名为"潮流"的亚运火炬。

"亚运加油！广州加油！"四百名员工激动万分，齐声高喊着为亚运助威的口号，不断挥舞着手中的小红旗。艺苑东路两旁，欢呼声此起彼伏，大家都为能够共同见证这激动人心的时刻而感到骄傲和自豪。

中建四局在广州扎下根，参与了一系列的亚运工程建设。除了西塔外，还有广佛地铁、广州地铁、亚运城中小学、亚运城媒体村南区机电安装工程、广州大桥至猎德大桥新中轴段珠江堤岸照明工程、天河体育中心综合改造工程等等，成绩斐然，为亚运、为广州做出了卓越的贡献。近百米的圣火传递，每一步都浓缩了中建四局人对亚运、对广州最真挚的祝福。

东塔：问鼎羊城

在珠江新城规划中，东西两塔是双子塔，同样坐落于广州中央商务区核心地段。东塔由香港周大福集团投资和设计，因此又被称为广州周大福金融中心。

东塔楼高530米，从西塔头上夺走了"广州第一高楼"的桂冠。无论是投资规模还是楼层高度，东塔都超过了西塔，后来居上。

东塔投标，从一开始就充满火药味。建筑业的强手这一次摩拳擦掌，都想自己把这个大项目揽入怀中。

竞标开始。首先还是基坑支护和地下室工程招标，中建四局凭借西塔基础工程的丰富经验和扎实基础，以极具竞争力的价格顺利中标。

2009年9月28日，东塔基坑支护工程开工建设。这一次的基坑更深，达28.7米。东塔位于地形十分复杂的城市中心地区，附近有地铁、住宅楼、道路、地下空间等公共设施，这给基坑和支护施工带来很大的难题，周边复杂的环境，也使得平面场地狭小，施工面临很多困难。

但是，有经验的四局建设者们从来不怕这些困难。他们向下深挖建筑基坑，最深处达到惊人的33米。一探乾坤的向下"高度"，让东塔从起步伊始，就一跃成为全国第一个在城市复杂中心地区基坑超过30米的百层高楼。项目团队仅用10个月时间就挖完了基坑。

东塔基坑完成后，适逢第16届亚运会开幕，工程暂时停建。这恰好为各家施工单位争夺主体工程创造了时间。

叶浩文不敢怠慢，他精心组织团队认真准备，制作标书，模拟答辩，每一个环节他都不放过。他强调："我们要以办亚运会的精神，

广州珠江新城远眺

全力以赴,夺标东塔!"

叶浩文召开会议,给大家讲明利害。我们已经有了建设西塔的经验,可以进一步开源节流,在每一个环节上实行更加严格有效的精细化管理。如果我们做得好,即便报价低,也是可以盈利的。最关键的是,四局如果同时建设了西塔和东塔,信誉度、知名度都将大大提升。

所有的技术措施都经过了反复推敲,所有的成本报价也经过了反复测算。经过夜以继日的精心准备,2011年8月,中国建筑取得广州东塔项目施工总承包权,项目由中建四局牵头主办,叶浩文兼任项目总

经理。

　　为确保工程顺利实施，叶浩文首先提议成立了以他为组长的项目部科技创新团队，并从股东单位抽调了上海环球、广州西塔、深圳京基等超高超大项目的管理和科技人员参加，同时还成立了顾问专家委员会，聘请了15名各专业的权威专家，如总公司的毛志兵总工程师、中国工程院的容柏生院士等，对科技创新工作进行全面指导。同时，四局又购置了许多大型设备，很多设备在国际国内都是领先的。

　　万事俱备，只等开工。

　　2011年8月6日，东塔支护工程和地下室工程重新开始建设。经过四个多月的奋战，2012年1月19日顺利冲出正负零。

这时，新春佳节来临，到处充满节日的喜庆气氛。东塔工地上也摆放了年橘和鲜花，工人们感受到了大年来临的喜庆氛围，但他们身上的压力并没有被年味冲淡。

高楼层，大体量，摩天大楼的自身设定，就决定了其超高的建设难度，而来自建筑自身内部的应力与大地垂直的引力，甚至高空气流的强烈运动，都是摩天大楼的建造者们面临的巨大挑战。

广州东塔是珠江新城的收官之作，体量巨大，超大超高，工期紧张，工艺复杂，施工难度极大。与西塔相比，它还出现了许多新情况和新问题，有些问题属于世界性难题，此前没有人破解。

东塔高度极高，建筑采用了内筒与钢结构外框筒组合的结构形式。核心筒采用双层钢板剪力墙，是当时世界上唯一采用这种结构形式的建筑。外框筒有8根巨柱，4个桁架层。塔楼钢结构尺寸大，重量重，数量多。4个桁架层施工难度比较大，每个桁架单件重，节点复杂，且与土建交叉施工，工作面多，交叉施工频繁，垂直运输量大，穿插作业多，协调工作量大。塔楼用钢量超过10万吨，钢构件超过6万个，混凝土总用量28.8万立方米，钢梁2.1万个，钢筋总用量6.5万吨。

虽然施工难度极大，但有了建设西塔的经验，四局人毫不畏惧，迎难而上。他们在开工之初便明确了"科技引领生产并服务于生产"的指导思想。以叶浩文为首的科技工作领导小组，全面部署项目科技工作的策划、攻关与资源协调；顾问专家团队为科技攻关提供智力支持；项目部拟定了九大科研课题，共计57小项，逐项攻关，其中绿色施工管理技术及BIM技术的应用是项目的核心研究课题。

数字化项目管理系统是基于BIM技术集成的综合管理系统，整合了土建、钢构Tekla、机电Magicad多专业建模平台，制定了统一的建模规则和标准，为工程录入的数据提供了集成、互访的平台。系统中包含了施工总承包管理中的计划任务、形象进度、工程量、图纸、合同、运维、碰撞检查、劳务等建筑材料、建筑构造、施工及管理方面的庞大的数据和信息。

信息通过BIM集成，构成了建筑智能数字化表述，具有事务驱动和自动化处理能力。系统实现了项目管理的功能，譬如进度管理、图纸管理、合同管理、现场管理及成本管理等，对提高项目管理水平、快速正确地进行决策发挥了重要作用。

东塔工程同样采用"造楼机"施工。结合工程实际，技术团队又进行了升级优化，使系统更加数字化、智能化、可视化，愈加安全高效。

钢结构施工工艺复杂。为确保钢结构顺利安装，项目部应用了先进的物联网技术，即为每个加工完的杆件装上芯片，相当于每个杆件都有了一个"身份证"。之后的运输、安装等各道工序，都可以根据

东塔（广州周大福金融中心）

"身份证"上的信息准确进行,确保现场安装不会混乱,更不会张冠李戴。

工程场地狭小,项目部将工程分为塔楼区和非塔楼区分头施工,非塔楼区又分成三个区,按不同时段施工,这样既充分有效地利用了场地,也推进了工程进度。

从设计到建造,以至后期的运营,广州东塔都成为了中国绿色建筑的标杆。以项目采用的变风量(variable air volume)系统为例,与传统空调系统相比,通过改变送风量来调节室温,大大减少了送风机的动力能耗,可以节省50%以上的风机耗电,相当于最少节省10%的空调系统总耗电。这样做,不仅可以节约能耗,同时,变风量系统还以全空气系统的运转方式,为这座530米高的摩天大楼改善各个楼层的空气质量。

4354台VAV设备为广州东塔提供环保、舒适的新风;隐藏在大楼众多机电设备之外的减震装置,使得周大福金融中心的噪声普遍低于NC40以下,避免了设备运作的噪声干扰。

广州东塔采用了区域制冷、中水回收、冷凝水回收、雨水回收等内部循环系统,临时照明全部采用LED节能灯,因此,这座摩天大楼也成为国家二星级绿色建筑。

中建四局践行中建总公司"绿色中建、数字中建"的理念,推行绿色施工技术,对节材、节能、节水、节地以及环境保护的指标进行量化。节能方面,项目采用了新设备和新工艺,实现了施工节电节油。节水方面,通过设计喷雾养护系统,大大节约了混凝土养护用水。污水回收系统,将收集的污水处理后用作道路洒水降尘、车辆冲洗等非施工性用水。节材方面采用了顶模系统,大大减少了模板损耗。项目团队研制了三高三低绿色C80混凝土,实现核心筒外墙瘦身,减少了混凝土用量,同时采用"跳仓法"施工工艺,减少了大体积混凝土裂缝的产生,避免了材料浪费。

像西塔一样,东塔施工对于混凝土有着高强度的需求,同时,泵送施工难度极大。东塔建设者们再度超越四局创下的纪录,在全球首次将C120混凝土成功泵送到530米的高空，建筑从业者拔高城市天际线的愿景得以实现。

此外，中建四局在施工过程中再次创下"两天一层"的建设速度。东塔节节拔高，直冲云霄。

2014年4月1日，塔楼突破441米高度，超过了广州第一高楼——广州西塔440.75米的高度。

2014年8月26日，在工程开工三周年之际，东塔主体楼封顶，达到了530米的最终高度。

2014年8月，四局创造了一项新的纪录——成功将四台冷水机组、两台热泵吊装至436.5米处，刷新了当时国内机电设备吊装高度的纪录，主流行业媒体对此进行了报道。

2016年12月，广州东塔各结构功能楼层陆续投入使用。为了这一天，很多人付出了辛酸的泪水，很多人长夜难眠，很多人背井离乡，勇敢地踏上迁粤之路。今天，一切都得到了证明，一切都是值得的！

530米高的东塔，当年位列广州第一，是中国第二高楼，在已经投入运营的世界摩天大楼中排名第五。同时，东塔也不负众望，创下多个施工技术的"第一"：广州东塔是中国建筑系统内第一个超过500米的百层高楼，也是国内第一个全智能化顶模系统施工的百层高楼；东塔在中建系统内第一次采用了自呼吸幕墙；在国内第一个采用了20米/秒超高速电梯，这个电梯是目前全球速度最快的电梯……

在广州城市中心，中建四局铸造的精诚作品，成为这座活力之都最具代表性的地标性建筑。双子塔并立的画面，勾勒出广州新城市的天际线，形成了广州极具国际影响力的城市新景观。一个来自大山的企业，建造了南国大都会的皇冠，创造了辉煌，实现了自身的华丽蜕变。

随着东塔的落成，珠江新城完美地呈现在世人面前。这里，一栋栋现代化高楼争奇斗艳，这些建筑造型独特，充满创意，成功塑造出了现代都市的形象，呈现了羊城的世纪梦想。这是中建集团的一次完美亮相，是大国工匠打造的阆苑琼楼。

中建四局在这里承建了西塔、东塔、太古汇、广东全球通大厦、花城汇地下空间、广州粤剧院、海关综合楼、合景国际金融广场、富力盈凯广场、珠光新城国际中心、万科寺右中心、越秀星汇御府、高德置地广场（冬）等建筑，在珠江新城建筑群中，中建四局承建的项目竟然多达28个。

二十年来，中建四局以精诚见证奇迹，把一片荒草地变成了广州市的"会客厅"，铸就了珠江传奇。

京基100：特区新高度

四局由于西塔工程而一时名气大增，在深圳也产生了极大影响。于是，深圳京基100大厦这座超高层建筑工程也被四局收入囊中。

深圳京基100大厦建设的时间，介于广州的西塔和东塔之间。

京基100大厦因楼层为100层而得名，建筑总高度441.8米，占地面积超4.2万平方米，是当时深圳的第一高楼。

这一摩天大楼建成后，蔡屋围老屋村片区将成为名副其实的深圳"华尔街"，成为深圳市的金融服务中心、资金集散中心、金融信息中心和金融监控中心，深圳也将进一步奠定其华南金融中心的地位。

京基100大厦顶模系统安装完成

建设中的京基
100大厦

层数100、高441.8米的京基100大厦更将成为深圳这个现代化国际大都市的又一地标建筑，成为深圳经济二次发展的新象征。

京基100大厦差不多是与西塔同等分量的大项目，承建这一工程，是四局在深圳打响品牌的重要契机。

2007年9月，项目团队赶到蔡屋围工地，当时，拆迁工作还没有完全结束。业主代表提出要求，工程要在2011年竣工，向世界大学生运动会献礼。满打满算，工期只有不到四年的时间，项目团队每个人心里面都多了一面鼓，总是不断地在敲。

2007年9月28日，项目开挖基坑。基坑面积近4万平方米，最深处约30米，是国内罕有的深大基坑。

业主没搞开工仪式，等到基坑挖完，支护做好之后，在11月19日举行了建设启动仪式。之后，正式开始主体工程施工。

主楼施工要上"造楼机"，项目经理路进才向业主详细说明了情况，推荐这种新的施工设备和方法。业主答应给他们45天的时间进行安装调试。但是，时间快到了，"造楼机"却一直启动不了。业主代表很不高兴，认为耽误了时间，大发雷霆。事关重大，路进才向局总部紧急求援。

叶浩文立即赶往深圳，先做了一番调解工作，接着来到现场检查。这套顶模系统用了四个大油缸，分别接出四条输油管道。叶浩文发现，由于位置不同，输油管道长短不一样，发动机工作的时候，油路开通，汽油到达机器的时间有差异，这就造成了供油量不匹配，动力不足，所以达不到预期效果。

问题找到之后，他们马上进行纠正。再一开机，机声隆隆，模板一点点升起，所有的人都松了一口气，脸上露出了笑容。

有了造楼机，施工速度大大加快，底层四天完成一层，越往上越快，从三天完成一层直至两天完成一层。

造楼机投入使用后，业主非常高兴，盛赞四局不愧是超高层建筑专家。

但是，造楼机并不能解决所有问题，安装问题、钢结构问题等一个个难题，就像一个个拦路虎，不断考验着建设团队的智慧和耐心。

工程大底板最厚的地方有4.5米，外框柱部分厚4米，与附楼底板相连部分厚2米，混凝土设计强度为C50P10，实际浇筑量达13231立方米。这一底板混凝土属于国内超长（60米）超厚（4.5米）高强（C50）混凝土，是国内一次性浇筑工程量最大的C50混凝土。为保证底板混凝土顺利浇筑，项目部提前做好了充分的技术和管理准备，邀请专家对大底板混凝土浇筑方案进行了论证，并根据论证意见完善方案。

路进才对管理细节也进行了严格把控。他要求，钢筋必须在夜里两点之前完成切割，模板必须在每天五点以前封完、六点验收、七点浇筑混凝土；上下电梯要进行合理安排，要有安全人员守在门口，人员、材料有序上下；使用塔吊要排队，吊装顺序提前张贴出来，让大家心中有数。他主持制定了项目安全生产奖罚管理制度，对安全生产、安全行为管理、违章行为管理、临时用电、施工机具、现场消防等都作出了具体明确的规定，并严格执行。路进才要求管理人员必须看书学习，钻研技术，每个工程技术人员每年要发表五篇以上论文。

建设过程中，京基100大厦在中国乃至世界创出多个"第一"：项目的结构高宽比9.5∶1，核心筒高宽比19.1∶1，这在全国乃至世界范围内都是罕见的，为当时超高层建筑的世界之最；项目主塔楼最大桩径5.6米，混凝土强度等级为C50，为国内可查C50混凝土的最大人工挖孔桩径；主塔楼底板平面尺寸为55米×65米，底板最厚为4.5米，混凝土强度等级C50，混凝土方量约15000方，为国内最大体积高强度混凝土底板；外筒为16根箱型钢管混凝土柱，柱截面最大尺寸达2.7×3.95米，柱内浇筑C60高强混凝土，为最大钢管混凝土柱，世界罕有。

2010年8月16日，京基100大厦一期工程正式通过竣工验收，质量合格。一期工程总建筑面积36.9万平方米，总建设时间为963天。

2010年8月24日，京基100大厦二期工程建设高度达到326.75米，超过了深圳地王大厦，创造了深圳的新高度。

2010年10月，"两岸四地高性能与超高性能混凝土学术交流会"在深圳召开，来自海峡两岸及新加坡、马来西亚、南非等地的227名代表在本次会议上交流了混凝土技术领域的最新研究与应用成果。会议期间，项目部实现了C120混凝土的316米泵送，其后又试验泵送至417米。

《京基金融中心主塔楼高强度大底板施工方案》获2010年度中国建筑优秀施工方案奖二等奖，《深圳京基金融中心大型地下室综合施工技术》荣获2010年度中建总公司科学技术成果奖三等奖。

2010年11月26日，京基100大厦一期工程正式投入使用。

2011年4月23日，聚集了万千目光的深圳新地标建筑京基100大厦

竣工的京基 100 大厦

封顶。在封顶仪式上,叶浩文发表了讲话,他说:"如果说80年代的国贸代表了深圳速度,90年代的地王代表了中国对外开放的窗口,那么,京基100大厦则是深圳国际大都会成熟的标志,是深圳精神的象征,也是深圳新时代城市特色和城市未来的象征。同时,京基100大厦也是我们中建四局的代表性作品,是继广州西塔之后,中建四局献给广东人民的又一个礼物。"

2011年11月26日,京基100大厦胜利竣工。

毫无疑问,西塔、京基100、东塔,既是中建四局建设史上的三座丰碑,也是中国建筑史上的三座丰碑。它们不仅是广州和深圳的地标性建筑,也是国家的标志性建筑。

三座摩天大楼获得了许多国际国内荣誉,分别在2013年、2020年获得了"鲁班奖"。三座摩天大楼是三座丰碑,也是三座灯塔,永远照耀和激励着中建四局人奋勇向前,再攀高峰。

中建四局修建的超高层建筑越来越多,200米以上的建筑近80座,300米以上的建筑近20座,400米以上的建筑近10座,四局也由此成为中国超高层建筑的领跑者。

四局人以辛劳的汗水，在深圳先后承建了深华商业大厦、世界金融中心、中国凤凰大厦、汉京金融中心、哈尔滨工业大学深圳校区、平湖医院、大疆天空之城、深圳南山科技创新中心等一大批重要建筑和重点工程。汉京金融中心是世界最高核心筒外置全钢结构建筑，创下了"三大世界之最"；中国凤凰大厦成为深圳名副其实的"城市名片"和文化景观，斩获2009年度"鲁班奖"；哈尔滨工业大学深圳校区项目成为全国首批"装配式建筑产业基地"，也是广东省第一个装配式"鲁班奖"工程……

从1984年四局派出首支先锋队奔赴鹏城开始，四局人在这片热土站住了脚、扎下了根。特区在飞速发展，四局也乘势迅速壮大，在更加广阔的未来，四局的发展前景将更加辉煌。

半百之禧

2012年，中建四局迁入广东整整十年。

十年风雨路，步步不寻常。回望来时路，中建四局人早已不再怀疑当初迁粤的正确性。大家都有同感：不是该不该来的问题，而是来得太晚的问题。

十年树木，中建四局把自己的根须牢牢地扎进了岭南这片丰美富饶的土地，抽枝吐叶，快速生长，已然成为一棵参天大树。

迁粤十年，正值中建四局成立五十周年。四局诞生于1962年，在火红的年代，从大山到大海，从三线到一线，从计划经济到市场经济，一次又一次接受挑战，勇于闯荡，一次又一次艰难创业，风雨如磐，勇往直前，不辱使命。

对一个人来说，五十岁正是经验丰富、年富力强的时候；对于一棵树来说，五十年正是阴翳蔽日、根深叶茂的时期；对于一个企业来说，五十年也正是走向成熟、蓄势待发的时候。

2010年，中建四局成为广东省规模最大、实力最强的建筑企业集团，2015年跨入中国百强企业行列。

在过去多次获得"鲁班奖"的基础上，上海海悦花园、遵义市供

时任中国建筑工程总公司党组书记、董事长易军致辞

电局办公楼、广州海关大厦、深圳中国凤凰大厦、淮南体育文化中心等项目,再次先后获得"鲁班奖"。

2004年,局董事会改制后,企业积极进行改革创新,获得了高质量发展。至2006年,全局二级机构由33家减至18家,企业结构优化,管理成本降低。2007年,企业的合同额、营业额、综合效益等主要经济指标,在2004年的基础上又翻了一番。

2008年,四局"三大支撑"基本成型。房建项目中,商住项目的比重由74%减至41%,公建类项目由10%上升为31%,扭转了企业依靠高风险、低产出的商住项目支撑规模的局面。

中建四局成立五十年来,已经发展成为集建筑科研开发、勘察、设计、施工、检测于一体的国有大型建筑工程总承包特级企业。改革开放后的1978年到2011年间,特别是2002年总部由黔迁粤的十年间,四局实现了跨越式发展,以高端的产品定位、先进的经营理念、创新的科技手段、细化的管理方法,为企业持续发展奠定了坚实的基础。

五十年筚路蓝缕，五十年风雨兼程。五十岁生日之喜，必须要好好庆祝一下。庆典活动，可以进一步激发四局人的雄心壮志，总结经验，发扬成绩，再创辉煌。

　　从2012年上半年，中建四局就开始酝酿和策划五十周年庆典活动。

　　2012年8月28日，中建四局成立五十周年暨迁粤十周年庆典大会在广州大剧院隆重举行。广东省政府、中建总公司、广州市委、中国建筑业协会等单位的150余名领导嘉宾出席了庆典活动。原中国建筑总公司总经理张恩树出席了四局纪念活动后，回忆起他在四局工作的日子，他激动地说："我是从四局出去的，现在虽然不在四局，但一直在关心四局的发展。"

　　庆典活动中，叶浩文董事长首先致辞。他说："五十年峥嵘岁月弥足珍贵。在这特别值得纪念的日子里，我们特别邀请了四局的老领导、离退休老同志和员工代表，和我们一起抚今追昔，共同回首四局五十年来的发展历程，重温艰苦创业的激情岁月，总结四局发展的成

中建四局成立五十周年庆典节目演出

就和经验，展望催人奋进的美好未来。"

悠悠五十载，漫漫奋斗路，其间，四局经历了由计划经济向市场经济的转变，经历了由"发展困难"到"跨越式发展"的转折，一代代四局人以坚韧不拔的意志、自省奋发的勇气、创先争优的决心，励精图治，前赴后继，用胆识和智慧、辛劳和汗水，将企业这艘航船高高托起，驶向百舸争流的汪洋大海，谱写了一曲曲处逆境而自强、立顺境而不骄，敢于担当、勇于超越的新篇章。

总结了中建四局五十年特别是迁粤十年来取得的成绩以及经验与教训后，叶浩文对四局的老领导、老同志表示了衷心感谢，感谢他们领导四局广大员工成功丢掉"铁饭碗"，勇于参与市场竞争，为四局培养和留住了一大批忠心耿耿、敢于奉献的领导干部和专业管理骨干人才；感谢他们大力发展区域性公司，拓展大市场，落户广州，为四局赢得"大市场、大业主、大项目"的壮举。虽然他们离开了工作岗位，却仍然关注四局的命运，就像一家人一样。

最后，叶浩文提出了"五个走在前列"的奋斗目标：一是人本为魂，关爱员工、促进员工健康全面发展走在中国建筑的前列；二是经营为先，承接特大型项目、超高层项目走在中国建筑的前列；三是效益为大，综合效益走在中国建筑的前列；四是转型为重，地产开发、投资业务走在中国建筑的前列；五是管理为基，精细管理、品牌建设走在中国建筑的前列。

2015年初，田卫国（现任中建五局党委书记、董事长）调任四局担任党委副书记、总经理。田卫国在中建五局工作多年，有着丰富的管理经验。2015年至2017年三年间，田卫国作为四局主要领导，一方面在传承叶浩文管理理念的基础上大胆创新开拓，聚焦"三高"，加大力度深耕广东主战场，加大重点区域和细分业务拓展；另一方面，聚焦四局管理短板，持续优化改进，在企业标准制定与执行、生产经营底线管理、均质履约、创效盈利、干部与人才队伍建设等方面，采取了一系列务实有效的举措，推动了企业加速转型升级，提高了四局的管理品质，为四局进一步扩大规模和品牌影响力做出了重要贡献。

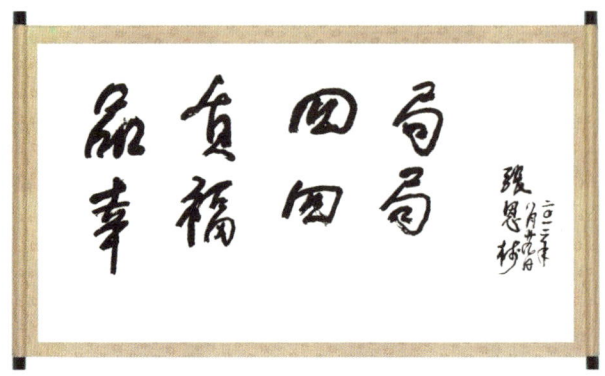

张恩树为四局题字
"品质四局 幸福四局"

原中建总公司总经理张恩树应邀出席四局成立50周年纪念活动,并为四局题字

第四节　转型之战

随着改革开放特别是社会主义市场经济体制改革的不断深入,"增进民生福祉""改善生态环境质量""加强基础设施建设"等,已经成为新时期的关键词。建筑市场的形势也随之发生变化,单一的生产经营模式已经不再适应新时代发展的需求。

在时代变革面前,四局及时实施了经营结构调整,开启了转型之路,向铁路、公路、水务、环保等领域进发,誓在新一轮市场竞争中将自己打造成多面能手,拿下新业务领域的准入证和金字招牌。

大漠铁骨

2006年，国家放开铁路建设市场，以前只对中国铁路建设集团和中国铁路工程公司开放的大门，突然间打开了。4月14日，国家建设部、铁道部联合发布了《关于继续开放铁路建设市场的通知》，通知写道："建立统一、开放、竞争、有序的建筑市场体系，是完善社会主义市场经济体制的重要任务。铁路建设市场的开放，有利于全国统一市场的形成，有利于完善建筑业企业资质管理体系，有利于提高企业的竞争力。为加快实现符合建筑市场经济发展要求的资质改革目标，适应铁路建设需求，建设部和铁道部决定，继续开放铁路建设市场……"

通知公布了铁路建设市场从设计、施工到监理的开放范围。施工方面，具有公路、港口与航道、水利水电、矿山、市政公用工程施工总承包特级资质的企业，比照铁路施工总承包特级资质承担铁路工程施工，可以参加铁路工程总承包或施工总承包投标；具有房屋建筑工程施工总承包特级资质的企业，可以参加铁路大型站房工程投标。

按照通知规定，具有房屋建筑工程施工总承包特级资质的中建四局，具备了进入铁路建设市场的条件。

中建总公司早已闻风而动，通过精心准备，一举拿下了太中银铁路这个大项目。

太中银铁路绵延于黄土高原，横贯宁、陕、晋三省区，是连接我国西北、华北的一条铁路大动脉。线路东起山西榆次，西至宁夏中卫和银川，线路总长994公里，工程总投资303.2亿元。

中建总公司中标300公里，交由中建四局负责施工的路段35公里，其中，路基土石方420万方，特大桥1座，长1292米，大桥4座，中桥8座，涵洞47座。

我们去建铁路？很多人听闻之后，既疑惑又有些兴奋。

中建总公司在北京召开了工作会议，在会上，领导指出："我们就是要打破过去的单一经营模式，走多元化的经营之路。任何事情都是在干中学、学中干的。我们为什么不能去修铁路呢！我相信，大家不但能修铁路，而且一定能修好！"

总公司的动员令，吹响了走多元化经营之路的号角，这一仗不但要打，而且还要打赢，打得漂亮。

中建四局与会领导回来后，当即召开班子会研究，决定把这一光荣而又艰巨的任务交给六公司。

六公司首先从组建项目管理团队着手，几经周折，从铁路单位请来了一名有着丰富铁路建设经验的骨干——琚新里，让他担任太中银铁路项目经理。在数次的对接交谈中，琚新里被四局开拓铁路业务的渴望和斗志所感动，他暗暗发誓，要去干一番事业。

琚新里怀着满腔激情来到宁夏吴忠工地，却被眼前的场景惊呆了：这里是毛乌素沙漠的边缘，映入眼帘的只有一片苍凉。此时正是春天，大风从沙漠里刮过，黄沙漫天而来，人在户外，经常被风吹得站立不稳。

"难道这就是我追求理想的地方？"

在惠安堡镇，琚新里住进项目部为他租的房子里，心情一时很复杂，甚至想打退堂鼓。

"不行，怎么能这么想呢？要干事创业，哪有一帆风顺的？越是条件艰苦，越能磨炼斗志。到了这个节骨眼上，已经没有回头路了。"

第二天一早，琚新里就进入了角色。他先是让人带着他把四局的路段勘察了一遍，然后带着团队写开工报告，准备各种技术资料，起草各类文件。

施工人员陆续抵达，另一项任务又被提上了日程，那就是要对陆续抵达项目部的这批修建铁路的"生虎子"进行培训。

项目部借助公司的力量，积极主动对接外部单位，开展有关铁路业务的学习：邀请铁路专家讲授铁路管理的基本知识，邀请业主的技术、经济专家讲授项目施工管理程序和注意事项，组织项目部的相关人员到友邻施工单位参观学习先进经验……

施工中的太中银铁路

太中银铁路巴庄子苦水河特大桥

琚新里带领大家开足马力，加班加点干了起来。为了节约路上的时间，有时他就住在工地的帐篷或者板房里。遇上刮风天，每天都是一头一脸的土，嘴里面也都是沙子。但是，他们不喊苦，不叫累，只是埋头工作。

工地指挥部成立了，管理人员和工人也到位了。2006年5月1日，中建总公司一声令下，所属300公里路段全线开工。除中建四局外，参与施工的还有中建系统内的几家单位，一时间，上万工人同时参战。从此，整个毛乌素沙漠不再只有风声，机器声和人声打破了沙漠的平静，筑路大军摆下长蛇阵，场面壮观、宏大。

这是中建总公司以及中建四局有史以来修建的第一条铁路，事关总公司和四局的荣誉，两级领导高度重视。领导们三天两头跑到项目部和施工现场，亲自指导把关，对项目部给予了极大的支持。

2007年6月，四局承建的李家圈中桥四个墩台全部竣工。李家圈中桥是中建总公司承建的太中银铁路工程最先完成的一座桥，具有示范意义。

李家圈中桥原设计为32米+32米+48米+32米+32米的五跨桥长、176米连续箱梁大桥。桥址地处平坦开阔的旱地，桥梁仅跨越一个5米宽的盐环定扬黄工程八干渠，渠坝顶坡高7米。

经过反复勘察论证，项目团队认为：桥梁中间主跨采用一跨32米就能满足跨越渠道的要求，桥两头各设一跨32米梁，能够满足与路基顺结的要求。这样，他们将五跨连续现浇箱梁变更为三跨预制T梁，大幅度降低了工程造价，简化了施工程序，并缩短了工期。

翔实的设计优化方案很快得到设计院认可，而且得到宁夏水利厅及盐环定扬黄管理处的大力支持。四局项目部争时间抢速度，利用冬季施工，赶在2007年1月6日完成了主桥两侧渠道1、2号墩的基础和墩柱施工，为修复渠道及渠道春播通水赢得了宝贵时间。

年底，铁道部检查组下来检查，看到四局铺设的枕石整齐划一，无可挑剔，完工的路段坚固而又整洁。工地上洋溢着的昂扬向上的精神氛围，更是令检查组感到惊讶。他们纷纷打听谁是项目经理，于是，琚新里的名字被人一再提起。

正是由于科学规范的制度管理和严格的技术要求，四局才能在首次进入太中银铁路施工领域便创下骄人的业绩——第一个完成设施建设，第一个开始主体施工，第一个完成桥台的浇铸。所有这些"第一"，不仅展示了项目团队的实力，同时也打消了业主的疑虑，工程多次受到太中银指挥部的好评和赞扬。

随后，四局铁路段成为千公里路段的样板工程，成为各施工单位前来学习取经的典范。按照业主要求，四局只用了三年多的时间就完成了施工任务。

太中银铁路，一举打响了中建四局的铁路品牌，不仅为中建四局赢得了声誉，获得了收益，还为四局培养了一大批铁路建设人才。

轨道铁军

琚新里投入太中银铁路建设的第二年，四局又接到了哈大高铁的建设任务。这是哈尔滨至大连间的高速铁路，是中国"四纵四横"快速铁路网京哈高铁的组成部分。高铁纵贯辽宁、吉林、黑龙江三省，国家投资192亿元，全线设23个车站，营业里程达921公里，是世界上第一条投入运营的高寒地区的高速铁路。高铁通车时，吉林《城市晚报》在报道中写道："列车宛若银龙穿越千里山河，犹如猎豹奔驰莽莽雪原。"

哈大高铁总里程中，中建总公司中标162公里。总公司总经理孙文杰对这一项目高度重视，亲任项目总指挥。中建四局承担了18.1公里的建设任务，起点临近沈阳北站附近的九一八历史博物馆，终点在沈北新区财落镇的郎家寺村，公里数不算长，但这段工程施工难度非常大，需要建造两座特大桥，即沈北大桥和文官屯大桥。文官屯大桥四次跨越既有铁路和公路，要采用7联21现浇悬臂连续梁，这是一个巨大的挑战。两座桥梁工程不仅施工安全要求高，施工难度大，施工手续也极其繁杂。

哈大铁路开工前期，项目部领导班子一手抓选址建点、征地拆迁，一手抓材料市场调查、搅拌站和试验室建设，积极与各相关部门沟通协调。2007年10月11日，四局项目部率先在各标段中开工。同年10月到12月，他们在哈大公司铁岭指挥部组织的综合评比中，连续三次在各标段中拔得头筹，在2007年铁道部组织的"施工单位质量信誉"评价中，也取得了较好的名次。

2008年3月至8月，四局项目部陷入了被动的局面。由于拆迁受阻、资金短缺以及管理上的预见性不够，梁场场建工作严重滞后，大型制运架设备无法如期进场，劳务队伍大量流失，上半年的施工生产遭受严重影响，施工产值一度落后，在整个中建哈大指挥部中排名倒数，成为每次讲评会批评的对象。

六公司总经理韩战友紧急召开管理人员会议，对项目部进行会诊。会议决定，对哈大项目部领导班子及项目管理模式进行大刀阔斧的调整和改革。六公司领导班子坐镇项目部，以铁道部提出的标准化管理为主线，从管理制度标准化、人员配备标准化、现场管理标准化、过程控制标准化等方面着手，调整项目部领导班子的人员分工。同时，六公司还选调了一批具有一定铁路建设管理经验和专业知识的人员，将他们充实到各部门和工区，清理一批缺乏施工经验、管理松散的劳务队伍，使施工管理的执行力和战斗力得到保证和提升。

调整后的项目部不负众望，掀起了一场声势浩大的"大干一百天，完成投资计划，确保形象进度"的施工热潮。五个工区围绕安全、质量、工期三大主题认真分析，找出症结，制定相应的措施。各工区负责人起早贪黑，盯现场，抓质量，保安全，以身作则，干在前面，极大地鼓励和影响了每一位员工。虽然外面是数九寒冬，但项目部的各项工作明显回暖，项目部终于走出了低谷。

沈北制梁场是中建四局哈大项目部最大的一个工区，也是哈大铁路线上最大的制梁场，担负着项目部近一半的产值生产任务，主要承担文官屯特大桥、沈北特大桥及旺官屯中桥箱梁的预制、铺架任务。

梁场建场初期，正值2007年冬季，由于工期紧，加之缺少专业人员，多项工作都不能顺利开展。梁场工区一群平均年龄不到三十岁的

施工中的哈大高铁

哈大高铁客运专线

年轻人，顶风冒雪展开全面勘察，掌握场建的第一手翔实资料，编写出完整的场建蓝图，为项目部提供了可靠而有价值的数据，为推进梁场建设提供了坚实保障。

2008年5月，沈北制梁场南北制梁区、存梁区、南北钢筋加工区、材料堆放区、生活区、办公区、搅拌站等临建工作基本完成。

6月12日，梁场首片箱梁浇筑成功；7月28日，首片830T梁箱一次性搬运成功；8月29日，沈北制梁场一次性通过铁道部认证中心的外部认证和国家质检总局的工业产品生产许可证的认证和取证，从此拉开了中建四局客专线大规模箱梁生产的序幕。

项目部沈北梁场的试验室，肩负着整个梁场907片预制梁混凝土的常规检测、标准试验及施工中的质量检测工作。试验室由12名年轻人组成，他们守护着箱梁的质量，捍卫着公司的荣誉。这些年轻人大部分刚从学校毕业，工作时间短，实践经验少，但他们不懂就问，不会就学，不让"问题"过夜，不断提高自身的业务水平。他们不分白天黑夜，不论刮风下雨，对生产出的每一片箱梁都要取样检验，从没有间断过。2008年12月，沈北梁场试验室被哈大公司评为先进集体。

靠着这种不怕吃苦、不畏艰难的精神，梁场工区得到了哈大公司、中建指挥部、监理站的一致好评。

中建四局哈大项目部的另一个重要工区是既有线工区。他们在项目部的整个建设中只有六公里既有线的施工任务，但是，工程的全部施工均在既有京哈铁路营运线旁，其中不仅有路基、涵洞，还有中桥、高架桥（连续梁），尤其是文官屯特大桥跨既有京哈铁路百米跨连续梁，是整个哈大客专工程三座一百米跨连续梁中最大的跨既有线的连续梁。毫无疑问，它是哈大公司、中建指挥部等上级单位特别关注的重点，也是项目部及整个哈大客专工程控制的重点、难点和关注的节点工程，工程情况之复杂，施工难度之大，安全风险之高，都是旁人难以想象的。

在进场之初，哈大项目部已经扎扎实实地做了大量前期准备工作，对施工场地进行了整体布置规划。随着征地拆迁工作的顺利推进，施工队伍进场，机械配套就位，项目部不失时机地召开了"掀起既有线施工高潮"动员大会，统一思想，激励斗志。

哈大铁路既有线施工的难点是在距原有比较繁忙（平均每5分钟就有一趟火车开过）的京哈线旁0.9～1.9米处，进行78#、79#主墩位的施工。这段铁路处在城乡接合处，来往行人比较多，现场施工人员也很多。由于路面及铁路情况比较复杂，地下土壤松软，桩基多，铁路上方还有1万伏的高压线，一旦疏忽，就有可能造成车毁人亡的重大安全事故。

面对如此严峻的安全形势，项目部把既有线工区的施工看成是与生命进行较量。项目部专门派项目副经理刘洪对既有线施工安全负责，派人24小时值班监控，发现安全隐患及时整改，出现问题第一时间上报，使既有线施工难题能够在第一时间妥善解决。

2009年3月，王国祥服从组织安排，担任中建四局六公司副经理兼哈大铁路项目经理。此时，他们正好接到哈大铁路工程项目要求工期提前一年完工的通知。王国祥沉着应对，靠前指挥，把责任细化到人，在工地开展"百日劳动竞赛"活动，提出切实可行的进度目标，快节点，快施工，快出工作量，严格管理，细心规划，快速展开施工生产。为保证施工计划的顺利完成，项目部想尽办法，不断增加人力、物力。

2009年4月17日，项目部既有京哈铁路上行线与便线拨接工作顺利完成，保证了文官屯特大桥跨既有京哈线百米跨连续梁的施工。项目部克服了诸多不利的施工困难，完成8500万元的产值，超额完成了指挥部下达的计划，一举甩掉了在哈大线上排名落后的帽子。

2009年5月至7月，项目部产值连续突破亿元大关，创造了一个又一个新的纪录。2009年9月15日，跨沈阳环城高速公路连续梁施工提前八天完成，为四局在全线争得了荣誉。

在中建指挥部组织的施工生产进度考核中，四局哈大项目部以优质快速的施工生产位居前列，多次获中建指挥部通报表彰。2010年，哈大项目部提前20天完成全年生产任务，并荣获中建指挥部2010年度

深圳地铁9号线银湖站

"大干一百天,开创新局面"先进项目部称号。

除了修建铁路,四局也积极承接地铁建设项目。

2012年,中建集团承建施工全长25.38公里的深圳地铁9号线总承包工程。这是中建集团承接的第一个整条线路投资总承包地铁项目,也是撬动华南地区基础设施业务的关键项目,其战略意义不言而喻。

深圳地铁9号线9103标段银湖站周边环境复杂,原中标单位履约受限,中建四局临危受命,跑步进场,接手这个烫手的山芋,这是四局施工的首个地铁项目。

"这是不可能完成的任务。""这个项目难度太高了。"……在种种质疑声中,中建四局组建突击队,勇挑重担,主动接受争分夺秒的考验。但是,该项目面临着人口密集、车流量大、施工条件复杂、征迁协调困难等难题,而且,工期已经落后了整整两年,留给中建四局的时间不足九个月。但是,节点时限不会因为晚来而放宽,当年10月20日,围护结构必须完成,次年3月30日,主体结构必须封顶,这是如山的军令。

"深圳这座城市的精神，就是敢闯敢试，敢于创新！这种精神已经深入到了我们的骨髓，带进了我们工作之中。"分析了现场情况后，项目技术团队决定引进世界先进的德国双轮铣槽机替代原有冲击钻进行地连墙施工，将原来28天一幅的速度提高到每天0.6幅，这也创下了地铁地连墙施工的中国新速度。同时，他们创新施工工艺，攻克了靠近次高压燃气管爆破的施工难点，还陆续解决技术难题20余项……

经过217天的艰苦奋斗，中建四局最终提前46天完成银湖站主体结构封顶。该项目凭借高效优质的履约，最终获得国家优质工程奖金奖，实现了四局国优金奖的新突破。此役过后，中建四局又先后承建了深圳城市轨道交通9号线二期、长沙地铁4号线和5号线、重庆地铁9号线、徐州地铁3号线、佛山地铁3号线、天津地铁7号线和深圳城市轨道交通13号线二期、广州地铁22号线等一大批轨道交通工程，奠定了四局在轨道交通领域的地位。2020年10月，中建四局轨道交通事业部在深圳正式挂牌成立。

高原之路

横断山脉和滇西北高原交会处，云南永胜县河谷盆地之中，盟川、汇川、济川三条河流从境内穿过，"三川坝"因此而得名。这里湿地辽阔，白鹭群飞，汉族与纳西族、白族、藏族等少数民族同处而居。三川坝风景宜人，但这里山高路陡，产业不兴旺，教育不发达，19个行政村里，建档立卡的贫困户就有400余户。

2015年，中建集团与云南省政府签订战略合作协议，建设"一带一路"线上的"脱贫高速"——华坪—丽江高速公路。2016年11月，四局五公司承建华坪至丽江高速公路第13合同段，肩负起为永胜县六德乡开山通道、筑路架桥的重任。

华丽高速第13合同段有三座1000米以上特大桥，一座206米的中桥，一座240米的连拱隧道，桥隧比高达94.9%，是14个标段中桥隧比最高的。从进场时间来看，四局比最早进场的单位还晚了一年。

建设中的华丽高速

华丽高速特大桥

从昆明到项目所在地的路上，七个小时的路程，经历了2700米到1700米的落差，路上遍地皆石，临边为河，道路左拐右转，"天旋地转"成了该项目送给大家的第一份"礼物"。

项目背靠垂直的陡崖，满目荒凉。"中建四局承建华丽高速13合同段 造福丽江人民"的大大的蓝色标语格外醒目。

六德乡连一家小卖部都没有，想买东西，需要在狭窄的十八道弯的山路上，小心翼翼地开两个多小时的车，到三十公里外的永胜县城去采购。项目团队初到，首先就要为大家解决生活保障问题。

生活条件的艰苦还只是第一关。翻山越岭做控制，跋山涉水放红线，挑灯夜战搞计算，每项任务都面临挑战，而山区测量的难度，更是超乎大家的预想。

这里，两山之间的距离比较远，而且没有山路。有些测量点两头横跨河道，环境艰险。因为海拔的缘故，山区常常突降瓢泼大雨，山上土质疏松，很容易滑坡。但是，为了建设高速公路，测量人员只能背负仪器，爬上五百至一千米高度的山头。在如此恶劣的条件下，项目测量团队日复一日完成导线复测、路基边坡放样、标高测量、土方测量……凭借精益求精的信念，实现了数据的零失误。

除了测量人员之外，很多现场人员也在每天奔波于不同的特大桥之间，每天最少也要走上几公里，最多的时候，一天要走上三十多公里。"鞋都走烂了。"施工员毫不夸张地展示着脚上那双七零八落的运动鞋。

"苦吗？"

"苦。"

"能坚持吗？"

"能！"

既然选择了远方，便只有风雨兼程。

2017年10月底，随着旱季的到来，施工进入了大干的好时期。项目部紧急召开"大干一百天"的誓师大会，保证翌年3月初完成树子特大桥到下白水特大桥主线的300余根桩基和土方开挖的任务。

"我们不信我们会比别人差！"他们铆足了劲，要一较高下。

这里白天酷热，夜晚寒冷，所以，他们白天穿短袖，夜晚穿羽绒。在白昼温差极大的山区，在极度艰苦的条件下，没有一个人退缩，所有的人都奔波在现场。施工员在河道里，一边拍打被尘土染黄的头发，一边扯着嘶哑的嗓子督促桩基施工；材料人员在距离几公里的两个路段往返十几趟，协调物资设备；机电人员顶着突如其来的大雨指挥工人安全收工，自己却全身湿透……

春节当晚，桩基的钻孔声、挖机的轰鸣声打破了山谷的寂静。天地皆黑，只有四局标段灯火通明，与夜空繁星交相辉映。

付出终有回报。经过一百天的努力，项目河道桩基累计完成375根，占总量的44.9%，路基土石方开挖完成了总量的54.9%，实现了与其他标段进度的正常衔接。总指挥部领导视察后，对四局赞誉有加，为四局项目部发放了全线标段唯一的表彰令。

从落后挨批到成为标兵，四局项目部知耻而后勇，奋起反超，顺利完成了标段任务，在全标段争先创优，树立了四局勇于担当的精神风貌。这样的担当和勇气，是源于中建四局自1962年组建伊始就具有的责任感与使命感。组建之初，四局就积极响应国家号召，参与贵州国防"三线"建设工程。贵州"地无三里平，天无三日晴"的恶劣的地理环境及云贵高原喀斯特地形复杂的地质地貌锤炼了四局，成就了团队，让他们掌握了在恶劣环境以及复杂地质条件下施工的技术与经验。

同样在贵州深山，四局还承建了贵州正安至习水高速公路。线路全长130.367公里，桥隧比高达64.12%。其中，道角特大桥最高墩167米，相当于50层楼房的高度，被誉为"中建第一高墩"。桃子垭隧道地质构造、水文地质和岩性极为复杂，不良地质类型众多，被誉为"隧道地质博物馆"。天城坝隧道更是国内罕见的特高压瓦斯突出隧道，瓦斯压力达7.4Mpa，突出临界值10倍。2021年1月，正习高速公路全线通车。当年12月，正习高速公路特长隧道群项目荣获英国土木工程师协会颁发的2021年度NCE隧道工程大奖。这是继港珠澳大桥岛隧工程后，中国内地工程第二次获得此项殊荣。

第三章 移师岭南 197

施工中的正习高速公路

正习高速公路

梅花香自苦寒来，四局高速公路建设者穿山越岭，横跨河谷，用辛勤的汗水和艰苦的付出，完成了时代赋予他们的使命。

洱海映苍山

洱海是云南大理的"母亲湖"，既是大理人民生存发展的基础，又体现了大理作为旅游城市的核心竞争力和独特魅力。

大理洱海环湖截污工程PPP项目是全国环保水污染处理首个PPP项目，四局参与了这场没有硝烟的洱海保护治理攻坚战，用实际行动诠释了"绿水青山就是金山银山"的理念，实现了高原环境治理施工零排放，履行了国企的责任担当，取得了经济效益和绿色效益的双丰收，也为大理进一步引进外资、发展第三产业、促进经济发展、助力打造生态文明建设城市样板贡献了力量。

洱海是云南第二大淡水湖，是闻名遐迩的高原明珠，曾经是全国城市近郊保护得最好的湖泊之一。然而近年来，洱海周边的餐饮、客栈迅速发展，入湖水源水质遭遇滑坡，保护洱海形势愈加紧迫。

云南省大理洱海环湖截污项目

2015年，洱海的水质已经处于富氧化初期，水面不再清澈。受农业面源污染以及生产生活污水影响，主要入湖河流水质为Ⅳ类、Ⅴ类，甚至是劣Ⅴ类，抢救洱海刻不容缓。2016年1月，习近平在洱海岸边"立此存照"，对让洱海的水更加干净清澈寄予厚望。习近平指出："一定要把洱海保护好，让'苍山不墨千秋画，洱海无弦万古琴'的自然美景永驻人间。"以此为契机，大理洱海环湖截污工程PPP项目正式启动，这是第二批国家发展改革委PPP项目库示范项目，也是由国务院办公厅重点督办的地方重大民生工程。

中建四局在施工过程中认真学习习近平关于生态文明建设的论述，始终贯彻"建筑与绿色共生，发展与生态协调"的企业人文建筑理念，牢固树立绿色发展的信念，用绿色施工理念生动形象地诠释了"绿色效益"。

大理洱海环湖截污工程PPP项目首期新建六座污水处理厂，铺设污水管干（渠）235.38公里，铺设尾水输水管21.94公里。中建四局五公司承建第三标段，需铺设截污管网主干及支管25公里，村庄污水联络主管37公里，支管19公里，还有一座污水处理厂。这里地处湿地环境，是六个标段中地质最复杂的一段。

洱海保护治理面临的问题出在湖泊，但根源却在流域；污染问题出在水面，根子却在城、镇、乡、村的陆地上。根据规划，遍布洱海16个乡镇的235.38公里污水管干将有效截断环洱海生活污水和农业面源污水排入洱海。整个项目中，纵横交错的污水管干是最基础的工程。

2016年5月，项目部率先启动主管网试验段施工。经过两个月的试验段沉淀后，大家发现，洱海周边土质疏松，渗水严重，原来设计的明挖开槽埋管的办法容易造成水土坍塌，破坏湿地生态和洱海水质。如何安全环保高效地开挖埋管，成了项目工作的重中之重。

就在项目团队蹲在绿油油的湿地田埂上一筹莫展的时候，一句"兵来将挡，水来土掩"的无心之语激发了大家的灵感。对，在渗水地段，可以用"挡"的方式消除水害。项目部科技小组、商务小组结合洱海环境保护条例要求，在试验段一次又一次地尝试和准备，最终提出拉森钢板桩支护开挖埋管方案。它的原理就是利用钢板桩的刚性支撑，把影响结构的"水土"挡在外面。工人在钢支撑里埋管作业时，不仅里外不会渗水，可以安全施工，还能减少取土量，尤其是污水干渠贯穿湿地公园的区域，更可以防止传统开挖导致的湿地水土流失，有效地保护土地资源，实现湿地施工和高原环湖治理的零突破。由于作业都是在钢板围蔽中进行的，大家笑称自己是在"钢盒"里施工。这个方案经过试验，不仅得到论证专家的一致通过，还受到了甲方的高度认可。

要打赢洱海保护治理攻坚战，离不开人民群众的参与和支持。如果说主管网是整个截污系统的"大动脉"，村庄联络管就是主管网的"毛细血管"。2017年7月，大理州政府要求在12月31日完成洱海周边14个村庄的污水联络管施工。用几个月的时间来完成几年的工作量，谈何容易？

村庄联络管铺设必须采用进村入户的开挖截污方式，面临征迁和在村民家门口施工协调的重大难题。四局项目部所在的第三标段更是六个标段中穿越村落最多、征迁难度最大的一个。

再难也要执行。面对村民强烈的排斥情绪，项目组建了两个村民协调组，挨家挨户进行政策宣传。每个协调组每天要走访三十多户人家。项目经理更是利用本地人的优势，带头一个村接一个村地摸排情况，主动联系乡镇，给几十户闲置劳动力协调安排垃圾清运等工作，解除他们的后顾之忧。当地的盛大节日火把节到来的时候，项目部主动融入其中，与当地团队联合举办联谊会，增进工作互信。在项目团队的多方努力下，村民从开始的不理睬和阻挠，逐渐变得理解和支持，四局的征拆进展也在全线工作中稳居第一。五个月的时间里，他们铺设管道56.27公里，覆盖14个村庄，建设各类井1691座，化粪池7座，上千户人家的污水管道被接入到排污支管中。

四局施工团队在施工中始终贯彻绿色理念。这种理念得到了当地居民的支持，施工团队也提前完成了全线试运行的任务。

洱海治理，重在水质保护。"项目完成后，全线出水可以达到国

第三章 移师岭南　201

云南省玉溪海绵城市建设项目

贵州省赤水河谷旅游公路

家一级A类排放标准,可以全面截断环排入洱海的生活污水和农业污水。"项目经理李佑铭自信地介绍道。

项目污水处理厂建成,近期处理规模达到1万吨/天,远期处理规模2.5万吨/天,服务总面积8.43～9.94平方公里,不仅出水测试达到国家一级A类排放标准,污水处理厂及尾水回用水也确保实现二类水质标准。工程投入使用后,据大理州洱海保护治理"七大行动"指挥部环境监测,2018年到2019年,洱海连续两年全湖水质实现7个月Ⅱ类,主要水质指标变化趋势总体向好。水质从富营养化状态恢复到了中营养状态,洱海治理则从抢救性保护工作阶段进入到了保护性工作阶段。与2015年的Ⅳ类、Ⅴ类、甚至劣Ⅴ类水质相比,洱海水质大为提升,说明治理工作已经取得了阶段性重要成效。

成效的背后是绿色施工的生动实践。项目开工以来,对于生活及生产垃圾,项目部一直安排专人处理,定期运至指定场所;针对施工产生的临时污染,安排洒水车定期治理扬尘,安排专人打扫。同时,施工过程中推行拉森钢板桩支护开挖埋管技术,以保护生态湿地。项目部还修筑了50座三级沉淀池,保证全部污水沉淀后排入农田,做到了一切污水零排放进入洱海。这些措施不仅受到了大理州政府的高度赞扬,还得到了全国总工会和云南省总工会的多次肯定,多家建设单位前来实地调研和观摩。

中建四局运用的环保绿色施工技术实现了高原环境环湖截污治理施工的行业的零突破,在山、水、林、田、湖生命共同体和流域环境生态良性循环保护方面积累了宝贵的经验,获得了诸多绿色口碑,获得了地方政府的高度赞誉,也得到了主流媒体的聚焦关注。

工程不仅取得了高额的绿色施工效益,更带来了地方的经济社会效应。一方面,良好的生态环境治理成效助推了全域旅游经济发展,2019年,大理州共接待游客5300万人次。另一方面,良好的生态环境也为大理市进一步引进外资、发展第三产业、促进经济发展创造了绿色效益。中建四局用蓝色力量,在重大民生领域推动绿色发展,生动地实践了"绿水青山就是金山银山"的生态理念。

第五节　人间至情

异国同心

2004年12月26日，印度尼西亚苏门答腊岛附近海域发生里氏9级地震并引发海啸，造成印度洋沿岸各国人民生命财产的重大损失。印度洋海啸遇难者总人数超过29.2万，其中印尼受袭最为严重，据印尼卫生部宣布，该国共有近24万人死亡或失踪。

2005年4月，时任国家主席胡锦涛访问印尼，决定向印尼人民捐赠2亿元人民币的物资。中建四局也光荣而且义无反顾地承接了援建印尼60套板房项目的任务。

60套板房工程，包含34所学校、17所幼儿园、9处政府办公室，总建筑面积超过2万平方米。这是中建四局第一次在印度尼西亚承接工程，而且是援建任务。

局领导高度重视，立刻派出项目组奔赴灾区。到了灾区才知道，这60个项目分散在60个地方，有的地点相距几百公里。所有项目都要从选址、地勘、规划开始。

2005年12月12日，四局副总经理马义俊带队来到印尼，参加开工仪式。

2006年3月1日，令狐延奉命来到印尼。虽然海啸已经过去了一年多时间，但他看到的景象仍然可以用满目疮痍来形容。他们住的房子，墙上还有海水留下的印记。

项目的前期工程进展缓慢。令狐延分析原因后，决定把施工工人分成基础、钢结构、水电吊顶、地坪等专业，每个专业分成若干班组，每个班组配备必要的机械工具、周转材料，实行流水施工，在一个工地干完之后，就进入下一个工地。

分工到位以后，施工进度突飞猛进，开始时，建一座学校需要三个月，后来只需18天就可以完成。

地震加海啸，让当地的生活回到了原始状态。项目组走村串寨，

时任中国驻印尼大使兰立俊与印尼亚齐和尼亚斯重建机构主席昆多洛分别代表两国政府签署项目交接证书

中建四局向印方移交援建的板房

埋锅造饭，住的是临时帐篷，帐篷里点的是油灯。夏天，帐篷里又闷又热，蚊子成群结队。同时，他们吃得也非常简单，肉很少，连青菜也不能保证。他们吃的最多的就是面条，人人当起了苦行僧。

由于生活条件艰苦，有些人感到身体难以承受。但是四局人明白，他们是代表国家进行国际援助的，中华民族历来有"一方有难、八方支援"的仁爱之心，在灾难面前不讲条件，而且中建四局历来有吃苦耐劳的传统。施工团队坚忍的意志和忘我的工作精神，感动了当地人民，赢得了印尼民众的称赞。

援建项目组用一年时间完成了援建项目。2006年12月12日项目竣工，经检查验收，工程质量优良，被中华人民共和国商务部评为优质工程。

2006年12月21日上午10点，中国驻印尼大使馆在雅加达香格里拉大酒店举行中国政府援助印度尼西亚60套板房项目竣工移交仪式。中国驻印尼大使兰立俊，印度尼西亚BRR（恢复与重建机构）主席昆多洛，中建总公司驻印尼代表处负责人孙科林等参加了移交仪式。在热烈的气氛中，大使和主席发表了热情洋溢的讲话。

兰大使说："板房项目是中国政府在亚齐海啸灾难后实施的规模较大、意义深远的援助项目之一，中方施工单位克服了地点分散、灾后基础设施破坏严重、运输不便等种种困难，仅用一年时间就提前完成了承建任务。板房的优质实用得到印尼各方的高度赞誉，其中用于BRR临时办公室的数套板房更成为各国在亚齐同类援助项目中的典范。在此，向吃苦耐劳、团结敬业的中建项目组表示敬意和慰问。"

昆多洛主席说："海啸发生后，中国在世界上最先向亚齐人民伸出援助之手。因为你们的援助，我可以自豪地说，不会再有亚齐儿童失去受教育机会。"

印尼各大报纸在一版显著位置刊登了兰大使和昆多洛主席在移交函上签字的照片及新闻，轰动一时。

十多年过去了，带有"中国援建"字样的板房大部分还在正常使用，成为中国与印尼深厚友谊的见证。

谁也想不到，十四年后，新冠疫情暴发。2020年3月，印尼政府宣布新冠疫情的传播为"国家灾难"。

3月19日，中建四局土木公司印尼分公司执行总经理吴坤接到合作伙伴力宝集团请求，要在雅加达和唐格朗修建三所防疫医院，为新冠病人提供救治场所。

抢建三所符合标准的临时病房，在物资齐备、人员充足的正常情况下并不是难事。但在当下，一个看似"不可能的任务"摆在了项目物资负责人何建波与项目现场负责人何盼伟面前。

在何建波的协调下，劳务班组很快就位。板房生产厂家得知要建设防疫临时病房，迅速集结了首批板房。

施工过程中，从地基的抹平、收光，到板房组装时的连接，他们都以严苛的要求坚持质量标准，确保为病人及医护人员提供安全、美观、舒适的环境。

3月31日，印尼政府宣布进入公共卫生紧急状态，也正是这天，力宝医院的三所临时病房顺利交付，为印尼人民建起了庇护生命的方舟。

疫情期间，中建四局印尼代表处通过一带一路国际合作发展研究院向印尼政府捐赠口罩，受惠人群2000余人。这种助力东道国民生福祉的义举，得到了当地政府的认同，印尼总统特使、海洋统筹部部长卢胡特亲自签发感谢信。

一个个优质工程，一次次暖心义举，使得印尼人民牢牢记住了中建四局的名字。

正当中建四局员工在印尼争分夺秒抢建隔离病房时，中建集团以高度负责任的态度，果断做出向中建海外工地派驻疫情防控工作组的决定，其中柬埔寨、印尼两国由四局负责。从快速落实组建方案，确定人选，到筹集物资与办理签证，仅用了一周时间。2020年3月29日，在柬埔寨政府收紧入境政策的前一晚，在时任海外部副总经理张嘉的带领下，由建设发展公司纪委书记王劼、国际公司海外部经理谢

由中建四局承建的援印板房

由中建四局承建的援印学校

志强，遵义康复医院（原四局三公司职工医院）陈敏、王仕江、王义奎、胡伦秀等七人组成的工作组紧急调整工作计划，由广州白云机场出发，前往柬埔寨，同机携带了大量的防疫物资。

在柬期间，工作组坚持以"零感染、零传播"为工作导向，坚决做好稳定人心、稳在当地的工作，牵头建立集团在柬疫情联防工作机制，将集团子机构统一纳入疫情防控工作管理体系，以子机构为相对独立的责任体系，以驻地或项目为管理单元，落实防控工作的各项管理。同时，在金边及西港两地设立健康服务站，开展常规体检，提供健康服务，并多方筹措防疫物资，受到社会各界肯定。

随后，中建四局又向柬埔寨、印尼派出多批疫情防控工作组，他们中间有二次出征的队员王义奎，有带着对年幼的孩子的牵挂而毅然挺身的医生张刚会，还有巾帼不让须眉的喻兰兰、冯瑜等人。

2020年11月，中建四局派驻柬埔寨驻外机构工作医疗组获评"中国建筑抗击新冠肺炎疫情先进集体"，陈敏获评"中国建筑抗击新冠肺炎疫情先进个人"，四局土木公司印尼分公司执行总经理吴坤获得"中建总公司抗疫先进个人"称号；2021年8月，中建四局印尼分公司入选"2020年度'建证幸福'中国建筑优秀社会责任实践案例"。

汶川的身影

2008年5月12日，是一个被中国人深深嵌入记忆的日子。

这一天是星期一，午后2点28分，四川汶川发生了里氏八级强烈地震。地震造成严重破坏的地区面积超过10万平方公里。这是新中国成立以来所经历的破坏力最强、波及范围最广的地震，也是唐山大地震后伤亡最严重的一次地震。

这天午后，远在贵阳市的中建四局科研院院长林力勋，在办公室里也感受到了地震波的冲击。一时之间，汶川地震受到举国关注。在巨大的自然灾害面前，中华民族强大的凝聚力再一次迸发，中央各部门和地方各级政府都在全力以赴救援灾区，举全国之力抗震救灾。

看着电视里房倒屋塌的悲惨画面，林力勋心如刀割。作为一名科

2008年汶川大地震，中建四局科研院抗震救灾危房鉴定队第一时间奔赴现场

技工作者，他对建筑物有着特殊的感情。中建四局建筑科研设计院也是贵州省建筑科学研究检测中心，专业从事地基基础、工程质量、灾后房屋的检测、鉴定和特种施工，在长期的检测、鉴定和加固工作中积累了丰富的经验。林力勋意识到，灾区肯定需要他们。

5月14日，科研院召开全院职工大会，短短一天时间，200名职工捐赠了救灾资金7.5万元，呈请贵州省建设厅和中建四局转交灾区。会上还成立了抗震救灾应急小组和抗震救灾危房鉴定检测队，准备前往四川现场支援灾区。鉴定队由三个梯队组成，林力勋任总指挥，第一梯队队长由副院长王林枫担任，成员有田涌、康洪武、罗国波、王卫争等。

科研院很快做好了物资准备，包括出征车辆、仪器、食品等等。林力勋随即将这一情况向四局和贵州省建设厅领导进行了汇报。

15日晚，林力勋接到中建四局董事长叶浩文的电话。叶浩文在电话中说："中建总公司要求你们立即赶往四川德阳，到东方集团去帮

抗震救灾危房鉴定检测工作队研究检测项目

救灾现场查看地形的王林枫(上蓝衣者)

检测工作队在汶川地震东汽厂房合影

助鉴定和加固受损厂房，帮助他们尽快恢复生产。"

军令如山。5月16日上午，科研院全体人员集合，为第一梯队的同志送行。中建四局和贵州省建设厅领导为抗震救灾危房检测队授旗。

一辆越野车，风驰电掣地驶向灾区。

进入四川，检测队看到的景象越来越惨烈。他们到达德阳时，各路救灾人马还在忙着从废墟里救人，周围到处是断壁残垣，哭泣声不绝于耳。检测队的队员们强忍悲痛，不敢怠慢，直奔目标的第一站——东方集团所属东方电器厂。

昔日的厂区静悄悄的，工厂已经停产，被地震损毁的车间，谁都不敢进去。当时的厂区和家属区，每栋残损建筑，都必须经过检测队勘察，经过批准之后，军队和工人才能进去抢运物资。在随时会有余震的情况下，保护抢险救灾的军人和群众的生命，保证国家重要物资的安全，这些重担全都压在检测队的肩上。同时，检测队的队员还要克服自己内心的恐惧，处理工作中从未遇到过的突发情况。

检测队一进入厂区，就开始测定损毁情况。他们一根根柱子、一条条梁进行察看、检测，不放过一个受力点，对于出现裂缝的墙和结构，更是不敢掉以轻心。他们头戴安全帽，脚踩碎砖和水泥块，冒着几十分钟就发生一次的余震，穿梭在一栋栋危房里，逐一进行检测、排查。

一间厂房的天车停在二十多米的高空，行车轨道也在空中，天车是否还能在高空行走，是否能够吊起重物，必须上去探明情况。在余震不断的情况下，爬到高空是非常危险的。

检测队的田涌是检测中心结构所所长，他毫不犹豫站出来，说："这活应该我来干，我上吧！"两个年轻人也主动请缨。队长王林枫看了看他们，又抬头望了望高空，点了点头，叮嘱他们一定要小心。

三人徒手爬上轨道，刚刚站定，余震发生了。周围的人一片惊叫，四散躲避。队长大声喊道："抱紧柱子！"

大地在晃动，建筑物发出咔咔的声响。田涌在高空遭遇余震，心里不免有些慌乱。他本能地抱住一根钢梁，又朝着两个年轻人喊道：

"不要紧张，抓稳啊！"

余震终于过去了，他们继续进行检测。后来，他们又遇到了一次余震，但那一次，他们就没有那么紧张了。

检测完成，田涌亲自开车试验，确认了天车和轨道的安全。经过对设备加固之后，检测队认为，车间可以恢复生产。

随后，检测队马不停蹄，赶往汉旺的东方汽轮机厂。汉旺镇位于龙门山下，也是地震重灾区。地震时，汽轮机厂叶片车间有20多人正在开会，骤然而至的地震把大部分人都压在了下面。

检测队遇到的第一个难题，就是要取出地下室的放射性物质钴60。通往地下室的通道已经震裂，随时都有垮塌的危险。地下室情况不明，是不是已经垮塌，会不会随时垮塌，特别是放射源的污染情况，他们全都不清楚。

在危险面前，王林枫说："这次你们谁也不要争了，我下去！"田涌看了看情况，感觉一个人下去很危险，便提出跟队长一起去。

他们穿上防护服，一边察看，一边往里面走。对危险的地方进行检测之后，确定通道可以通行。随后，专业人员进入地下室，将钴60取出，排除了安全隐患。

接着，检测队又进入总装车间。厂房内，一部汽轮机还吊在空中。地震来袭的时候，工人正在生产，于是，车间里的场景似乎被凝固了，正在吊装的部件停在空中，而车间的房屋里，有的地方柱子倾斜，有的地方横梁移位，有的地方墙体开裂。

检测队先是绕着厂房察看了一遍，对遭到破坏的地方进行了检测，确定整体安全后，他们进入车间，一处处进行严格检测。

灾区危险重重，遇到余震或刮风下雨时，山体仍在塌方，还有一些建筑物倒塌。晚上，他们有时会被余震摔到地上，感觉死神就在身边。即使这样，大家也没有退缩。

这时，林力勋带领援军赶到了，安装公司的人马也先后到位。对建筑物进行了仔细甄别与检测之后，他们制定了厂房的修复与加固方案，并立即着手施工。

在一个多月的时间里，他们先后对成都、德阳、汉旺、绵竹等地的200余栋工厂、车间、职工住宅进行了安全鉴定，总面积约500余万平方米。

2008年6月17日，东方汽轮机厂召开复工大会，宣布东方汽轮机厂重新站了起来，可以恢复生产，出口设备。

中建四局的好汉们撑起了灾区的一片天。

抢险任务完成后，田涌等人申请留了下来。从2008年5月到2010年初，他们坚守在灾区，完成了东方汽轮机厂近两百万平方米的厂房、辅房、住宅区的震后鉴定以及十余栋建筑的抢险加固，为东方汽轮机厂基地搬迁德阳前的生产提供了有力保障。

2008年年末，四局科研院获得了中建总公司抗震救灾先进集体称号，随后，中建四局获得了广东省抗震救灾先进集体称号，田涌获得中建总公司"优秀员工"、"抗震救灾优秀共产党员"、住房和城乡建设部"抗震救灾先进个人"称号。2009年，田涌获得中华全国总工会颁发的"全国五一劳动奖章"，2015年获中华全国总工会"全国先进工作者"称号。

滑坡大抢险

2015年12月20日上午11时40分，深圳光明新区红坳余泥渣土受纳场发生特别重大滑坡事故，并引发天然气管道爆裂。滑坡余泥渣土覆盖面积达38万平方米，最大厚度超过10米，工业园区33栋建筑物被掩埋或被不同程度损毁，多人被困。

23日上午，中建四局珠海公司深圳分公司副总经理汪大庆正在工地上检查，突然，手机响了，只听珠海公司总经理王国祥语气急迫地说："大庆，你在哪里？我马上过来接你，有重要任务！"

放下电话，汪大庆紧张起来。他从王国祥的语气里感觉到事情非同寻常。不一会儿，王国祥的车就开了过来，汪大庆一上车，就听说四局接到了光明新区滑坡的抢险重任。

这次抢险任务是四局领导主动请缨的。在珠海公司光明新区项目部、四局总工程师、副总经理、宣传部部长齐聚，一起开了一个碰头会，决定立即进入灾难现场。

现场抢救分秒必争。超高堆填的余泥渣土形成巨大的下滑推力，掩埋了山下的房屋和道路，触目皆是黄泥。现场已经有了数量众多的挖掘机在抢救生命，中建四局的任务与他们不同。四局的任务是冲到塌方肇始的坡顶最高处，在由渣土堆成的约150米的小山上修筑一道高边坡，为山下的救援人员创造安全的救援环境，防止二次灾害发生。

滑坡源头在山上，但那里已经无路可走。四局参与抢险的一行人绕过滑坡，在树木杂草中攀缘，用了三个多小时才到达目的地。站在山上往下看，灾难的景象愈加惊心动魄。一泻而下的淤泥渣土已经掩埋了一切。山头的泥土土质松散，堆起的小山已经摇摇欲坠，出现了近20厘米的开口裂缝和30多米的宽幅断裂，随时都有发生次生灾害的危险。

经过勘探后，岩土专家提出要在滑坡的源头修筑高边坡。施工需要把滑坡源头高约150米的泥土运走，这些泥土大约有50万方，泥土车大约需要跑四万次才能完成。

那一夜，汪大庆没有睡觉，一直在不停地打电话。天亮以后，20多个管理人员，40多个工人，还有11台挖土机、8台推土机，已经全部就位。早晨八点整，一声令下，施工队开工了。

身负重任的汪大庆丝毫不敢松懈，他说："当时生怕哪个环节不小心，边上或者顶上的渣土会垮下来。坡上坡下都是我们的管理人员和挖机手，所以，绝不能出现万一，绝对不能！"

王国祥担任现场总指挥。施工安排就绪之后，他又安排好了后勤，在山上支起帐篷，供工人们轮流休息，项目部负责工人们的一日三餐。施工队实行三班倒，人停机不停。

12月24日，高边坡下降8米，斜坡推进25米，倒运土方13000方；

12月25日，高坡下降20米，2000平方高台形成，倒土累计45000方，截水沟推进230米；

12月26日，翻土量20000方，推土量10000方，东高坡五级缓坡基

深圳光明区高边坡滑坡抢险现场中国建筑应急救援指挥部

本成型；

12月27日，高度下降18米，转运土方90000方，东高坡形成五级台阶，国家安全生产巡查组赴现场查看情况，认为现场情况可控；

12月28日，翻土量30000方，推土量15000方，东高坡十级台阶基本成型，二次滑坡危险基本消除；

12月29日，进一步清理加固……

誓言"没有万一"的四局救援队就这样完成了"救援中的救援"任务。在事故第五天，从上往下不断放平的阶梯式坡度已经形成，大大降低了堆积的山坡可能发生坍塌的危险。救援人员和当地民众无不交口称赞："危急时刻挺身而出，中建四局有担当！"

一个都不能少

2015年11月27日至28日，中央扶贫开发工作会议在京召开。29日，《中共中央 国务院关于打赢脱贫攻坚战的决定》发布。确保到2020年农村贫困人口实现脱贫，是全面建成小康社会最艰巨的任务。

脱贫攻坚作为实现第一个百年奋斗目标的底线任务和标志性指标，必须举全党全国之力完成。脱贫攻坚战的冲锋号已经吹响。全面建成小康社会，一个都不能少！

各中央企业坚决贯彻落实中央决策部署，将精准扶贫工作作为一项重要的政治任务来抓，高度重视，投入大量人财物，创新方式方法，推动精准扶贫工作取得显著成效，为全面打赢脱贫攻坚战奠定了坚实基础。

中建四局响应号召，立即投身于这一场伟大的战斗中去。

其实，四局的扶贫历史可以追溯到2009年。这一年，四局斥资500多万元，对梅州市五华县河亨村、乐道村，广州市古田小镇，分别开展了基础设施援建、产业扶贫、困难户慰问等工作，帮助这些贫困村镇修建了大批基础设施、教育设施、便民设施，带动了当地增收脱贫。

"十二五"期间，在老家贵州，四局又捐赠60万元，支持六枝岩脚镇小城镇建设；接着又捐赠90万元，帮助仁怀市复兴村脱贫；后来又捐赠264.4万元，帮助桐梓县小水乡同盟村建起了办公楼和文化广场。

2016年，根据中建集团、广东省委、省政府的安排，中建四局结对帮扶贵州遵义，同时对口帮扶广东省揭阳市惠来县仙庵镇桥观村。

脱贫攻坚战的冲锋号吹响后，中建四局成立了扶贫办公室，局党委副书记、工会主席陈天雪兼任主任，局团委书记张伟担任副主任，成员由三公司、珠海公司、华南公司的领导和骨干组成。局和三家公司分别成立了扶贫工作领导小组，重视程度前所未有。

张伟带着三家公司扶贫队员组成的14人扶贫队伍，于当年8月底离开广州和贵阳，来到遵义最贫困的三个乡镇——务川县石朝乡、桐梓县小水乡、新蒲新区永乐镇,开始了两年多的驻村帮扶工作。珠海公司结对帮扶的是石朝乡,由张姜恩担任扶贫队长;华南公司对口的是小水乡,扶贫队长是林佑黔;三公司对口帮扶永乐镇,由唐湘黔担任扶贫队长。

在广东,另一支扶贫工作队由李龙、谭华林带队,于4月进驻惠来县仙庵镇桥观村,开展帮扶工作。

贵州山区山高路陡,巨大的山脉将村镇分隔成无数个小村落,这些村落像躲猫猫一样分散在四面八方。很多地方不通车,不通电,不通邮。位于遵义东北部的务川县石朝乡,距遵义市区250多公里,是遵义最穷的一个乡镇,也是贵州省的20个极贫乡镇之一。这里山高地寒,一年里近六个月寒冷多雾,恶劣的气候严重影响了当地的生产生活。小水乡位于遵义市桐梓县中部,距遵义市100公里,附近有著名的娄山关,山高路险,土地匮乏,耕地面积极少。永乐镇则位于新蒲新区东北部,地处新蒲新区、湄潭县、绥阳县一区两县交界处,全镇管辖范围极大,贫困人口非常多。

绵延起伏的大山,挡住了乡亲们脱贫致富的道路,却挡不住工作队的决心。"扶贫这段宝贵的经历,必定会让我们终生难忘。"扶贫队员们总是这样相互鼓励,开始征服眼前的一座座大山。

三个乡镇相距300多公里,工作队分头行动。精准扶贫的前提在于精准识别。扶贫工作队进驻乡镇后,来不及适应乡村环境,便立即戴上工作牌,穿上长雨靴,开始了艰难的调研走访。他们深入到三个乡镇的16个贫困村、201个村民组、2807户贫困户家中,马不停蹄,一村一组调研,一家一户识别。

由于很多村不通公路,工作队只能边走边打听,经常一走就是几个小时。为了多走访几家,他们每天一大早就起床,吃碗面条就出门,下午三四点甚至傍晚,才到乡镇街边的摊档上吃一口午饭。如果运气不好,碰到人家已经收摊,就到老乡家要一杯开水,泡一盒方便面凑合一顿。遇到大雨天回不去,他们就借住在老乡家里。晚上回到既是办公室又是宿舍的村委会,又忙着整理录入信息。

中建四局帮扶遵义易地搬迁安置点漂亮的新房

中建四局帮扶遵义易地搬迁安置点全景

石朝乡雾天多，道路湿滑，能见度极低，开车就像在云端漫游，险象环生。那时村里的路不仅没有硬化，而且十分狭窄，杂草丛生，扶贫队的车辆每天不停地在悬崖边上的狭窄小路来回盘旋，窗外就是深不见底的万丈悬崖。

经过两个月的奋战，工作队完成了入户调研摸底，修改制定了《中建四局帮扶遵义"34638"工作计划》，根据不同村庄的特点，在当地有针对性地发展特色产业，促进贫困户自身造血脱贫。

易地搬迁是脱贫攻坚工作中矛盾最集中、最复杂、工作链条最长的工程。2017年3月，经过与遵义市政府、市生态和水库移民局多次协商，中建四局正式启动了易地扶贫搬迁项目。

5月，四局在遵义新蒲新区政府旁边的6号小区购买了143套新房，将这里作为搬迁居民的新家。解决了房源之后，他们立即启动了装修工程，并进行家具家电配置。遵义市政府和工作队商定，在6月30日前完成石朝乡的首批搬迁，8月完成包括新增加的仁怀市学孔镇在内的508个贫困户的搬迁任务。

当时的安置房大多刚刚建设完毕，装修也刚刚开始，基本的居民用水用电问题还没有完全解决。从接到市政府通知到第一批搬迁开始，只有短短十多天的时间，这给搬迁工作带来了巨大的挑战。但是，这是遵义市扶贫的重点工程，尽管面临诸多困难，扶贫队并没有退缩。"我们能够按期完成！"张伟向市领导做出了承诺，随后带着扶贫队立即投入到紧张的工作中。他们一边加快装修进度，抓紧采购配置家具家电，一边与当地的供电、供水部门多次协调，推进解决供水供电事宜。同时还与移民部门和县、乡、村干部一起，全方位做好搬迁户迁出动员工作和搬迁地的接收工作。

一栋栋联排小高层坐落在遵义闹市中，屋前绿树成荫，花团锦簇，小区广场上，到处都是嬉戏、追逐的孩子。一场大雨过后，蓝蓝的天空又飘出了朵朵白云……这一天是2017年6月30日，中建四局、遵义市政府在易地扶贫搬迁安置点举行了隆重的村民搬迁仪式。

务川县石朝乡的57户247人，桐梓县小水乡的21户81人，仁怀市学孔镇的19户81人，还有新蒲新区永乐镇的23户99人，陆续搬进了新蒲新区宽敞明亮、家具齐全的新房，有人住进了两室两厅，有人搬进了三室两厅，一夜之间，村民变成了市民。

"幸运之神"降临，命运从此改变，新居民的脸上露出了幸福的表情。

石朝乡村民秦武的母亲坐在新房崭新的沙发上，一边看电视，一边激动地对来人说："我已经这把年纪了，一辈子没出过远门，没想到不仅到了城里，还住上了这么好的房子，真要感谢党的好政策。"

小水乡的小王拿到钥匙，开始打扫自己的新房。这是一套面积68平方米的新房，家具、家电一应俱全。他只带了被褥和锅碗瓢盆，下午去买点菜，就可以在这里开火做饭了。他感到非常兴奋，说："住新房的感觉就是不同。老家的泥屋泥地，哪有这个新房子舒服呢？这里住起来也安全多了。"

小虞家原来住在仁怀市学孔镇的桃坪村，五年前，他家的房子在山体滑坡中被冲毁了，一家人一直寄住在邻居家里。他的弟弟生病，生活不能自理，母亲年事已高，他做梦也想不到，他们一家还能住上新房，而且还住在了城里。

小刘也是学孔镇人，在上海海事大学读书，他和父亲一直住在二叔家里。暑假回家时，他看到家里搬进了新房，感觉幸福来得太突然了。他动情地说："从老家的深山里一下子搬到了遵义，真的感觉像在做梦。以前家里什么也没有，搬到新蒲新区，什么都准备好了。现在我还在读书，毕业之后，我一定好好回报社会，做一个对社会有用的人。"

学孔镇的周方住进新房之后，激动地说："以前孩子上学要走两个多小时的路，现在只要三百米，就可以走到学校了！"

在志愿者的帮助下，村民有的忙着贴对联，有的整理被子，有的干脆靠在沙发上看起了电视。简单收拾了一下以后，村民们来到小区广场，街道办在这里摆下了三十桌长桌宴，庆祝村民乔迁新居。按照当地风俗，每一桌都上了汤圆，村民们共同举杯，祝愿他们未来的生

中建四局员工为帮扶点——广东省揭阳市惠来县仙庵镇桥观村的孩子们上音乐课

中建四局春节慰问遵义石朝乡村民

活红红火火。

村民搬进新家的第二天，四局扶贫办组织四局在遵义的公司和相关项目部举办了四次招聘会，为村民提供了保安、保洁员、杂工、技工等200多个岗位，解决了120多个搬迁户的就业难题。扶贫队员们一家一家上门给老乡们做思想工作，希望他们安心在四局工作，安心在城里扎根。

石朝乡的小伙子小覃，被四局扶贫办推荐到附近的康养城项目工作。他说："在这里工作，比我在广东打工强多了！"

遵义新蒲新区政府开辟了绿色通道，从医疗、教育等方面全方位解决搬迁居民的后顾之忧。当地街道办事处在安置小区内设立了警务室、图书室等设施，为村民建立了一对一的挂帮机制。遵义市民委在对安置点实地走访调研后，决定将这个安置点打造成为"民族团结示范社区"。

中建四局扶贫工作队成功帮助石朝乡群众实现易地搬迁和安置，他们完成的项目也成为贵州省易地扶贫搬迁跨县安置的示范点，其工作经验被遵义市和贵州省大力推广。

此外，四局在石朝乡建立了贵州首个现代化生态渔业养殖基地，还帮建了2000多亩黄花菜生产基地和800亩辣椒产业基地。在小水乡，他们为473户贫困户发放了生猪，鼓励大家养猪致富。在永乐镇，他们对学校、村委会和村民的危房进行了加固和美化改造。

春节来了，工作队冒着严寒，把一车车米和油送到了2000多户村民家中；学校开学了，工作队把助学金送到贫困学子手里；六一儿童节，工作队带着书包、文具等礼物，到小学与孩子们一起欢度节日……

在工作队全体扶贫干部和当地政府的共同努力下，2019年，石朝乡、小水乡和永乐镇三个乡镇的2807户贫困户全部实现脱贫。

2020年，中建四局圆满完成了贵州脱贫攻坚任务，赢得各级党委政府、社会各界和人民群众的充分肯定和广泛赞誉。四局扶贫办公室获评"中建集团脱贫攻坚先进集体"，三公司获评"贵州省扶贫先进集体",张伟获得"中建集团脱贫攻坚先进个人"称号。

张伟和扶贫干部们的精神与事迹,感动了正在遵义务川县石朝乡蹲点拍摄扶贫纪录电影的导演焦波。焦波团队制作了中国首部纪录扶贫故事的电影《出山记》,其中真实收录了中建四局工作队帮助村民走出大山的故事。电影在全国引起较大反响,获得第八届北京国际电影节纪录单元评委会最佳作品奖、2018中国(广州)国际纪录片节"金红棉"优秀纪录片奖。

2019年6月,中央电视台七频道大型扶贫公益栏目《手挽手》在北京录制。焦波导演邀请中建四局扶贫办公室副主任张伟、石朝乡大漆村支书申修军一起,登上《手挽手》舞台,接受主持人敬一丹的现场采访,请他们讲述改变508户村民命运的扶贫故事。

中建四局的另一支扶贫工作队——桥观村扶贫工作队也通过精准扶贫,让村民的生活越来越幸福,越来越有滋味。

广东省惠来县仙庵镇桥观村第一批扶贫工作队的李龙、谭华林于2016年4月驻村,第二批队员蒋磊、杨道川、林伟群、凌晨于2019年5月进村轮换。

扶贫工作队做的第一件事,就是在村委会原址新建了三层580平方米的办公楼及附属地坪、围墙,添置了全新的办公家具和办公设备,制作并悬挂党建图牌,建起党建文化长廊,对党建文化、脱贫攻坚、乡村振兴、农耕文化、禁毒知识等进行户外宣传。很快,村委会面貌一新。接着,他们又发展壮大集体经济,大力发展特色农产品,有力支持合作社不断发展,进一步巩固贫困村和贫困户的脱贫成效。

桥观村扶贫工作队荣获广东省"2019—2020年脱贫攻坚突出贡献集体"称号,扶贫队员李龙获得广东省"2016—2018年脱贫攻坚突出贡献个人"称号,蒋磊获得广东省"脱贫攻坚先进个人"称号,林伟群获得广东省"2019—2020年脱贫攻坚突出贡献个人"称号,杨道川获得揭阳市"脱贫攻坚先进个人"称号,谭华林获得中建四局脱贫攻坚工作精诚奉献奖。

将企业命运内嵌于国家与民族发展的轨迹之中,是深深铭刻于中

中建四局扶贫事迹登上央视

央企业基因中的政治自觉。中建四局作为从贵州大山走到广东的国有企业，不忘故土人民，不仅帮助乡亲们走出深山，脱贫摘帽，而且积极探索脱贫攻坚与乡村振兴战略的有机衔接，为脱贫攻坚战取得全面胜利做出了积极贡献。

第六节　超级大盘

2009年，国家启动了棚户区的大规模改造。2010年，为纵深推进生态文明建设，优化人居环境，彻底改变彭家湾棚户区面貌，贵阳市政府按照"政府主导，市场运作"及"统一规划，成片改造，整体开发，综合配套"的原则，决定以社会投资的方式，对彭家湾棚户区危旧房进行整体开发改造。面对如此大体量的投资建设项目，当地政府急切地需要一批极具战斗力的建设大军。

中建四局从大山走出，一晃眼已近十年。在这十年里，四局在岭南迎着改革开放的春风茁壮成长。曾经参与过三线建设的四局人，向来有着浓厚的家国情怀，他们从未忘记自己从哪里来，从未忘记曾经生养自己的那片热土。面对家乡发展所面临的机遇和挑战，中建四局毅然踏上慈乌反哺、报效桑梓之路，在贵州掀起了一场轰轰烈烈的超大盘建设行动。

造城专家

2013年2月，中建四局党委作出重大部署，号召全局有条件的号码公司、区域公司前去支援贵州建设。于是，四局的施工力量从全国各地抽身，纷纷开赴贵阳，对彭家湾棚户区危旧房进行整体开发改造，共同成就了后来名噪一时的花果园项目。

花果园是亚洲最大的楼盘，如果不是亲眼所见，多数人都感到难以置信，而看到这一楼盘后，人们一定会受到震撼。一夜之间，一座千年城市就改变了模样，仿佛一眨眼，就置身在一个崭新又陌生的空间。

花果园项目是全国最大的棚户区改造项目，位于贵阳市中心，地处二环四路城市带中的贵黄路现代商贸商务功能板块，是贵阳主城区联系贵安新区的桥头堡。项目总规划面积10平方公里，总拆迁户数20000余户，涉及拆迁人口10万人以上，拆迁面积400余万平方米。

项目总建筑面积1830万平方米，是集住宅、商业、艺术文化、商务办公、旅游、智能生活服务于一体的大型城市综合体。

花果园项目的目标十分宏大：要成为贵阳都会新中心，打造以贵州地标级双子塔为核心的CBD，建设30万平方米的环球商业广场、12万平方米的花果园购物中心等十大购物中心，形成贵阳第一商圈；要建设涵盖七星、六星、五星级酒店的全链条高品质星级酒店集群；还要修建16万平方米的花果园湿地公园、6平方公里的小车河城市湿地公园等六大主题公园，构建贵阳的中央生活圈……

作为亚洲第一大楼盘的花果园，走的是繁华的商业路线，打出的口号是"建设城市繁华"，其售楼广告深入到了贵州的每一座县城。

贵阳花果园超级大盘

与此同时，贵阳的另一个超大项目也在策划，那就是未来方舟项目。贵阳市政府本着"疏老城、建新城"的原则，拟在城市北郊建设一个可以容纳17万人口居住的小区。

未来方舟项目位于贵阳市云岩区东部，南与水口寺中天世纪新城毗邻，东与保利温泉新城相连。那里是贵阳的母亲河——南明河下游流域的起点，河流从片区流过。北面是乌当温泉旅游带，具备丰富且稀缺的温泉旅游资源。

未来方舟项目体量庞大，计划分五年开发，打造成"一核、一轴、两带、三中心"、比肩第五大道的五公里梦想中轴线，托起贵阳未来的"梦想银河"；七公里沿河景观商业长廊，自北向南蜿蜒布局，成为中国首屈一指的旅游休闲商业带。

四大门户超高层建筑群，是未来方舟最具标志性的视觉焦点，包括五星级酒店、5A写字楼、高档商务公寓、大型商业体、室内滑雪场等展示城市发展风貌与活力的建筑群。

未来方舟建成后,将成为集世界级旅游引擎、综合型宜居新城和标志性生态廊道于一体的贵阳城市副中心,是贵阳实现城市功能空间再造和城市形象升级的重大标志性引擎项目。

这是造城工程,也是造梦工程。未来方舟方案一经公布,轰动了整个贵阳,每个贵阳人都感到非常震撼。这是一座名副其实的超大楼盘,也是一个超级工程。

"未来方舟超大盘"成了贵阳人茶余饭后的谈资,其广告词"修人文以润繁华""繁华易建,人文难修",开始出现在街头宣传栏。打开电视、收音机,都能看到听到铺天盖地的广告。从"方舟1.0"的形态之美,到"方舟2.0"的神韵之美,再到"方舟3.0"的精工之美,未来方舟一直牢牢把握着贵阳房地产市场的话语权。

2009年,未来方舟举行了签约仪式。2010年,一期工程开始动工。建设大军一到,荒地变高楼、旧貌换新颜的超级工程便驶入了快车道。

贵阳未来方舟

海市蜃楼

中建四局承接了花果园和未来方舟两个项目。这两个巨大的工程，光靠华南公司、三公司和留在本地的几个公司，肯定是无法完成的。四局总部一声令下，要把所有公司的大部队都开到贵阳，参加两个超大盘的大会战。

一时间，千军万马奔赴贵阳，场面比当年支援三线时还要壮观。离开贵州不到十年的四局人，再次回到了他们的出发地，回到了他们的娘家。像当年支援三线建设一样，第二次来建设贵州，很多人都想到了报答感恩。能够为家乡的父老乡亲盖房子，他们感到非常愉快。

中建四局兵强马壮，而此时正是建筑企业高速发展的黄金时期，各路诸侯纷纷布局，在全国各地争夺项目。四局也在各地征战，许多项目都处在胶着的竞争状态。如今，全局的主力回师贵州，其他市场的竞争必然会陷入不利局面。

有人心中忐忑不安，也有人大大地松了一口气。但是，两个超大

盘的工程量巨大,太多的活都干不完,大家已经来不及细想,只能一门心思扎进去,希望在曾经奋斗过的热土上再创辉煌。

2009年,中建四局华南公司进入花果园工地,开始三通一平。接着,华东公司、一公司、三公司、五公司、六公司等单位纷纷参加大会战。

花果园有27个区,除了花果园艺术中心外,其余各区以26个拼音字母编号,现场施工人员最多时达上万人。工程开始时,先建住宅楼,住宅建好之后再建海豚广场购物中心。做双子塔地基时,在地下发现了溶洞。贵州属于典型的喀斯特地貌,地下溶洞大大增加了地基施工的难度。

2012年,安装公司进场。贵州分公司党总支副书记阳廷献带着安装队伍进入购物中心工地。他曾经在武汉、厦门等地工作,安装公司成立贵州分公司时,他从外地调回了贵阳。他的家就在贵阳,能够参加家乡建设,为贵阳市的棚户区改造出一份力,让老百姓都能有好房子住,他感到既激动又欣喜,而中建四局被当地老百姓称为"造城专家",也让他倍感荣光。

一年后，双子塔安装工程开始，这是他人生中遇到的一次重大挑战。双子塔是贵州第一高楼，71层，高335米，是贵阳市的标志性工程。站在塔顶，可以鸟瞰整个市区。它的主框架为钢结构，体量巨大，一根钢梁就有40多吨，跨度达40多米。巨大体量的钢梁给吊装带来了巨大困难，首先需要10台吊塔相互配合，才能将钢梁吊起，其次是需要高空作业，既要保证安全，又要确保安装精准度。阳廷献和同事们结合多年的经验，加上大胆尝试，用10台吊塔同时发力，硬是把钢梁一根根吊了上去。此时，双子塔内有500多人正在施工，但他们并没有因为吊装钢梁而停工。

未来方舟和花果园先后开盘。有赖于一系列政策的支持，开发商极大降低了前期的拿地成本，花果园采取以价换量的销售策略，成交均价下调15%～20%。项目分为三期，第一期房价7000～9000元/平方

遵义奥体中心

米，第二期房价5000~7000元/平方米，第三期均价在4100元/平方米，不到贵阳主城区房价的40%。

售楼部前，购房的人排起了长龙。购房者除了贵阳本地人，还有各个县城坐着大巴赶来看房的人。人们从四面八方涌来，就像抢房一般。花果园打出的是让老百姓买得起房子的招牌，也的确让许多收入不高的人实现了拥有住房的梦想。

回款像南明河之水，为开发商带来了源源不断的现金流。花果园连续数十个月夺得全国销售冠军，创下单月41.62亿元成交量的佳绩。2012年，贵阳楼市成交总面积为977.66万平方米，花果园占到了整个贵阳楼市的47.14%，几乎是半壁江山。花果园因此被称为"中国第一神盘"。这么好的局面，使得同行业的许多单位也把眼光投向了贵州，跃跃欲试。

在主攻贵阳超级大盘的同时，中建四局也把目光投向了遵义、铜仁、六盘水、安顺等地，他们和当地政府部门合作，建小区，建学校，修高速，建各种大型公益设施，不少项目都是先行垫资。

2013年2月，中建四局党委七届八次全会在广州召开。会议对2012年的工作情况进行了总结，并对2013年的工作作出了部署。这次会议提出了"三年再造一个四局"的口号，同时号召全局有条件的号码公司、区域公司去贵州成立分公司。在会议召开前，珠海公司贵州分公司已经宣告成立。

四局的干部职工纷纷踏上回乡之路，一时声势浩大，规模空前。

2017年，开发商决定继续加码。他们觉得国内的其他项目没有超越性，没有挑战性，于是将投资的触角伸向了印度尼西亚的美加达新城。

资本富有冒险性，但并不是每一次冒险都能获得成功。资料显示，当时美加达新城的投资额是花果园

的数倍。巨大的资金沉淀量，叠加水土不服的因素，使得开发商资金链断裂的传言不绝于耳。人算不如天算，谁能想到，看似形势大好的两个超大盘背后，隐藏着巨大的危机。中建四局如梦初醒，却已身处危急关头。

祸不单行。由于大军集结贵州，中建四局错过了国内建筑业的黄金发展期，失去了众多市场。一个没有营销的企业，一个多年不再争夺市场的队伍，就像无牙的老虎，功夫尽废。重新面对市场、面对竞争对手的时候，环境已经发生了巨大的变化，一切都不一样了。他们大有恍若隔世之感，竞争能力也一落千丈。

泥足深陷

承建双子塔的时候，阳廷献看到了花果园的抢购狂潮。当时，售楼处人山人海，开发商的资金迅速回流，每一批房子一建好，就迅速销售一空。但是，随着时间的推移，阳廷献渐渐发现有什么地方开始不对劲了。

双子塔主体工程很早就已经完工，装修后就可以开盘销售。但甲方对设计方案拿不定主意，又不惜重金，在一楼加建了一个门厅。工程总是大改小改不断，就这么拖着。不知道是什么原因，阳廷献的队伍也被耗在工地上，动弹不得。每拖一天都意味着不小的开支，而且，很多大好的机会都被拖没了。

时间拖得越久，资金回笼越困难。开发商一再声称情况会慢慢扭转，但是到了最后，开发商也是有心无力了。

看到原本大好的局面一步步陷入泥潭，阳廷献非常苦恼，天天钻进双子塔工地，苦等着解困的一天。他强烈感觉到，他们的队伍在这里拖得越久，战斗力就越薄弱。

过去，中建四局的气势威武雄壮，战斗的捷报不断传来，特别是四局承建广州西塔、东塔和深圳京基100大厦的宣传照片传到贵阳，阳廷献和同事们看到之后，都感觉与有荣焉。虽然他们没有机会参建广州和深圳的第一高楼，但是能够参与建设贵州第一高楼，也是十分光荣的。

可是,广州、深圳的高楼全都顺利竣工了,贵州第一高楼却停停建建,不知何时才是个尽头。抬起头,他看到的四面都是青山;低下头,他却不得不面对柴米油盐。

阳廷献对国外的美加达新城项目特别关心,它和花果园由同一个开发商投资兴建。花果园与美加达的命运是联系在一起的,中建四局的命运也和它们捆绑在了一起。美加达的承建方也是中建四局,四局的总经理助理梁丁松已经被派去印度尼西亚当了救火队长。

美加达是花果园在印尼的翻版。它也是一个超大楼盘,建筑面积达2000万平方米,楼盘开盘时卖得相当火爆,但是到了后来,竟然又变成了一处拔不出脚的泥潭。

阳廷献感到非常苦闷,同时也在反思:四局为何走到了这步田地?

施工中的印尼美加达项目

第四章

雄关漫道

雄关漫道真如铁，而今迈步从头越！回望筚路蓝缕、披荆斩棘、变革图强的岁月征程，中建四局这支因党的事业而诞生、随祖国发展而成长，从大山深谷里出发，坚毅走向壮阔四海的队伍，又一次站在了命运的十字路口。

2018年，注定是一个极不平凡的年份，这一年，中国建筑业正在加速进入存量时代。2017年以来，建筑行业增速下滑，全国范围内固定资产投资增速放缓，房地产调控力度继续加码，部分开发商开工放缓、支付恶化，项目合约质量明显下降。

随着，中央连续出台一系列监管政策，金融环境日渐趋紧，现金流压力不断增大。国企面临降杠杆的重重压力，经营模式亟待转变。特别是十九大提出了新时代党的建设总要求，对推动全面从严治党向纵深发展作出新部署。国资委党委对央企提高党的建设质量、建设法治央企等也提出了更高要求和具体安排。

在挑战面前，四局人意识到，企业需要实现稳健发展，必须始终牢记使命、强根铸魂。必须始终保持定力，应对行业变局。必须敢于刀刃向内、变革图强，突破发展瓶颈。必须始终围绕市场，塑强体系，培优资源，培育竞争优势。必须坚持人才第一、以人为本的方针，永葆组织活力。必须坚持文化建设、凝心聚力，确保基业长青。四局人相信，没有什么困难能够打败这支不服输、不怕难、不放弃的队伍。

带着这样的信念，四局开始刮骨疗伤。新班子一上任，即开展大走访、大学习、大调研、大变革，全面开启"变革图强、提质发展"的新征程，也开启了一次凤凰涅槃式的自我革命。四局开始实施"4433"战略举措，即四个决定、四大咨询、三个专项治理、三个十条系列组合拳；明确"425"战略目标，即实施到"十四五"期末，合同额达4000亿元以上，营业收入达2000亿元以上，利润总额跨越50亿元大关；确立"一主两翼两点支撑"的总体布局和房建、基建、投资"三轮驱动"发展策略；实施"南进战略"，重返珠三角主战场。四局召开第九次党代会，提出了"三步走"战略构想、"664"强根铸魂党建工程；恢复企业正常发展，为五年实现先进、七年争创一流，全面建设成为粤港澳大湾区行业头部优势企业并成为"百年名企"奠定坚实基础。

经过几年的调整与努力，四局形成了华南、东南、西南三大区域布局的基本盘，大幅压降了贵州市场与低端房建市场占比，转向主攻高端市场和高端客户，斩获了南京金融城二期，杭州大会展等一大批高端项目。2020年、2021年、2022年，营销相继突破2000亿、3000亿大关，并向4000亿目标奋斗，年均复合增长率位居集团前列。四局还培育出了一家营销过500亿的公司和十家营销过100亿的分公司。同时，对于四局影响深远的"深化改革"大幕也正式拉开，企业年均产值增长200亿左右，规模不断增长，投诉不断减少，表扬信不断增加。厦门新会展中心、台州国际博览中心、广州国际金融城等一大批重点项目顺利推进，鲁班、国优年年有、年年增。2022年，四局获得的国家级质量奖项历史性地突破十项。企业的创效能力，财务管控能力与水平不断提升，影响企业发展的历史问题逐步化解，企业基础治理体系与治理能力取得了扎实的进步。今天的四局区位优势一流，变革勇气坚定，发展信心十足，正在穿越经济周期，穿越市场风雨，走向未来，创造新的精彩！

第一节　临危受命

开弓没有回头箭

2018年，中建集团党组对四局党委开展常规巡视，结果表明，近几年来，四局重规模，轻效益，拖欠未结项目多、金额大，党建和项目管理问题多，总部营销越俎代庖，全局人才流失严重。上述原因，导致四局困难重重，走到了悬崖边缘。

这时，全局上下人心惶惶，风暴从每个人的内心深处刮起。对于一个拥有56年历史、两万余名员工的企业来说，这无疑是晴天霹雳。如何摆脱危机，如何涅槃重生，严峻的现实摆到了每一个人面前。

就在中建四局人心不稳之时，北京三里河路中建集团办公楼内，

中建四局干部大会

一场两个人的谈话正在进行。这是2018年6月的一天,谈话的两个人,一位是当时的中建集团党组书记、董事长官庆,另一位是时任中建三局党委副书记、总经理的易文权。

官庆代表组织和易文权谈话,提出总公司考虑,让易文权出任中建四局防风险、保稳定工作小组组长,并作为四局新领导的候选人。对于四局出现的情况,易文权已有所耳闻。不过,对于突然被派去一个情况复杂、自己又不熟悉的单位工作,他在心里并没有做好准备。

易文权在三局工作了三十五年,和三局结下了深厚的情谊,也对三局有着难以割舍的情感。四局的困难像一座大山矗立在他面前,他知道,这不是哪个人能够在短期内改变的。因此,离开三局到四局去工作,让他的内心非常纠结。不过,易文权心里明白,感情归感情,作为中建人,作为一名基层共产党员干部,必须时刻听从党的指挥,服从组织安排。

易文权回去交接了工作,端午节后的第一天,他来到广州,以防风险、保稳定工作小组组长的身份出现在了四局。

痛定思痛

进入7月,广州的天气越来越炎热。月末这一天,不时袭来的雷阵雨带来阵阵微风,湿润的空气里透出了久违的凉爽。

这天上午,中建四局召开了干部大会,受集团党组委托,中建集团党组副书记、副总经理刘锦章,干部人事部副总经理郭洪涛出席会议。四局班子成员、局总部部门副职及以上领导,局属各单位主要负责人70余人参加了会议。郭洪涛宣布了关于中建四局主要领导调整的决定:易文权同志任中国建筑第四工程局有限公司党委书记、董事长、法定代表人。

宣布任命后,易文权发言:他表示衷心拥护集团党组的决定,坚决服从集团党组的安排,在集团党组的坚强领导下,他将带领全体干部职工从持之以恒抓学习、凝心聚力促和谐、真抓实干出成绩、廉洁自律讲奉献等方面励精图治、务实工作、克难奋进、团结拼搏,为四局的高质量发展努力奋斗。

四局党委副书记、总经理马义俊在发言中表示,坚决服从集团党组决定,对集团党组对四局发展的厚爱表示衷心感谢。他本人将提高政治站位,坚决做到守土尽责,带头敬畏法纪,忠诚尽职,和全局广大干部职工一起,在局党委的带领下拿出新担当、新作为,做出无愧于新时代的新贡献。

刘锦章在讲话中指出,易文权同志是从一线成长起来的优秀干部,政治意识强,思想觉悟高,特别是自2011年担任中建三局党委副书记、总经理以来,始终积极开展工作,完善企业内部各项管理制度,推动企业市场营销工作不断取得新进展。集团党组认为,易文权同志担任四局党委书记、董事长、法定代表人是合适的,是能够胜任的。

易文权正式上任了。他并没有像人们想象的那样,慷慨激昂地发表一番讲话。他审慎、务实,一直在思考和观察。上任之后,他做的

易文权带队调研

第一件事情就是带队去基层调研。

他带着局总部11个部门组成的近20人的调研团队,奔赴广东、贵州、安徽、福建等地,对下属公司进行了为期68天的走访,召开了90场座谈会。调研涉及党建、改革、经营、管理、生产等方方面面,覆盖全局19个部门、12家公司、35家分公司和17个项目部,涉及近3000人。

新班子认真倾听基层心声,鼓励一线员工大胆发声。他们以问题为导向,直面问题本质,不说空话套话。不把症结搞清楚,不把答案带回来,绝不匆忙布置工作。

新班子展现出的新气象、新变化,让基层单位、一线员工感到欣喜,领导们直面问题的态度也获得了一线员工的热情点赞。调研还未结束,一线员工反映比较普遍的薪酬待遇、公积金等问题就得到了回应。

接着,新班子又组织大家外出对标学习,首选的就是中建系统兄弟工程局,积极开拓四局人的思维眼界,汲取先进的管理经验。

学习结束,大家回到广州。2018年9月1日至3日,在局总部四楼会堂，开展了一场解放思想的大讨论，这次会议也被四局人称为"九月务虚会"，围绕党建、战略、内控、业务管理四个版块，24个主题，77个分论题，进行了两天的"头脑风暴"。大家围绕企业最为迫切、基层最为关心、管理最为紧要的问题各抒己见，建言献策。易文权与大家坐在一起，目光始终聚焦在讲话人身上，时而低头记录，时而凝神思考。最后一天，他代表局党委发言：

"时间过得非常快。算下天数，我到四局已经七十多天了。这些天走了一路，听了一路，看了一路，也想了一路。工作三十五年，突然来到一个新的地方，我确实怀着忐忑的心，虔诚的心。走了这么一大圈，很多感触是过去那些年没有的。"

"这些天，我总的感觉就是：我们四局非常不容易。目前我们面临的形势是，任务极其繁重，时间十分紧迫，矛盾十分尖锐。这几十年我们在这个行业深耕，听过无数的故事，见过无数的人和事。现在我在想，怎么能做得好一点？怎么能不辜负派我过来的集团党组？怎么能不

中建四局2018年务虚会

辜负四局这个优秀的组织和优秀的团队？在我们任内，为了不走大的弯路，怎样才能找到正确的道路？"

接着，他谈到了跟大家一起参观遵义会议会址的一幕。他说，自己看了展览，非常有收获。当年的遵义会议上，博古分析被动的形势，说最近一直吃败仗，是由于敌人太强大了。周恩来表示不同意，他认为核心问题出在队伍内部，而不是敌人太强大。会议最后取消了博古、李德的最高军事指挥权，恢复毛泽东的领导地位，后面才有了红军四渡赤水、用智慧和勇气战胜困难的结果。

与会人员听懂了董事长的意思：四局的问题，不在于外部竞争，而在于内部管理出了问题。

接着，易文权针对四局存在的问题，提出了尊重规律、战略引领、持续改进的思考与建议。

他说："每个单位，每个人，任何时候，不管干什么，唯有尊重规律，才可能找到正确的路，才可能做出正确抉择。"

"过去，我们用控制代替了管理，用人治代替了法治，用机会代替了战略。我们很少出去学习，我们很少跳出企业去看企业……这样的话，怎么可能制定正确的战略呢？"

"我们说企业竞争是人才的竞争，我个人更愿意把它理解为人才管理能力的竞争，更是人才成长氛围的竞争。人才出现并非自身的原因，是氛围让人才冒出来的。"

"优秀企业不是靠一个人就能建立起来的，而是靠持续改进，认准了目标，就要持续改进，不断努力。"

一句句精辟的警言，凝结了易文权的人生经验和思考，如同一记记重锤，令人警醒。与会者也在反思过去，思索未来的道路。

四局的一个个问题被提了出来：人员流失严重，人才管理缺位，员工整体素质不高；业务审批流程冗长，部门设置不科学；高端营销疲软，市场布局落后；项目利润低，项目管理缺位，商务能力弱，文化建设不足……

病根找到了，就要对症下药。易文权左思右想，连散步时都在思考对策和措施。新班子成员也在探索和研究，提建议，想对策，会议一个接着一个地召开。

第二节　绘就新图

"4433"组合拳

务虚会一个月后，中建四局从全面加强党建、加强人力资源管理、加强全局市场营销、加强项目目标管理与加大约束激励机制四个方面，正式出台了"四个决定"。

《关于全面加强全局党建工作的决定》，是新班子上任后局党委作出的"一号决定"。针对当前支部组织生活严重不正常、党代会一拖十几年才开的情况，新班子决定从党建抓起。

《决定》提出创建一流企业党建的四个路径：

一要打造"讲政治"的党建。以"听党指挥、为党工作"为导向，认真整改中央和集团党组巡视所发现的问题，深入贯彻新发展理念，主动服务国家发展大局。

二要打造"接地气"的党建。以"深入基层、服务一线"为导向，坚持一切党建工作围绕员工、围绕支部、围绕基层开展。

三要打造"受欢迎"的党建。以"为了员工、依靠员工"为导向，充分发挥党建引领工建、团建的作用，关注基层疾苦，关心员工诉求，倾听党员心声。解决社保属地化缴纳难、公积金缴纳比例低等广大员工多年来期盼解决的问题，增进企业人文关怀，稳定队伍，鼓舞士气，激发斗志。

四要打造"促发展"的党建。以"能打胜仗、业主满意、员工进步"为导向，将推动发展作为企业党建工作的出发点和落脚点。

随后，局党委出台了党建工作考核评价办法，围绕年度目标制定了党建重点工作、日常工作任务清单。局党委要求完善党委会议机制，将党的重要活动制度化，建立党建"双月会"以及书记月度办公

中建四局"2+5"战略规划咨询

会制度,着力解决困扰企业发展的重点、难点、痛点问题。同时在全局上下开展"一司一品牌、一支部一特色"活动,如"先行+""善建先锋""高速路上党旗红"等,开展党建大比武、大轮训。

四局新班子出台的另外三个决定,分别对全局的人才战略、营销战略、项目战略作出具体部署。

"四个决定"出台一个月后,四局启动了"四大咨询"活动。在四局发展的历史上,从未有过如此大规模引入外部咨询机构的活动。这次咨询活动的目的是对四局现存的问题进行把脉,从而给出立竿见影的解决方案。活动以"2+5"战略规划咨询为首,管理标准化咨询、职级与薪酬福利体系咨询以及企业文化咨询紧随其后。

咨询活动启动会上,易文权特别强调,局、公司、分公司三级单位必须把咨询当作自己的事情来做。各级单位要认真反思、回顾、研讨,坚定地走战略发展之路。每一个成员都必须跟上四个咨询的培训、学习步伐,主动加强学习,全力支持咨询工作,确保四个咨询工

中建四局管理标准化体系建设咨询

作高质量地完成，并服务全局"十三五"规划，改革图强。

2019年1月，针对四局发展基础薄弱、难以支撑高质量发展的现状，四局成立了专门的组织领导机构，全面推进"潜亏项目专项治理"、"低效、无效资产专项治理"以及"合规管理专项治理"，合称"三个专项治理"。

马义俊总经理强调，各级党组织要切实把思想和行动统一到局党委的重大决策部署上来。各级单位"一把手"要身先士卒，切实提高政治站位，深刻认识风险债权化解工作的重要性和紧迫性，将维护国有资产安全、防止国有资产流失的任务摆在更加突出的位置，并抓紧抓好，坚决扛起低效无效资产治理第一责任人的责任。

大会上，马义俊语重心长地说："当前我们遇到的债务风险问题既不是第一次，也不会是最后一次。在近年工作中，我们发现了管理上的诸多薄弱环节和漏洞，必须高度重视，认真反思，有效解决。在做好存量风险化解工作的同时，我们也要建立健全长效机制，改善提升实际经营中的合规程序、决策流程及风控能力，加大风险隐患排查力度，强化源头风险防范，严禁突破底线承接项目等行为。"

如果说"三个专项治理"是为清理摆脱包袱，那么"三个十条"就是为了重振旗鼓，重新出发。

开年以后，《中建四局市场营销"聚焦主战场、提升战斗力"的十项措施》《中建四局全面提升财务管控能力的十项措施》《中建四局加强分公司能力建设的十项措施》陆续发布，开源、节流、提升战斗力，一气呵成。

"四个决定"、"四大咨询"、"三个专项行动"和"三个十条"，简称"4433"变革图强系列举措，它是一套组合拳，由里到外激发出了企业"变革图强、提质发展"的新活力。

易文权和新班子成员一步步引领着中建四局从迷茫中清醒过来，每一个人都开始思考四局的过去、现在与未来，思考四局落后的程度以及落后的原因。

有人认为四局有制度，但对于文化重视不够。文化的欠缺，终将导致制度迷失方向。规章、制度、流程、手册，其底层逻辑都是企业文化。文化不能得到彰显，制度便没有灵魂。

有人认为四局多有约束性、禁止性、处罚性条文，少有正向激励，即便有，也在执行中被层层打折。出了问题，不是进行调查分析，而是不停地修补制度，补到最后，终于不堪重负。管理管的是人心，不是手脚。四局本来是一只山鹰，却在重重束缚下失去了飞翔的能力。

有人认为四局有战略，但缺乏定力，没有战略的年度分解，没有中期咨询、持续改进、持之以恒，也缺乏战略的传承和定力。现有的战略规划，更像是各个部门东拼西凑应付检查的材料，没有事先调研、外部咨询、充分论证，也没有资源保障、指标分解、细化措施。

还有人把镜子对准了领导，以前的一些领导不把管理当一回事，不是把领导看作一种能力，而只是当作一种职务。

痛定思痛，有人把目光投向了自己的来路。过去我们做人做事太"实"，大都习惯埋头拉车，不去抬头看路，忽视顶层设计和战略眼光，没有研究企业的发展规律和人才成长的规律……

反思是思想解放的起点，虽然一些观点过犹不及，却也是对自身的一次全面检讨。

谋事先谋势

在务虚会召开六天之后，中建四局又召开了2018年半年运营分析会。会上，易文权作了题为《直面困难，变革图强，团结一心向前看》的报告，从研判形势、企业高质量发展的任务、下一阶段工作重点等方面进行了全面系统的论述。

大厅座无虚席，静得连翻书的声音都清晰入耳。报告从国内形势、国家政策的宏观层面出发，讲到企业所处环境与发展空间，再讲到企业应该有何作为、如何作为，提出了具体的方法、路径和要求，既讲清了四局面临的困境和存在的问题，又深入分析了有利条件和发展机遇，为四局发展指明了前进的方向。

这段讲话让人清醒，令人振奋，催人奋进。

报告是动员令，是集结号。一场全面的变革和调整开始了，一个建筑业巨人即将重新出发。

2018年半年运营情况分析会

易文权在研判形势时讲到，中国建筑业正加速进入存量时代。普涨时代已经过去，固定投资增速放缓，金融环境日渐趋紧，四局要适应在低杠杆、低增长环境中发展。

他从中建集团发展态势有利与不利的方面，分析了四局当前面临的形势。中建集团在七家建设央企中，利润总额大约是其后三家之和，三大指标全面领先，稳居榜首，位列《财富》最新评选的"世界500强"的第23名，继续保持行业内全球最高信用评级。但是，受到多种外部环境影响，中建集团的基础设施业务、海外业务合同额都在下降，以"两金"走高为标志的运营风险仍未得到有效解决。

从这次调研情况来看，虽然四局在战略谋划上存在着严重的机会主义倾向，谋全局、谋未来的节奏远远落后于市场，导致企业对市场研判不够，对区域深耕不够，但同时也要清醒地认识到，身处国运昌隆的时代，乐观者必定拥有未来。总的来看，四局仍然拥有天时、地利、人和的三大有利条件。

天时：党的十九大提出要全面建成小康社会，国民经济肯定要维持一定的增速。城市更新、旧城改造、产城结合等新型发展模式以及大量改善民生的投资、新兴产业项目正在不断出现；同时，实施乡村振兴战略，有望带动农村公路、村貌提升、供水污水、垃圾处理等环境治理项目的增加以及科技小镇、特色小镇项目的落地。因此，四局的项目机会仍然很多。

地利：从调研情况来看，四局在贵州建筑业的龙头地位暂时无可取代，但需要加强高端市场化；广东市场需要躬身深耕，真正融入，书写新的辉煌。目前一公司、五公司总部迁粤完成，当前最要紧的是要把总部优势转化为区域经营成果。此外，安装公司、珠海公司、华南公司、深圳公司地处广州和深圳，正在形成越来越强大的总部区位优势，地利潜力巨大。当前，中建集团高度重视雄安新区发展机遇，四局在雄安的第一个项目已经顺利交付，赢得了良好口碑。海南自贸区作为四局的投资区域，已有局下属单位长期布点。对四局而言，面对这些热点市场，时不我待，机不可失。

人和：这次调研前后经历两个多月，召开近百场座谈会，在深刻的反思、对标和求索中，四局的干部作风正在发生可喜的转变，全局变革自强的氛围正在不断形成，变革与发展已经成为共识，这种上下一心的"人和"氛围，一定会为四局带来新的希望。况且，我们难，对手同行们也难。不过，再难也没有先辈们在山区的奋斗难，也没有开拓特区的时候难，所以，我们理应坚定信心。

讲到选人用人时，易文权特别感慨。他说：选人用人是关系党和国家事业发展的关键性和根本性的问题，但选人用人又是世界公认的难题，因为人具有复杂性、可变性。南宋思想家陆九渊曾发出感慨："事之至难，莫如知人；事之至大，亦莫如知人。"总书记也曾经说，用一贤人则群贤毕至，见贤思齐就蔚然成风。这些都生动地告诉我们：选什么人是风向标，是旗帜。树什么旗帜，就会养成什么样的作风，形成什么样的政治生态。所以我们要坚持选对一个人，激励一群人，而不是用错一个人，伤害一群人。

务虚会上呼声最高、共鸣最强的建议之一，就是对四局的企业文化进行再挖掘、再提炼、再思考、再总结。四局新班子也有同样深刻的感受和强烈的愿望。

易文权在报告中对这一呼声做出了回应。他说："加快四局文化建设，是对四局迄今五十六年改革创业发展史的传承，是对历史、对前辈的致敬。务虚会上，林力勋副总工发自肺腑的建议，至今言犹在耳：我们已经忘了为什么出发，忘了对历史的尊重，忘了对劳动的尊重，忘了对先进的尊重。六百多平方米的企业展厅，放了那么多工程图片，摆了那么多工程模型，却没有一面墙壁甚至一个角落来向我们的先进人物、劳模、优秀员工致敬。这些话，应该会在我们的心中久久盘桓。四局成立已有五十六年，有着厚重的历史底蕴，迁粤十六年，也有着艰辛的发展历程。老一辈四局人艰苦创业，忘我奉献，积淀了奋发图强的宝贵的精神财富，我们必须珍视老一辈四局人的劳动创造，传承并弘扬这些隽永的精神。"

他发出号召："天道必酬勤，笃行能致远。今年是改革开放四十周年，四局地处改革开放最前沿，我们全体四局干部员工，要以更强的变革创新勇气，更加饱满的热情，自我变革，自我突破，把各个方面的创造性都调动起来，凝聚各方力量，为完成全年目标任务而不懈努力。让我们不驰于空想，不骛于虚声，脚踏实地做好每一件事。"

一万七千多字的报告，易文权一口气讲完，大家听完顿觉神清气爽，心明眼亮。会场响起长时间的热烈的掌声。这是觉醒的掌声，是急起直追的掌声，是期盼美好未来的掌声。

变革图强的号角

厘清了思路，明确了方向，看准了目标，树立了信心，接下来，就是真抓实干。对于一个建筑企业来说，最最要紧的，就是订单和项目。没有订单和项目，说一千道一万，全都是空的。

中建四局下发了"四个决定"后，为落实《关于全面加强全局市场营销工作的决定》，2018年10月20日，全局2018年市场营销推进大会在深圳召开。这是自2009年云南营销专题会之后，四局仅有的不与其他会议套开的高规格专题营销会。

会议的目的，一是通过培训，让大家学习理论，吸收经验，掌握方法，提高水平；二是通过讨论，让大家统一思想，端正态度，理清思路，解决分歧；三是通过会议部署，让大家调整布局，配置资源，聚焦"三高"，转型升级，做好2018年营销收官和2019年营销开局工作。

这次会议内容丰富，形式多样，有专业学者和四局老领导授课，有总部专家和兄弟单位交流经验，有四局内部的营销案例分享，有对具体市场进行分析研究的"样板引路"，有"讲好四局故事"的范例演示，有当年1—9月营销情况的通报和对标分析，有多层级、多职能的大讨论，还有对营销制度的改进和对现有营销布局的调整。

马义俊总经理从南太平洋岛国巴布亚新几内亚的案例剖析说起，谈到了市场营销的五个启示与思考：一是布局区域化，聚焦五大战区，发展总部经济，打阵地战；二是客户优质化，重点是地方政府、

中建四局基础设施市场推进会

国有企事业单位、高端制造业、新能源新材料、互联网行业；三是产品特色化，紧跟国家导向，贴近市场需求，注重装配式建筑，推动建筑工业化发展；四是模式高端化，运用EPC工程总承包，依靠科技研发、设计管理能力、设计院及高校资源、投融资带动，实现盈利模式创新；五是营销体系化，变单人营销为体系营销。

会议结束时，易文权代表局党委指出：

施工企业是依靠订单生存的，没有订单就没有一切。获取订单的过程就是营销过程。全面推进市场营销工作，加强营销能力，是为了提高企业持续获取优质订单的能力，直接关系到企业的生存和发展。

一直以来，我们的领导和营销人员，都缺乏对营销的系统学习和认识，缺乏对营销的深刻理解，定位不清，意识淡薄，手段简单。

因为缺乏"市场化"，我们的各级机构管理职能定位混乱，流程冗长；我们的市场布局高度重叠，极不合理；我们的人才流失严重，人心涣散；我们的转型升级举步维艰，屡遭挫折；我们的客户偏向低端，地产独大。种种问题，不一而足，都是缺乏市场化导致的。

由于企业发展理念偏离了以市场化为导向，导致我们的营销考核不科学，没有兼顾规模、结构和质量。营销考核不科学，导致我们的营销人员舍难逐易，避重就轻，被业主和项目牵着鼻子走，打营销游击战。

四局这么大的企业，两万多名员工，四十个分公司，如果不以市场化为导向转变总部职能，增强基层战斗力，必然陷入僵化、弱化的局面，变得不适应市场竞争。

我们必须迅速充实营销力量。要把一线优秀的项目经理、副经理、商务经理放在营销岗，让了解业主心理的人去搞营销；要引进具有信息收集分析能力的人员，引进具有国资委、发改委、规划部门工作经历的政策研究人员，让营销专业的人在专业的岗位做专业的事。

对于两万多人的大企业来说，如果仅仅依托各位英雄人物，注定走不远，也注定没有前途。一个分公司只靠一个经理营销，或者靠手段、靠关系，还靠得住吗？全局上下必须形成全员敬重营销、参与营销的格局，每个人都要学习，要知道市场营销是什么意思，该做点什么，人人扛任务、领责任。班子不管怎么分工，都要扛指标。

市场营销推进大会，吹响了四局变革图强的号角，四局开始从大市场、大业主、大项目向高端市场、高端业主、高端项目聚焦，同时向深耕区域发力，从游击战转到阵地战。四局总部与每个单位签署了市场责任维护状，全面堵塞市场营销管理漏洞。

马义俊总经理明确指出，四局的深耕区域，一是坚持做强华南，二是坚持做大东南，三是坚持发力西南，四是坚持做亮两点，北京公司和西北公司要进一步优化市场布局，做深做透属地市场。

马义俊要求持续紧盯重大项目，一是实行重大项目挂牌督战常态化、责任状清单化、攻坚立体化的策略，加大奖惩力度，尽快突破工程局50亿元以上重大项目匮乏的发展瓶颈；二是建立分级作战机制，实现核心区域内重大项目全覆盖；三是攻坚高端项目，持续突破地铁、城际轨道交通、机场等基础设施重大项目；四是加强源头管控，坚决摒弃小项目和低端项目。

他要求营销团队关注客户结构，对合同额排名前十的业主加强联络，彻底改变客户结构单一、过度依赖传统房地产开发商的被动局面。在专注专业方面，他提出了从博爱到专爱的口号，要求每家二级公司、三级分公司，必须打造自己的专业产品，形成核心竞争优势。

会后，易文权竭尽全力推动营销。作为董事长，他亲自上阵，带头与高端客户对接。局领导班子成员与高端客户一年对接逾百次。

2019年，四局还专门聚焦基础设施业务，在深圳召开了千亿基建动员大会，提出"一年打基础，两年上台阶，三年冲千亿"的基础设施奋斗目标。

市场营销推进大会召开半个月后，中建四局战略规划编制工作正式启动。不到半年，2019年4月25日，《中建四局"2+5"战略规划》正式发布。项目组全面深入调研了局总部和局属单位，访谈人员超过160人，先后举办了17场研讨会，邀请大量专家参与规划的讨论。

中建四局发布"2+5"战略规划

《规划》对"十三五"（2016—2020）前三年的战略规划执行情况进行了总结，分析了存在的问题，明确提出了"2+5"战略目标，即2019年至2020年两年的短期发展目标和2020年至2025年的中期发展目标；同时明确提出了中建四局的发展愿景，那就是要成为粤港澳大湾区最具竞争力的投资建设集团，成为中建集团区域发展的优秀排头兵。

战略规划提出，在历史转折的紧要关头，公司愿景和定位的落地需要实现四大跃升与转变：一是业务结构从房建为主跃升为"三轮驱动"，二是市场布局从"贵州独大"跃升为"三区协同"，三是集团内排名从中下游水平跃升为区域发展优秀排头兵，四是行业地位从规模至上跃升为粤港澳大湾区行业一流。

战略规划提出，至"十四五"（2021—2025）期末，中建四局要达到"四个先进水平"：第一，粤港澳大湾区市场占比达到行业先进水平，确保广东省建筑行业市场占有率第一；第二，经营业绩达到集团内各工程局第二方阵先进水平；第三，业务调整与发展质量达到集团先进水平；第四，员工获得感达到行业先进水平，为此要构建一流的人力资源管理体系，健全员工福利制度。

为提高企业内部管理水平，中建四局还出台了历史上第一部凝聚全局智慧、体现集体意志的"企业律法"。这是中建四局首部规范成文的体系性文件，第一次完整地梳理了全局规章制度，系统性地总结了管理经验，将内外部管理要求、先进经验和成功做法进行综合创新。从此，四局的工作变得"有法可依"。

2018年11月29日，中建四局人力资源提升与优化咨询成果发布会暨套改工作启动会在广州召开。中建四局和韦莱韬悦咨询公司精诚合作，圆满完成了人力资源提升与优化，实现了劳动关系、岗位标准、职级建设、绩效管理和薪酬体系五大模块的优化升级。

2019年8月23日，中建四局企业文化咨询成果正式发布。这个成果用时八个月，访谈238人次，访谈笔录23万字，前后十易其稿，在总结中建四局历史的基础上，正式提出了"精诚"的文化理念。在四局经

中建四局发布新时代企业文化品格

营方面，聚焦"精锐、精益、精品"三个维度，即：锻造精锐之师、推进精益管理、铸造精品工程；从四局发展的角度，坚守"忠诚、至诚、真诚"三重信念，即：忠诚奉献事业、至诚服务客户、真诚厚待员工。从此，四局人将在同一个精神符号指导下并肩战斗：以精诚，至精彩；以善建，赢四海。

四局新的战略规划确定了以广东为核心，向东南、西南两翼拓展的"一主两翼、三区协同"的市场格局。组织架构围绕"2+5"规划整合资源，调整布局。一公司、五公司的注册地迁到广州、深圳，土木公司（原珠海公司）法人化落户深圳，地产公司从贵州回归广东，六家二级主力公司的力量聚集广东，深耕广东。

在福建、贵州，分别整合三家分公司，成立建设发展公司和贵州建设公司；三公司向川渝转移，新成立西南投资公司，形成"双总部"格局；整合西北、华北、东北力量，组建西北公司、北京公司；

调整贵州科研院职能定位，新成立局工程研究院、EPC设计院；新成立局投资发展公司，与投资部实现"管运分离"。

在人才队伍建设方面，局党委组织10个批次的公开竞聘，对16家二级单位的141个C职级领导人员进行公开选拔，103人走马上任。竞聘树立了"凭德才、重业绩、看经历、听公论"的选人用人导向，企业正气更足，领导锐气更盛，员工士气更旺。

第三节　艰难玉成

营销先行

"高端市场，高端项目，高端客户"，中建四局的营销目标定位于"三高"，客户聚焦政府及平台公司、高端制造业头部企业、地产行业头部企业，员工们一头扎入了激烈的市场竞争之中。

改革的第一年，即2019年，四局就有了大收获，签约"三高"项目275个，合同额超过千亿，占已签约合同额的74%。2019年公投公建项目的合同额比2018年增加了67%。

驻扎上海的中建四局六公司华东分公司，以前在民营地产项目里投入了很大的精力。深圳营销会议之后，华东分公司马上召开会议，响应局总部的号召，调整方向，把"三高"项目定为主攻方向，上海、南京、杭州等华东大城市成为他们的主要关注目标。

六公司董事长李毅早就注意到南京正在掀起一轮建设热潮，一批由政府投资的重大项目已经准备上马，于是，他立即率队前往南京，联络客户，了解情况，掌握动态。

果然，南京金融城二期正在酝酿招投标。这是近年来全国公投市场少有的高楼项目，主塔楼88层，高度416.6米，总建筑面积42.9万平方米，其中包括两栋超高层建筑，合同额31.27亿元。建设单位为南京金融城建设发展股份有限公司。

要夺标这个大项目，华东公司的力量显得有些薄弱，李毅立即向四局领导进行了汇报。

易文权这天正在杭州，准备收拾行李去北京。接到报告，他没有犹豫，马上联系北京的客户，跟对方说明情况，临时改变行程，取消了北京航班，改乘高铁直奔南京。

在南京，他见到了六公司董事长李毅、总经理王海军。易文权说："我是来给你们助阵的。我们一起努力，这个项目一定要争到。"

李毅喜出望外，董事长亲自出马，让他信心大增。李毅详细汇报了情况，易文权说："我们四局在建设超高层建筑方面有自己独特的优势。广州的西塔、东塔，深圳的京基100大厦，都是中建四局的杰作。在这方面，目前国内还没有哪一个单位能超过我们。所以，我们必须主动去拜访投资单位，把我们的优势说清楚。"

第二天，易文权带队来到南京金融城建设发展股份有限公司，向他们介绍了中建四局在超高层建筑方面的业绩，并与金融城建设发展股份有限公司董事长约定了见面时间。

一周以后，双方董事长见面，大家相谈甚欢，彼此都留下了极好的印象。金融城董事长对中建四局的实力和诚意非常赞赏，对四局董事长亲自登门拜访表示了由衷的感谢。

回来之后，易文权继续对南京项目给予高度重视。他集中优势兵力，任命一位副总经理挂帅，拉了一支五十多人的队伍来到南京，在一家宾馆租了房，开始制作标书。他们分成三个小组，对标书一遍遍讨论修改。根据需要，又陆续有人参与标书制作，最多时有一百多人。

这段时间，易文权一直通过电话遥控指挥。在投标前一天，他再次抽身来到南京，坐镇指挥。他对大家说："这个标我们必须拿下！拿下之后我给大家记功。"这不仅是嘱托，也是使命，是整个投标团队的荣耀。

但是，南京地区公投项目的评标规则十分复杂，不仅竞标单位的数量、名称不公开，技术标为暗标，而且经济标要抽K值，具有极大的不确定性。要想中标，必须把每个细节做到极致。贺婷、李毅、曹延强和周伟等投标团队成员连续作战，分析对手，调整模型……他们

施工中的南京金融城二期（东区）项目

坚信，越努力，越幸运。

2019年4月的这天，迎来了南京金融城二期项目开标，现场人头攒动，各路高手云集。经过技术标评审、经济标分析、书面答辩等层层关卡，尤其是经过惊心动魄的K值抽取环节后，四局经济标占据优势，中建四局一举中标。大家激动得相互击掌、拥抱。消息传回总部，四局上下深受鼓舞。

四局这把出鞘之剑已经磨亮，其锋芒分外耀眼，引人注目。

为了激励士气，总结经验，进一步推动营销，2019年5月27日，中建四局在南京召开了"三高"突破推进会，参会的有三百多人。会上，根据市场营销考核与激励的新办法，四局嘉奖了六公司。

这是一次现场会，六公司以座谈对话的方式，分享了他们夺标的做法和成功的经验。四局市场部对六公司的经验及时进行了总结。易文权号召大家，要拿出敢于亮剑的信心和勇气，变不可能为可能，夺取更大的胜利。他强调，各单位一把手要用不少于50%的时间来专抓营销，拜见业主。要把握机会，客观判断，果断决策，主动推进营销工作。

2019年7月1日，南京金融城正式开工建设。

2020年，四局六公司又获得一条重要信息：杭州要投资建设大会展中心。这个项目是全国重要临空会展基地和对外开放平台，集展览展会、会议中心、星级酒店等多功能于一体，以建设国内顶尖场馆为目标，以大区域统筹为依托，以高标准规划设计为原则，对标国际一流大型会展中心，充分衔接机场、地铁与中环高速，致力于打造集功能化、智能化、数字化于一体的行业标杆。

杭州大会展中心工程建筑面积64.32万平方米，建筑高度25.95米，展厅长186米，宽94米，屋面最大钢结构跨度81米，合同额为88.33亿元。

大会展中心项目大，投标时间短，9月25日发出标书，10月11日就开始投标。在此期间，中建四局又组织起七八十人的团队，在杭州日夜奋战。

这次投标与以往不同，业主要求每一个竞标团队都要自行设计大会展中心的模型，然后拿到会场进行比较。

这是一场创意较量，也是一场设计理念与设计水平的较量，参与投标的，除了上次参加南京金融城竞标的单位，还有北京城建等单位，可谓强手如林。

中建四局除了认真制作标书，还在大会展中心模型设计上用尽了心思。他们把平面设计成三大部分：一个扇面、一个彩色的"勺"和展馆。"勺"是扇面与展馆的连接部分。"勺"的一头，勺背与扇面的内弧线相接，勺心处设计一个圆形建筑，像一个句号，勺柄长长地伸向另一端的展馆，插在两个不规则的长方形展馆中间。展馆以勺柄为走廊，勺柄末端微微张开，成为展馆大门。

模型推上来之后，独特的造型，新颖精巧的结构，流畅的弧线，既简洁又现代的风格，立即吸引了评委们的眼球。经过各项打分，四局的设计方案获得总分第一名。

大家激动得跳了起来,鼓掌欢呼。那些再次被四局击败的单位有些不服气,甚至有人投诉。但经过专家复议,中建四局与招商局联合体胜出,赢得无可非议。

2020年12月30日,杭州大会展中心首期工程开工。

高端项目的突破,不仅提振了全局员工的信心,有力彰显了企业的品牌实力,也为其他公司树立了标杆榜样,在全局形成了比学赶超的良好氛围。

2020年,四局在福建厦门上演了一段原本不可能实现的传奇——49天,从零开始,从无到有,拿下审核十分严格、条件十分苛刻的数十亿大项目。

"哪怕只有百分之一的成功机会,我们都要以百分之一百一十的决心去争取!"2020年5月的一天,四局党委副书记、总经理马义俊

施工中的杭州大会展中心

马义俊视察厦门新体育中心项目

亲自挂帅,奔赴厦门,与建设发展公司董事长曾平、执行总经理王金兵团队一起,打响了这场史无前例的大战,剑指中国最大的单体体育馆——厦门新体育中心Ⅱ标段工程。

马义俊深知,四局在同类项目中的业绩其实并不突出,和同行竞争的压力很大,但他勉励团队:"我们四局在厦门有着辉煌的历史,品质履约和敢闯敢拼的精神早已被当地社会熟知,湖里速度、感光精神,至今仍被当地政府和民众津津乐道,用23天的时间抢建出厦门小汤山医院也是最好的证明。对于打赢这场战役,我们一定要有信心。"

5月11日,收到招标文件后,马义俊组织大家召开投标启动会,部署作战计划,组建了一支汇集局内七家单位精兵强将的百人投标团。他先后召开五次专家投标评审会议,连续三天从白天一直工作到第二天清晨。马义俊亲自带领答辩组上场答辩,直到整个评标工作结束。6月29日,项目尘埃落定,花落四局。马义俊带领团队,把不可能变为了可能。

新班子大抓"三高"项目,示范、激励和带动了营销。随后,中

厦门新体育中心

施工中的厦门新会展中心

建四局捷报频传，一个又一个大项目夺标：广州白云机场三期扩建配套第一标，厦门新会展中心，全国第二大全地埋式污水处理厂，北京城市副中心综合交通枢纽，深圳轨道交通13号线，深圳南山科技创新中心，中国京杭大运河博物院，韩国动力电池项目二期，深圳腾讯全球总部……

此时，四局的工程项目从民营地产为主，成功转向了"高端市场，高端项目，高端客户"，"三高"项目占比达80%。华南、西南、东南三大区域合同额占比92.6%。全局"一主两翼两点支撑"的作战地图更加清晰，地标性项目不断涌现。

全局上下一时信心大增，士气大振。

易文权看重"高端市场，高端项目，高端客户"。对于"高、大、精、深"项目，他怀有央企的抱负，那就是中建四局不是普通的施工企业，不能什么项目都去争，不能去抢那些普通地方公司的饭碗。它有责任建设好重大项目，推动行业进步，维护行业秩序，同时还要代表国家走出去。

易文权成了一个空中飞人。他乘飞机总是选择在晚上，有时甚至在深夜，因为他不想浪费白天的时间。有时遇到飞机晚点，清晨才到达目的地，这时，他连宾馆都不进，只是用湿纸巾擦一下脸，就继续投入到工作中。

深耕大本营

中建四局进一步优化总体布局策略。"十四五"（2021—2025）期间，四局在国内市场按照"一主两翼两点支撑"的布局，着力推进区域一体化发展。"一主"主要指华南大区，分为核心市场和拓展市场，核心市场为粤港澳大湾区（广东9市：广州、深圳、佛山、东莞、珠海、中山、惠州、江门、肇庆+港澳），拓展市场包括广西、海南及广东省其他城市。"两翼"主要指东南大区和西南大区，东南大区包括江苏、浙江、上海、安徽、福建等；西南大区包括四川、重庆、贵州、云南。"两点支撑"主要指北京及其周边区域和陕西及其周边区域。

核心市场的一个重要目标,就是确保广州、深圳市场份额在中建集团排名第一。中建四局收回拳头,不仅要守住两个一线城市,而且要在此深耕,赢得胜利。

四局人都明白,粤港澳大湾区是四局开发的重中之重。四局成长在这里,必须要用最有效的行动扎根大湾区。港澳两地是未来发展的方向,前海、南沙、横琴的市场,四局必须占领。

四局收回的拳头显示出了力量,已经取得可观的战绩,拿下具有代表性的项目,其中,有深圳大疆天空之城、前海交通枢纽等工程。

深圳大疆创新科技有限公司是空间智能时代技术、影像和教育方案的引领者,大疆在无人机、手持影像系统、机器人教育等多个领域成为全球领先的品牌。2015年2月,美国著名商业杂志《快公司》评选出2015年十大消费类电子产品创新型公司,大疆创新科技有限公司是上榜的唯一一家中国本土企业,在谷歌、特斯拉之后位列第三。大疆以一流的技术产品,重新定义了"中国制造"的内涵,并在更多前沿领域不断革新产品与解决方案,得到了全球市场的尊重和肯定,其销售与服务网络覆盖全球一百多个国家和地区。

大疆天空之城项目是大疆公司全球总部基地,位于深圳市南山区,项目建成后将形成无人机总部办公、研发创新、运营服务和综合配套服务四大功能区。大疆天空之城由47层211.6米高的东塔和43层193.1米高的西塔组成,工程建设用地1.76万平方米,总建筑面积24.17万平方米,结构主体为钢结构核心筒+悬挑外框结构,项目总投资30多亿元人民币。

这座以天空命名的建筑由国际知名设计团队福斯特建筑事务所(Foster + Partners)设计,造型极具现代感。大楼以巨型钢架为支撑,六个超大的玻璃盒子悬空高挂,创造出云端办公的神奇场景,颠覆了办公空间的传统理念,在空中构建出一个全新的创意社区。其悬挑拓长21.5米,为国内最大悬挑单体,首创国内纪录。

承担这个项目建设的是四局深圳公司。深圳公司参加投标时,先期介入的一家公司已挖好了基坑，但是，他们却输给了深圳公司。

大疆天空之城并非超大型项目，四局之所以要拿下它，是因为大疆是国际著名企业、无人机制造领域的引领者，天空之城将成为一座世人瞩目而且极富创意的新建筑，影响很大。这类具有标志性的建筑，四局岂能放过？

深圳公司总经理严静在考虑由谁来担任项目经理时颇为审慎。这座建筑不只影响大，而且这种全钢结构、三面大悬挑、楼体还有点扭曲的工程极富挑战性。他想启用年轻人朱白云担任项目经理，但又有些担心。想来想去，他想到了公司的老领导路进才。他想请路进才担任天空之城的项目指挥长，这样新老合作，可以做到万无一失。

严静找到路进才，把他的想法跟老领导说了，拜托老领导带一带年轻人。路进才欣然答应。

此时，朱白云正在一处工地做项目经理。他毕业于深圳大学土木工程系，是一级建造师。2019年年初，严静与朱白云谈话，提出让他担任天空之城的项目经理。朱白云本想去公司粤西事业部发展，听了总经理的话，他立即表示，一定不辜负公司的期望。

严静说："我们的老领导郭总在那里当指挥长，他经验丰富，你去了以后，要多多向他学习。"

朱白云对路进才的印象很深刻。他第一次见到郭总，是在龙岗区的一个工地，路进才到工地检查，和蔼可亲地跟朱白云握手，还说了很多鼓励他的话。现在能在郭总的直接指导下工作，机会难得。由于责任重大，朱白云本来还有些担心，听说有郭总在，他完全放心了。

朱白云来到工地的时候，路进才已经带领工人完成了地下工程，地上工程也已开工。见到朱白云，路进才非常高兴，给他介绍了工地的情况，让他尽快进入角色。

一切都已顺利铺开，朱白云很快就熟悉了情况。他发现，天空之城的确大不一样，别的楼盘施工时，核心筒离不开钢筋混凝土，而这个楼盘的框架却是全钢的，整体框架重达5.5万吨，焊接量达15万平方

深圳大疆天空之城

米，光高强螺栓就要用25万套。悬挑结构悬挑20多米，而且不规则，还不在一个水平面上，这种悬挑结构真是世上罕见，他从来没有见过。

他们的施工顺序是从上到下的。朱白云采取边做核心筒边做悬翼的施工法，这样可以加快施工进度。

在主体工程即将完工时，一个悬翼顶部桁架层的受力节点出现了裂缝。专家现场察看后，认为只是表面裂痕。但为了绝对安全，朱白云还是要求在侧面增加钢板，并对裂缝进行打磨，又请安检站进行重新检

测,直到确认完全合格,他才放下心来。

2020年疫情暴发,工程停工。在新冠疫情缓解后,大疆天空之城成为南山区的首个复工项目。路进才、朱白云组织劳务人员点对点一站式返深,工地沉寂一段时间后,终于迎来了170多位工人,大家又热热闹闹地干了起来。为了严防疫情,施工过程中,他们按照国家及深圳市的防疫规定,严格进行消杀,每天测量体温,检查各项防疫措施,最大限度地减少疫情对工期的影响。

深圳市住建局在全市挑选了两个优秀在建项目,召开现场观摩会,大疆天空之城被选中了。这天,现场观摩会召开,五六百人齐聚工地。朱白云沉着指挥,从发放宣传手册,到现场讲解、录像视频播放,每项工作都做得堪称完美。

2020年4月15日上午10点38分,随着最后一根钢梁徐徐落下,大疆天空之城项目主体楼顺利封顶。这意味着,这一粤港澳大湾区地标性智能建筑进入了新的建设阶段,即将全面展露芳容。它不但是大疆展示企业形象的一张名片,也是中建四局建设史上的一个重要标记。当年,大疆天空之城被评为南山区优秀项目。

2022年4月,在广州金融城东区,中建四局承建的金融城项目也开工了。这是金融城东区首个开工的项目。四局党委书记、董事长易文权,党委副书记、总经理马义俊等领导出席了奠基仪式。这项工程具有非同一般的意义。它是中建四局以领先建筑科技加入智能绿色低碳等元素打造的创新工程,在"数字蝶变、智能升级"的图景下,四局要争创"鲁班奖"。

中建四局广州金融城项目奠基仪式

四局的产业创新、绿色建造，由马义俊主抓，这一项目便是这方面的典范工程。

在广州绿色与功能建筑材料产业发展应用高峰论坛上，马义俊代表四局发起成立"广州绿色与功能建筑材料产业协会"的倡议。作为广东的"链主企业"，四局联合相关企业，共同探索建筑建材的绿色发展方向、绿色革新技术，共同构建协同发展的绿色建材产业体系，带动整个链条企业完成工业化、数字化、智能化、绿色化升级。

2021年7月，四局又一项以绿色建筑产业为核心的装配式EPC工厂——"中建·智造"花都基地在广州市花都区落成。这是继"中建·智造"东莞基地后，四局高质量打造的广州首个全产业链装配式建筑生产基地4.0版本（"五化一体"智能产业标杆），是中建四局发挥"链主"作用的有力探索，也是四局统筹区域资源，服务国家战略，助力实现"双碳"目标的建筑工业化名片。

"中建·智造"花都基地占地157亩,每年可带动约600万平方米建筑面积的装配EPC总承包项目的业务承包。依托"中建·智造"基地在装配式建筑设计、咨询、研发、产品领域的关键枢纽作用,中建四局聚焦建筑产业智能建造和绿色低碳产业体系,打造以"中建低碳科创智造产业园"为核心的建筑规划设计、绿色建造、绿色新型建材、建筑工业化等研发应用基地产业版图,并不断延伸建筑产业链,储备差异化核心竞争力,在"装配式+EPC""装配式+投资"的业务方向上不断深入拓展,引领企业创优高质发展。此外,中建四局以"建筑科技典范,创新总部标杆"为定位,打造中建四局科创大厦。大厦总建设面积约10.5万平方米,建筑高度176米,地上36层,地下3层,是中建四局首个集投资、开发、勘察、设计、建设、运营于一体的超甲级写字楼。项目以满足绿建三星、LEED金级、WELL金级、近零能耗建筑认证、海绵城市、广东省AAA级装配率的标准为目标,将应用云端智能建造工厂、BIM正向设计应用、装配模拟分析、建筑机器人等技术,打造科技创新样板工程及"科技创新策源地",吸引产业链上下游优质企业和建筑创新企业集聚发展,推动建筑业和规划设计产业链不断升级。科创大厦建成后,将成为国内首家超过150米的近零能耗建筑。

南粤大地,到处可见四局人承建的建筑拔地而起,处处看得到四局人忙碌的身影。他们的辛勤耕耘,一天天改变着岭南的城市面貌,创造着今日的中国故事。

中建四局实施"2+5"战略规划以来,承接了一大批超高层项目,成为集团内拥有在建和投入使用的百层高楼数量最多的工程局,巩固了四局在超高层和超大盘项目上的领先优势。

2020年,中建四局在广东的合同额、营业收入再创新高,贵州独大的局面得到彻底改善,民营地产占比下降了8%,市场规模从1100亿元的谷底,重回2000亿元以上的波峰。

时间进入2021年。这一年,中建四局"十四五"战略规划启动,重点针对业务结构转型调整、改变房建主导地位、加强投资与海外营收等短板，进行科学规划。

新的"十四五"战略规划于2021年11月发布。规划提出了建设粤港澳大湾区最具竞争力的投资建设集团的愿景，再次确定了中建四局为中建集团区域发展优秀排头兵的定位。

在新的战略规划的指导和鼓舞下，2021年，中建四局全年中标突破3000亿元，营业收入超1100亿元，创造了发展新纪录。在粤新签合约额连续两年保持集团第一，近三年合同额复合增速24%，排工程局第一，市场区域集中度排集团第一，集团市场份额贡献率由不足4%攀升至8%。

四局的高端项目也实现了多点突破，相继承接了广发人寿双子塔大厦、华为松山湖制造基地、台州国际博览中心、厦门新会展中心和体育中心、西安国际文化中心、广阳岛生态修复、深圳轨道交通13号线、广州联油液化气改质升级等一批有影响力的重大项目，全局平均

"中建·智造"基地揭幕仪式

单体合同额比集团平均值高出近1亿元。

四局的业务结构得到了逐步优化，基础设施类合同额占比提升到23%，同比增长91%，复合增速在集团排名第一。投资带动施工规模同比翻番，首次跻身工程局投资单位前四名。全年创国家优质工程9项，省级优质工程21项，柬埔寨太子集团总部项目获四局首个境外"鲁班奖"。

中建四局经过组合拳式的调整改革，形成了新的管理体系，明确了新的发展目标，路径清晰，人心稳定，全局上下都有了坚定的信心与决心。

"疫"线集结号

庚子鼠年，突如其来的新冠疫情汹涌而至。

作为超千万人口的特大城市，武汉在除夕的前一天关闭了离汉通道，1100万武汉人民暂停所有行动。全国各地纷纷启动重大突发公共卫生事件一级响应，医护人员火速驰援湖北，与病毒展开了一场惊天动地的大决战。

疫情就是命令，防控就是责任。国家联防联控机制决定，以最快的速度在武汉建成雷神山、火神山医院。

2020年2月4日，中建四局临危受命，紧急支援武汉雷神山医院建设，负责雷神山医院A9区25套病房及A8、A9连廊部分的水电安装、新风排风系统安装、消防电气系统安装、智能化系统建设等任务。

工作小组紧急电召230余名建设者和30名管理人员，立即启程，连夜奔赴武汉。身处湖北各地的建设者无法离开居住地，小组紧急协调，开出援建介绍信，建设者一个个离开家门，逆行出征。

随后，工作小组连夜配备百余套防护服和大量口罩、消毒液等防疫物资，凌晨即从广州送往武汉。

副总指挥长陈建明和七名管理人员最先到达，立即投入材料协调工作。工地辅材及施工用具不齐，他们在武汉全城寻找，最终在37公里之外的蔡甸区采购成功。

中建四局援建武汉雷神山医院动员仪式

中建四局援建贵阳将军山医院

根据人员专业、工作经验等实际情况，四局设置了后勤、材料、电气、给排水、暖通、安全、技术七个小组。工作小组一方面及时对接并熟悉各专业图纸，核算工程量，核查各专业材料清单，另一方面做好各专业技术交底，协调解决各类问题。

这是一场与时间赛跑、与病毒竞速的战斗，建设者们不眠不休，连续施工，克服在湖北地区无分公司、无项目部、无相关资源等重重困难，在2月8日按时完成了任务。

在雷神山医院建设进入最后一天冲刺时，中建四局安装公司又接到命令：紧急援建贵州将军山医院。

他们再次临危受命。此时正值春节假期，调配工人，采购物资，都成了大难题。2月7日，施工队伍进驻将军山医院工地，立即成立临时联合项目党支部、党员先锋队、青年突击队和超英廉洁突击队。工人们陆续来到工地，管理团队带领大家搬运材料、拼装平台、安装支架……有的工人在搬运材料时，手被划开了大口子，经过简单包扎后，又迅速投入了紧张的战斗。

紧急时刻，所有人都打起了十二分精神。作业人员迅速投入施工，熟悉图纸，计算工程量，制作风管配件，组织材料机具进场，进行安全技术交底……所有的工序都在有条不紊地进行，大家的共同目标就是确保工期与质量、安全，力争医院早日交付使用。

2020年3月10日，贵州省将军山医院项目达到交付条件，顺利通过验收并交付使用，400余名建设者只用了33天的时间，用零疫情、零事故、零失误的成绩，圆满完成了建设任务。

贵阳市卫健委、贵阳市城市建设投资集团有限公司、贵阳市公共卫生救治中心应急工程项目建设指挥部等单位都给四局写来了感谢信。四局安装公司荣获"贵州省五一劳动奖状""贵州省抗击新冠肺炎疫情先进集体""中国建筑抗击新冠肺炎疫情先进基层党组织"等荣誉称号。

此时，新冠疫情依然在全球蔓延，病毒就像一个幽灵在五大洲肆虐。中国内地以动态清零的政策，压制了病毒的传播。然而，与深圳一河之隔的香港却失守了。2022年2月，香港疫情陡然严峻，每日感染人数从几十、几百例，飙升至几千、几万例，死亡率居高不下，每天的死亡人数都突破了一千……

在疫情异常严峻的时刻，习近平作出了"三个一切""两个确保"的重要指示，发出了"打赢香港疫情阻击战"的最高动员令。党中央、国务院决策部署，快速援助香港，建设应急医院。接到任务，身在广东的中建四局再次披挂出征。

2022年3月5日，建设者们在深圳出发前，召开了誓师大会。中建四局党委书记、董事长易文权，中建四局党委副书记、总经理马义俊，局属参建单位负责人及援建人员，前线指挥部有关人员共计150余人参加誓师大会，中建四局副总经理王国祥主持大会。

会议发出号召：全力以赴，争分夺秒，"疫"无反顾，完成任务；让习近平总书记放心，让全国人民放心。

中央援建香港抗疫项目位于香港落马洲河套地区，建筑面积超过25万平方米，架设箱式板房1.1万余间。尽管此前已有周密部署，但要在30天的极限时间内完成建筑面积相当于八个雷神山、火神山医院的项目，实属巨大挑战。

3月6日清晨6时许，随着中央援港应急医院建设配套设施临时钢栈桥完工通行，中国建筑第一批管理人员、建筑工人通过钢栈桥，抵达香港落马洲河套区项目所在地，拉开了中央援建香港应急医院项目施工的序幕。

中建集团参建单位共有14家，中建四局投入了中坚力量，五公司、土木公司、安装公司、装饰园林事业部等单位纷纷参战。

首批277名管理人员、746名劳务人员接到通知之后，连夜打包物料，手提肩扛，把物料带到施工现场。先遣队面临诸多难关：现场未通水，生活及办公区未通电，充电设备的电量只够维持三天……

安装公司的电气工程师杨子汉抵达河套工地的时候，工地的帐篷都还没有搭建起来。他第一时间带着工友实勘现场并投入施工，一直忙到凌晨之后才去拿行李，找地方休息。

易文权在中建四局举行的香港落马洲河套项目建设誓师大会上为突击队授旗

马义俊在中建四局举行的香港落马洲河套项目建设誓师大会上为精诚志愿者授旗

项目团队一方面积极对接现场协调人员，以最快的速度安排好员工食宿，一方面对现场临电接驳点、临时库房、材料堆场、施工进度等进行实勘，及时将现场情况反馈至后方指挥部。

土建、箱体、机电、装饰、市政等专业的施工人员先后入场，工地人数最多时超过了两万人，穿插施工难度极大。四局第一时间成立项目临时党委，发挥党员模范作用，带领大家冲锋陷阵。

施工期间，四局在防疫管理、生产履约等方面，精准施策，精细管理，通过网格化管理，将管理人员与工友们拧成一股绳。他们一手抓防疫安全，做到无任何疫情及安全事故发生；一手抓生产进度，日夜赶工。河套项目A1区流动红旗、河套项目机电铁军流动红旗和装饰铁军流动红旗，一直在四局的工地上飘扬。

中建四局六公司援建合肥方舱医院

3月24日，土木公司所辖A1区东1片区装饰工程一次性通过验收，成为河套项目一期工程首个完工单位，荣获"中央援港建设优秀单位"称号。

由于工序的缘故，安装公司比其他单位晚进场两天，却后来居上，拿下多个"第一"：护理单元第一个亮灯；给水试压第一个通过验收；第一个完成病房负压测试；第一个正式通电至配电房并全场通电……这些"第一"，为应急医院顺利交付提供了重要支持。

通电的上午，深圳市工务署等单位领导到场祝贺，为四局高品质高效率履约点赞。

杨子汉每天都要在工地上奔波。在岛上的前几天，他的微信运动步数每天都在三万以上。他的脚在当兵时曾留下旧疾，但是，他贴上

膏药，又继续穿梭在工地，抢抓一切时间，推进施工。

现场有无数个杨子汉一样的人在与时间赛跑。大家忘我奋战，全力冲锋，无数次登上项目建设"红榜"。四局人在用自己的实际行动践行着"精诚"二字。

2022年3月，国务院联防联控机制综合组要求各省根据疫情形势，保证每省至少建设两至三家方舱医院。合肥市决定改造建设2000余张床位的方舱医院。

中建四局六公司接到了承建9号馆的任务。600名"善建先锋"闻令而动，组成现场生产组、物资采购组、技术攻关组、综合保障组等四个工作组，火速开赴工地。

清晨6点收到机电初稿图纸，9点钟，他们就对设计图纸做出研判。按照初稿设计要求，场馆共设计了26台净化风机箱，仅设备订购周期就需要十天，加上安装时间，根本无法按时交付。经研讨，项目组果断提出采用离心风机+复合式空气净化装置，既确保排风，又符合净化需求。经过核算之后，这一方案得到设计方认可。

时间紧，任务重，每位参建者都必须凝聚共识，攻坚作战。每天早上7点，他们召开班前交底会，明确倒排节点计划，晚上6点开小结碰头会，汇报没有完成的工作量和亟待解决的难题。

经过四天四夜的紧张鏖战，在保持场馆原有功能的前提下，施工团队建成了40间方舱，内设1040张床位，5座护士站，舱外配备80个淋浴间、134个卫生间和专业的污水处理系统。馆内呈现小型模块化单元，每个病房单元放置26张病床，每张床位配备床头柜、电源插头、USB口和网线接口。

在其他地方，也有四局施工团队为抗疫而奋战的身影。

中建四局芜湖建投公司积极响应芜湖市委、市政府部署要求，坚决打赢疫情防控阻击战。4月29日，由该公司承担的芜湖宜居·星河湾健康驿站三期改造项目经过九天加班加点抢工，提前竣工并投入使用。

6月底，芜湖市湾沚区健康驿站也顺利通过竣工验收。项目位于芜湖市湾沚区，总建筑面积约1.5万平方米。芜湖建投公司历经80天，圆满完成13栋隔离、办公及配套用房的建设任务。项目团队优化设计了两种改造方案，疫情后，这里将通过功能转换，作为人才公寓使用，极大提升了健康驿站的利用价值。

6月4日下午，广州番禺亚运城体育馆紧急建设核酸检测实验室，番禺区政府号召周边施工单位参与援建。中建四局安装公司收到通知后，立即响应，火速抽调人手前往支援。27岁的项目部技术负责人伍尚权带领团队连夜奋战，仅用10个小时，就把由15个气膜舱组成的"火眼"核酸检测实验室成功地安放到广州番禺亚运城体育馆。

无锡市同样紧急启动了"火眼"实验室项目建设。四局六公司接到有关部门紧急援建的通知后，立刻选派人员，调运物资，第一时间到达现场，负责江阴"火眼"实验室主体气膜舱搭建与安装工作。仅用五个小时，三大功能区检测舱全部落地完成。

此外，中建四局还承建了华富志愿者之家工程（深圳福田应急工程），东莞市长安镇莞港跨境货物运输接驳点工程，深圳金沙湾应急储备用房工程，莆田仙游方舱隔离点一期A、B区工程（援建），厦门大学附属第一医院杏林分院改造工程（备用病房），福建省晋江二体方舱隔离点工程……

2022年5月，广州面临三年以来最复杂、最严峻的疫情，按照广东省委省政府统一部署，为贯彻落实全省"一盘棋"统筹调度要求，广州全面加强资源力量储备，加快方舱医院、隔离场所等建设。

越是关键时刻，越见忠诚担当。作为中建集团驻穗的唯一工程局，中建四局勇担使命，积极响应广东省委省政府号召，在地方政府部门和产业链单位的大力支持下，组织局属12家在粤单位超8000余人全力参与广州防疫项目建设，牵头建设广州市最大隔离工程——南沙健康驿站，同步建设增城、白云、天河、黄埔、花都、清远等7个隔离应急工程，总占地面积超104万平方米，可为10万余人提供隔离床位，以"靠得住、冲得上、打得赢"的精气神和战斗力，在羊城大地书写央企担当。

易文权在广州清远健康驿站检查指导工作

南沙健康驿站项目位于广州市南沙区万顷沙镇义和围，总用地面积81.46万平方米，项目建筑面积54.71万平方米，规划建设超2万个房间，累计提供8万多个隔离床位。工程由中建四局五公司、安装公司承建。四局的员工们第一天到现场时，眼前是一片长满杂草的荒地，由于这里的土壤含水量高，一脚踩下去，淤泥就没过了脚踝，最深的地方能没到膝盖。

南沙健康驿站的隔离板房需要特制的水泥石墩来作为基底，每天都有几十辆卡车入场运输石材。隔离板房的材料需要保障密封性的特殊钢材，还有内部线路、污水管道的架设……材料运输是这个"与时间赛跑"的工程的关键点。

绵延不绝的雨天，同样成为影响项目工期的最大掣肘。项目部材料进场的交通内道是一条纵向贯穿的泥路，施工期间，经过数夜的雨水冲刷，现场一片泥泞，加之物料需求庞大，路上的货运车排成了数公里的长龙。

先解决关键的问题——修路。项目部快速协调大型设备进场，将路面开挖平整，整夜奋战，修出一条畅通的"生命线"。道路一侧专供大型设备进场，而另一侧为出场专线，一出一入互不影响，极大地提高了现场运输效率。

项目最高峰时，参建人员达近万人，现场集结400余台机械同时作业，24小时不间断。2022年11月14日至28日，建设者们分秒必争地奋战14天后，南沙健康驿站项目迎来首批隔离人员入住。

同样的景象，也在广州周边不断上演。天河、增城、白云、黄埔、花都、清远应急隔离点紧急开工。清远健康驿站紧急开工时，四局组织200多名管理人员，调集1000多名工人和150多台机械设备，星夜驰援。四局华南公司的81名管理人员和近400名工友挺进广州知识城

马义俊先后赴南沙、增城、白云、清远等应急项目调研指导

竹山项目现场，以最短的时间完成1.2万平方米的隔离项目建设。中建珠江海外发展有限公司成立对外联络、后勤保障、车辆运输、党建宣传、设计、招采、防疫等工作小组，各司其职，聚集全司力量，同向发力，顺利完成天河区奥体园区隔离板房项目建设。

中建四局的建设者就是这样，在国家和人民需要时挺身而出，敢打硬仗，在一场又一场疫情阻击战中，舍小我为大我，以"精诚"为旗帜，不辱使命，表现了人间大爱，展现了四局人崭新的精神风貌，书写了一个个感人的篇章。

第四节　逐梦未来

描绘蓝图

2022年2月，岭南的早春鲜花烂漫，油菜花、樱花和天竺葵已经怒放。对于中建四局人来说，这年的2月26日有着不同寻常的意义。这一天，中共中建四局第九次代表大会召开，党委书记、董事长易文权以《政治领航，变革图强，为建成大湾区行业优势头部企业不懈奋斗》为题，在会上作了党委工作报告。

《报告》从三个方面展开。首先是回溯历史，全面检视，传承创新。报告指出，过去几年，四局解决了许多早该解决而一直没能解决的难题，办成了许多早该办而一直未能办成的大事：解决了"活下去"和"稳下来"的问题，告别了"十三五"中期摇摇欲坠的危险境地；完成了强化党建引领、确立"南进战略"、推进管理变革、激发队伍活力、破解发展困局、压实"两个责任"、提炼"精诚文化"、加速推进"十四五"战略规划落地生根、做强做优做大主战场等一系列工作。

《报告》的第二部分内容是审时度势，顺应变局，开创新局。报告明确了四局未来十五年"三步走"的安排，从变革图强、培育优势，到巩固优势、加速赶超，再到追求卓越、全面领先，力争用十五年时间，将四局打造成为粤港澳大湾区行业内的优势头部企业。

中国共产党中国建筑第四工程局有限公司第九次代表大会

《报告》的第三部分内容是决胜未来，众志成城，争先进位。报告提出，未来五年工作总的要求是：全面从严治党，努力成为一流的基层党建实践者、探索者、引领者，推动企业保持战略的稳定性与连续性，全面系统推进深化改革与创新发展，全力办好每一家公司，做强每一个分公司，履约每一个项目，精诚服务每一个业主，彻底摆脱长期被动落后的局面，圆满完成"十四五"规划目标，为早日成为大湾区行业内的优势头部企业不懈奋斗。

对于下一个五年的主要工作安排，报告提出，要始终坚持三个高度统一，重点抓好"强根铸魂"工程，即抓好六个重点，提升六种能力，发挥四个作用，简称"664工程"。三个高度统一是指"始终坚持党的领导和企业发展高度统一，始终坚持党的建设和中心工作高度统一，始终坚持党务工作和基础管理高度统一"。六个重点是指"致力于加强战略引领，致力于激发队伍活力，致力于提升组织效能，致力于推进创新发展，致力于强化依法治企，致力于增强文化自觉"。六种能力是指"强化政治建设，提升领导力；强化思想建设，提升战斗力；强化组织建设，提升组织力；强化作风建设，提升执行力；强化纪律建设，提升威慑力；强化制度建设，提升保障力"。四个作用是指"注重发挥党员领导干部示范引领作用，注重发挥党务工作者的骨干作用，注重发挥全体党员的先锋作用，注重发挥各级党组织的堡垒作用"。

蓝图绘就，重任在肩。全局上下同心协力，斗志旺盛，员工士气如虹，气冲霄汉，焕发出现代大企业的新气象。

"三个首次"

2022年，注定是要载入四局历史的一年。

党代会之后，四局紧密锣鼓地系统谋划全局的三个大会，即人才大会、作风建设大会暨对标学习大会、法治大会。易文权说，现代企

中建四局第一届人才大会暨人力资源论坛

业想要高质量发展，人才是核心，作风是保障，法治是基础。这三个大会在局历史上都是首次，开好三个大会，对当下的四局特别重要。

2022年5月5日，中建四局第一届人才大会召开了。会上，易文权作了题为《人才引领变革 变革成就未来 全力打造一支高素质的精诚铁军 为高质量发展提供坚强的人才支撑》的工作报告。

在报告中，易文权回顾了四局近几年的人才工作。他说，自2018年集团党组对局主要领导调整以来，局党委系统开启了企业大反思、大调整、大重组、大再造的"变革图强"之旅，作为四局管理革命的重要组成部分，四局人才工作几乎是在一片荒芜的条件下艰难地迈出了建设的第一步，取得了许多历史性的进展。目前，四局重视人才的氛围初步形成，人力资源管理的制度初成体系，校园招聘的质量初步达标，人才培养的机制初步建立，干部队伍的活力初步激发，成果共享的机制初步成形。

在分析四局人才工作存在的问题后，易文权倡导，要完善四局的人才生态，形成人才成长的"金字塔"，他这样比喻：人才成长的土壤就是我们的事业，更是企业的历史、文化与品牌；人才的种子就是我们的员工，每年大量引进的年轻学生，就是我们的希望与未来；人才成长的阳光就是我们的组织，尤其是党工团组织，党组织要给予人才温暖与关怀；滋润人才成长的雨露就是我们的各级各类导师、师傅、同事、同学、朋友与家人；人才成长所需的氧气和养分就是良好的工作氛围，具体来说就是互相关心与关怀，就是组织为员工所提供的学习、培训、交流与历练的机会。唯有这一切统统具备，我们才能培养出参天大树，企业才能形成生机勃勃、人才辈出的局面，这些条件缺一不可。

针对下一阶段的人才工作重点，易文权指出：在未来一段时间，全面加强党对人才工作的领导，全面加强人力资源系统的专业性、先进性建设，全面加强纵向与横向、科学合理的人才梯队建设，将是各级党组织的优先任务。我们要努力打造一支总量合理、能征善战、素质一流、梯队完整的精锐之师，真正发挥人才在企业重质量、高质效发展中的基础性、关键性、引领性作用。

就在人才大会部署的工作推进得如火如荼的时候，5月30日，四局迎来了作风建设大会暨对标学习大会。会上，易文权作了题为《传承优良作风 锻造精诚铁军 为实现大湾区行业优势头部企业凝聚力量》的主题报告。

他在报告中明确指出，作风建设事关四局未来。一是要在日益严峻的市场环境中实现争先进位，必须要有铁的作风。要持续推动企业高质量发展，组织要适应外部形势变化，必须以顽强的作风来保障。持续地冲击"三高"项目，以更高质量完成工程局"四千亿"的目标，需要靠铁的作风；升级大生产体系、解放项目生产力，把来之不易的大项目干好，更需要靠铁的作风；把项目创效目标提上去，把成本确权率和收入收现率提上去，将同志们辛勤的工作转化为真实的现金流和利润，更要靠铁的作风。二是要在难度更大的改革深水区里推动"深改"落地，必须要有铁的手段。要把"基础管理与体系建设强化年"落到实处，必须要全力、切实加速"深改"落地，全面建强管理体系，要靠铁的手段。四局迎接未来的竞争和挑战，也必须要靠更加坚强的手段。三是要在激发组织活力、尤其是基层创造力的要求下汇聚全局力量，必须要有铁的团结作风。解决四局的问题，只有靠我们自己，靠全体四局人。解决全局上下特别是各级总部的作风问题，推动企业管理尽快摆脱"习惯性""经验型""打乱仗"的现状，需要我们以改进作风为切入点，切实加强党的建设，建强各级总部，充分激发基层的创造力和战斗力，推动在全局形成一心一意谋发展、全心全力干事业的氛围，上下一心，精诚团结，为"变革图强"汇聚起磅礴力量。

关于如何抓好作风建设，企业需要什么样的作风，易文权提出了四个方面的思路：一是以铁的信念肩负起发展的使命，将作风建设放在组织建设的重要位置、常抓不懈；二是以铁的执行抓好贯彻落实，在推动"深改"上要听从指挥、真做真改；三是以铁的担当推动创先争优，在提升品质上要精益求精、争先进位；四是以铁的纪律保证遵

中建四局作风建设大会暨对标学习大会

章守纪,在风气营造上要坚守底线、令行禁止。

会上,马义俊以"等不及""坐不住""慢不得"来形容四局作风建设的紧迫感、责任感和危机感,再一次绷紧了全局干部职工"变革图强、争先进位"的心弦。

时间很快来到了6月17日,中建四局第一届法治大会如期召开。易文权在会上作了《尊崇法律 敬畏规则 筑强风控 以一流的法治助推企业变革图强》的主题报告。他说,近几年,在集团党组的坚强领导下,全局上下围绕"变革图强"这一主题,尊重市场和企业发展规律,对企业战略、市场布局、业务结构、企业组织、管理体系、人才建设、企业文化等进行了全方位的大调整、大重建、大重塑,企业基本回归良性轨道,法治建设也取得了一定进步。依法治企意识初步树立,法治工作体系初步搭建,日常基础管理初步规范,团队能力建设初步加强,风险化解取得初步成效。

面对法治工作存在的问题,易文权说,今后一段时间要从四个方面抓好法治工作。

一是全面提升全员法治意识。坚持"一把手抓、抓一把手",一把手要带头营造"办事依法、遇事找法,解决问题用法、化解矛盾靠法"的法治意识和法治环境。优先提升中层干部的法治意识。持续开展全员普法,培育法治文化,让每一位员工发自内心地尊重法律、尊重规则。让合规、诚信、风险的意识在潜移默化中融入每个人的内心深处。

二是全面加强风控能力建设。法务部门要发挥独特的作用,及时识别风险,积极应对风险,有效化解风险。各业务部门都要动起来,守好第一道关。任何一项工作,只要有一个环节没做到位,就会衍生风险,小风险没有及时化解,就会演变成大风险。业务线出现的问题,业务部门必须主动解决,而不是被动等待问题扩大后再交给法务部门处理。监督部门要真管、敢管、会管。要对风控与合规情况进行评估,通过监督及时发现问题,督促整改到位,发现违规违纪的,要严肃追究相关责任。

三是全面加强"三位一体"深化改革。要以风险管理为主线,重建"三位一体"管理体系。压实各级风险与合规管理委员会职责,落

中建四局第一届法治大会

易文权在2021年第一次党建双月会暨加快深化改革与创新发展部署会上讲话

实风险分级管理。要以合规管理为基础,重建"三位一体"管理体系。健全与优化制度体系,牢固树立合规意识。要以法律管理为支撑,重建"三位一体"管理体系。加强法律审查,强化依法维权。

四是全面加快历史风险化解。要强化上下联动,责任落实到领导班子,分公司、项目都要动起来。要强化多管齐下,各线条按照责任状、作战图,各司其责,同时以打组合拳的方式解决问题。要强化正向激励,发挥奖罚兑现的正向激励作用,围绕目标,集中精力,打歼灭战。

两个月的时间里,四局召开了三个首次大会,体现出四局发展的紧迫感,体现出四局人变革图强的信心和决心。其实,早在2021年4月,四局就吹响了全面改革的集合号,拉开了全面深化改革的大幕。在当月召开的2021年第一次党建双月会暨加快深化改革与创新发展部署会上,发布了一个决定、三个课题,即《中建四局全面加快深化改革与创新发展的决定》、深化改革1号课题《全面重建授权体系工作方案》、2号课题《推进项目管理工作方案》和3号课题《大生产体系优化与重塑工作方案》,并作出相应的工作部署。2022年,四局部署和推进了第二批深改方案,即全面改革升级全局招采管理体系、打造工程局EPC专业能力与高质量发展安装专业。随后部署了2+8"十大深改任务",即抓住项目管理变革和绩效考核变革两项重点,推动"大党建""大营销""大生产""大财商""大风控""大人资""大科创""大监督"等八大体系的全面深改。如今,各项深改课题的持续深入推进,在三次大会精神光芒的映照下,推动着四局在高质量发展的道路上阔步前行。

甲子风华

2022年的春天,繁花似锦。三个大会胜利召开之后,中建四局迎来了成立六十周年的大喜日子。

2022年8月28日,在中建四局成立六十周年总结大会上,易文权作了《志存高远 不负时代 奋勇走在行业转型变革的前列》的讲话。讲话中提到,1962年8月28日,国家建工部把从全国各地调集到贵州的建安力量,合并组建成中建四局的前身——建工部贵州工程总公司,开启了中建四局的风雨历程。今天的纪念,就是要总结历史,启迪未来,凝聚力量,激励全局上下志存高远,不负时代,接续奋斗,在大变局中奋勇走在行业转型变革的前列,为早日建设成为大湾区行业优势头部企业、打造百年名企而不懈奋斗。

易文权回顾了中建四局六十年的奋进之路。第一个二十年(1962—1982),是家国天下、战天斗地的二十年,中建四局投身三线,攻坚克难,为国家奠定国防和工业化基础抛洒热血。面对20世纪60年代国内外的复杂形势,国家开始实施以加强国防为中心的三线建设。第一代四局人响应党中央号召,在以肖茹、良震声、王森、王彩彰等同志为主要领导的三届班子带领下,从全国各地集结到"天无三日晴、地无三尺平"的贵州,拉开了投身三线建设的序幕。前辈们发扬"一不怕苦、二不怕死"的革命精神,头顶青天,脚踏荒野,风餐露宿,在几乎一切都只能依靠人力的艰苦年代,不计报酬,一锤一凿地完成了061、083、011等重要国防基地的施工任务,建成

易文权在中建四局成立60周年总结大会上作《志存高远 不负时代 奋勇走在行业转型变革的前列》的讲话

了276战备油库、国营276厂、贵州赤水天然气化肥厂等一大批国家级重点工程，为战略大后方建设做出了突出贡献，有力服务了新中国的工业化进程。

第二个二十年（1982—2002），是走出大山、搏击市场的二十年，中建四局审时度势，直面挑战，在改革开放和市场经济浪潮中奋楫扬帆。党的十一届三中全会后，我国的经济体制由计划转向市场，改革开放的大幕徐徐拉开。"发展才是硬道理"，在中建总公司的正确领导下，以王发祥、王恩普、赵建华、李金顺、茅盘金、雷治樵等同志为主要领导的三届班子，适应新形势、新变化，提出了"立足贵州、面向全国、主动出征、力争多出国"的发展方针，中建四局从"等米下锅"转变为"找米下锅"，在调整中不断前进。一大批四局人毅然告别家乡，来到厦门、上海、宁波等沿海城市，在人生地不熟的环境中艰辛耕耘，建成了厦门彩色感光材料厂、上海海兴广场、淮南煤矿、广州丽景湾等一大批优质工程。同时，历史性地走出国门，

中建四局成立60周年暨迁粤20周年总结大会

远赴伊拉克、阿联酋、南也门、阿尔及利亚等国家，在异国他乡圆满完成了建设任务。老一辈四局人以敬业、求实、创新、争先的精神，造就了一座座精品工程，奠定了企业品牌形象的基础，取得了经营开拓的持续突破。

第三个二十年（2002—2022），是总部迁粤、变革图强的二十年，中建四局深化改革，敢闯敢拼，在服务国家重大区域战略中奋

发有为。进入新世纪，国家先后实施东部率先发展、西部大开发、中部崛起等一系列重大战略，建筑业迎来了黄金发展期。为了更好地适应日趋激烈的市场竞争形势，四局在总公司的正确指导下，以陈金如、徐辉义同志为主要领导的局班子，站在历史的高度，作出了将指挥中心搬迁至广东的战略决策，把企业带到了中国最具经济活力的珠三角。2002年12月9日，大家在连办公桌椅都没有的新总部，站着召开了迁粤后的第一场工作会，立志在南粤大地上开创新的历史。全局上下以奋力追赶、跑步前进的姿态进入了新的发展阶段。在以叶浩文、田卫国等同志为主要领导的三届班子带领下，中建四局迁粤二十年来，累计实现签约额1.95万亿元，相继承建了广州东塔、西塔、深圳京基100、遵义新蒲新区、南京金融城、杭州大会展中心、厦门新会展中心、厦门新体育中心、深圳南山科创中心、西安国际文化艺术中心、贵州正习高速PPP项目、深圳地铁9号线及13号线等一批重大项目，"高、大、精、深、新"的产品线日渐成型，在服务粤港澳大湾区建设、长三角一体化发展、京津冀协同发展等区域重大战略中展现出新作为。

易文权在报告中还讲述了四局近几年变革图强取得的成果。他说，在最困难的时刻，中建集团党组给予四局最坚定的支持，离退休的老领导、老同志对四局关怀备至，四局的三万多名员工不抱怨，不懈怠，全局上下直面矛盾，正视差距，上下一心，患难与共，奋力推进"4433"变革图强系列举措，先后对54家二三级机构进行迁址、合并、重组、更名，重新定位，通过四年多的大反思、大学习、大调整、大重建，企业呈现出崭新的面貌。经过广泛深入的内部调研，集思广益，四局启动了四大咨询项目，明确了"南进聚焦战略"，重返珠三角主战场，完善"一主两翼两点支撑"市场布局，逐年实现年签约额跨越"两千亿"、勇攀"三千亿"的目标，目前正在向"四千亿"奋斗，在粤签约额历史性地连续两年位居集团首位。四局的第九次党代会，更是全面明确了"十四五"、"十五五"直至"十六五"的奋斗方向，首次提出分三步走建设大湾区行业优势头部企业的新的战略目标，擘画了"664"强根铸魂党建工程，加强党对企业的全面坚强领导，企业发展的士气更旺，底气更足，正气更盛。

易文权说，六十年来，中建四局从未忘记自己的初心与使命。从诞生之日起，中建四局始终为党分忧，为国尽责。在唐山大地震、汶川大地震等重大自然灾害中，中建四局听党指挥，不惜成本，不计代价，义无反顾地投入抢险救灾。在脱贫攻坚战中，中建四局多批次选派优秀骨干，投入上亿元资金，帮助万余人摆脱贫困。在抗击新冠疫情的大战大考中，中建四局主动请战，逆行驰援武汉雷神山、贵阳将军山，抢建中央援建香港的河套应急医院，数千名志愿者在全国各地投入抗疫行动。中建四局每年招收数千名大学毕业生，带动上下游5万余家企业共同发展，解决20多万农民工的就业问题。六十年来，中建四局一直用实实在在的行动，彰显着央企的责任担当。

从诞生之日起，中建四局始终精诚团结，迎难而上。在一个又一个艰难抉择的历史关头，在一次又一次危机四伏的挑战面前，四局人始终坚信，没有什么困难能够打败这支从大山深谷里走出来的队伍；没有什么艰险能够阻碍四局前进的步伐。不服输、不怕难、不放弃的大山人品格，早已深深融入四局人的血脉，"以精诚，致精彩；以善建，达四海"成为四局人共同的价值追求。

从诞生之日起，中建四局始终为了员工，依靠员工。一代代四局人在企业中茁壮成长，创造价值，成就事业；同时，每一个员工也在用汗水、智慧和坚守服务企业，报效国家。中建四局是一个大家庭、大学校、大熔炉，每一个四局人都是它的建设者、见证者、受益者。归根到底，只有始终同员工想在一起、走在一起、干在一起，让企业改革与发展的成果惠及全体员工，才能确保企业奋斗目标的实现。

企业的进步，得益于伟大祖国的蓬勃发展，离不开各级领导的关怀帮助，有赖于前辈打下的坚实基础，靠的是优秀业主的不离不弃和合作伙伴的支持认同，这一切都将永远载入中建四局的史册，被每一个四局人所铭记。在报告中，易文权代表中建四局党委、局总部，向关心、关怀、支持和帮助中建四局改革发展的各级领导和各界朋友，向全体干部职工及家属，向全局离退休老领导、老同志，表示了由衷的感谢，并致以崇高的敬意。

易文权分析了中建四局发展六十年的启示，他说，国有企业要实现稳健发展，必须牢记使命，强根铸魂。四局是党的企业，坚持党的领导、加强党的建设，是四局的"根"和"魂"，是四局的最大优势；传承和弘扬"忠诚担当、使命必达"的中国建筑精神，是四局攻坚克难的政治保障。

国有企业要应对行业变局，必须始终保持定力。面对百年未有之大变局，唯有保持战略定力，集中精力做好自己的事情，踏踏实实办好每一级企业，干好每一个项目，服务好每一位业主，在发展中解决矛盾、壮大自己，才能以自身发展的稳定性应对外部环境的不确定性。

国有企业要突破发展瓶颈，必须敢于刀刃向内，变革图强。企业的发展不是短跑冲刺，而是一场漫长的马拉松接力赛。六十年来，四局正是在一次次沉着应变中一步步成长壮大起来的。困难并不可怕，信心非常重要。实践证明，变革是突破困境的唯一出路。在新的形势下，四局必须以高度的政治责任和历史担当，以更大的勇气、决心和胆识，向深层次的问题开刀，打破制约高质量发展的枷锁。

国有企业要培育竞争优势，必须始终围绕市场环境，强化体系，培优资源。作为千亿级的建筑企业，必须充分尊重市场规律与管理规律、持续优化资源、迭代进化管理体系、扎实提升基础能力，永远跟最优秀的业主携手同行，永远和最优秀的伙伴并肩战斗。与优秀者为伍，四局才可能优秀。

国有企业要永葆组织活力，必须坚持人才第一、以人为本的原则。员工是企业历史的创造者，人才是企业腾飞的第一资源。唯有坚持共建、共创、共享，积极营造有利于人才成长的良好生态环境，不断提升员工的获得感、归属感、成就感，企业才能获取源源不断的前进动力和发展活力。

国有企业要确保基业长青，必须坚持以文化人，凝心聚力。拥有自己的企业文化，企业才能真正强大。踏上新征程，四局必须重视文化软实力的打造，将这支队伍的优良传统升华为企业文化，用历经一甲子沉淀出来的精诚底蕴凝聚力量，并不断注入新的内涵，让文化引领企业穿越经济周期，穿越市场风雨，实现可持续的稳健发展。

易文权对四局的未来充满希望。他说，中建四局即将迈上打造百年名企的崭新征程。在新征程上，四局将立足广东，勇当国家战略的建设者。四局人已经生活了二十年的广东，拥有在全国无与伦比的"双区"，有着优越的发展环境、优质的人力资源和一流的合作伙伴，将成为未来新发展格局的战略支点。作为集团唯一的驻粤主力工程局，四局有责任、有义务挑起大梁，在国家长期稳中向好的发展大势中，立足粤港澳大湾区这个主战场，坚定不移地在国家重大区域发展战略中展现新作为，贡献新力量。

在新征程上，四局将主动适应变化，勇当行业变革的探索者。四局人在钢筋水泥里摸爬滚打了六十年，既创造过辉煌，也走过弯路、吃过苦头，积累了丰富的经验，也有过深刻的教训。四局身处改革开放的最前沿，环抱着优质的商业环境，浸润着浓郁的改革氛围和深厚的创新土壤，完全具备先行先试、主动探索的条件。唯改革者进，唯创新者强，唯改革创新者胜。在新形势下，四局将主动适应新变化，加快探索步伐，奋力带动产业链上下游企业，向绿色化、数

中建四局成立 60 周年暨迁粤 20 周年总结大会上员工表演自编自导的节目

字化、工业化、国际化方向前进，当好大湾区建筑业转型升级的排头兵。

在新征程上，四局将坚持战略引领的方针，勇当创新发展的领先者。四局人将在企业战略指引下，以深化改革与创新发展应对变局，服务大局，开拓新局，奋力建设创新型、科技型综合工程企业，不断增强产业链运作能力、跨国经营能力、资本运作能力和品牌经营能力，牢牢占据大湾区建筑行业头部优势地位，在不断的创新中赢得主动，赢得优势，赢得未来。

在新征程上，四局将追求卓越，勇做一流党建的践行者。一流党建成就一流国企，唯有把党的全面领导同生产经营更紧密地结合、融入，将政治优势转化为发展优势与竞争优势，把忠诚拥护"两个确立"、坚决做到"两个维护"体现到企业发展上，企业的高质量发展才有保障。面对打造百年名企的历史重任，四局要持之以恒，全面加强党的建设，全面从严治党，将局规划的"664"强根铸魂党建工程落到实处，以一流的党建推动企业战略落地、改革到位、创新有为，为早日实现愿景目标、阔步迈向百年名企提供坚强的政治保证。

易文权的讲话，既是四局全体职工的心声，更是四局新征程上的宣言书，是四局全体职工团结奋斗的行动指南，更加坚定了四局人以奋进姿态拥抱下一个六十年，不断推动企业从优秀走向卓越，打造百年名企的信心。

时代巨匠

2022年是虎年。中建四局成立于1962年，正是在虎年出生的。这只昔日云贵高原的猛虎，如今已经变身成为威力无比的华南虎。

成立之初，中建四局就以非凡的气势投身三线建设。对于很多老员工来说，当年绿皮火车"哐当哐当"的声音，仿佛就在昨天。

2022年，解毓瑢91岁。她的身体依然硬朗，对往事也有着清晰的记忆。她一直住在贵阳鲤鱼街的砖混房子里，这是四十多年前王彩彰住过的房屋。20世纪80年代，贵州省政府为了感谢王彩彰对贵州建设做出的贡献，分配给他一套别墅，钥匙都送过来了，但是，王彩彰把那套别墅让给了单位里的一位老红军。王彩彰和解毓瑢把毕生精力都投入了三线建设，对自己的生活却没有更高要求。对于现在的生活，解毓瑢感到十分满足。

四局六十周年的诞辰到了，解毓瑢比自己过生日还要高兴。她讲起了当年迁黔的经历，讲起了三线建设，讲起一家人挤在一间房子的日子。这些事情对后人来说是历史，对她来说是回忆，但这些回忆，在她心里依然鲜活……

吊装大王吴厚清也已经91岁了。他的腰不太好，脚有些浮肿，但依然精神矍铄。他的家里高挂着他参加中国共产党第十一次代表大会的合影，这张长长的黑白照片占据着客厅的中心位置。这是他一生的骄傲。

当年，他怀着一颗报恩的心来到贵州，参加三线建设。赤天化气田发生井喷，他冒着生命危险，带领16位工友冲上去，而且他第一个爬上50米高的井架，在高空奋战八小时，安上了封井器，他也因此被称为"铁人式的好工人"。

吴厚清一直保存着赤天化氨合成塔吊装方案的小册子，历经半个世纪，油印的册子虽然有些发黄，但仍然不显陈旧。

那是一个激情燃烧的时代，第一代四局人都有着无私奉献的精神。他们满腔热血，满怀豪情，投身三线建设，不谈条件，不计报酬，工作兢兢业业。吃苦耐劳是那一代人特有的品性。他们发扬自力更生、艰苦奋斗的精神，土法上马，团结协作，依靠集体的智慧和力量，破解了施工中的许多难题，办成了很多人认为办不了的事情，创造出了一个又一个奇迹。

吴厚清虽然老了，但他的心仍然牵挂着远在广州的中建四局。四局的发展和成绩，一直牵动着他的心。吴厚清参加过中建四局成立五十周年大庆，他非常渴望能和四局的晚辈们一起欢庆四局六十周年诞辰。

安装公司的神仙焊手张荣富已经68岁。当年参加083、赤天化建设时，长时间连续电焊，让他患了电光性眼炎。他红着眼睛连续工作，如同雕塑一般，蹲在那里几个小时纹丝不动……那时，他一心想的是为国家争一口气，为中建四局增光。

时代变了，以如今的眼光来看待从前的经历，虽然会觉得那时候很苦，但他感到心里很充实。全国"新长征突击手"的荣耀，依然写在他的脸上。

回首历史，四局人难忘当年的三线建设，历史的一幕幕如在眼前。

更让四局人难以忘怀的，是改革开放的历史大转折。企业面向市场，战场从三线转到沿海一线。随着时代剧变，一场具有颠覆性的挑战摆在了四局人的面前。

企业存亡的关头，是抱怨、退缩，还是冲出大山，面朝大海，杀出一条血路？留黔与搬迁，成为四局人最艰难的抉择。

很多人在彷徨，在纠结，经历一个个不眠之夜。故土难离，迁徙，必然会有人做出牺牲，尝尽人间至苦。但是，四局人勇敢地面对了这一挑战，义无反顾地舍弃山林，奔向大海。

"行路难，行路难，多歧路，今安在？"四局人这一去，前路漫漫，烟雾迷蒙。与李白当年无奈离京一样，四局人对未来既感到茫然，又怀抱着无限期许——"长风破浪会有时，直挂云帆济沧海"。这是对远方的打量，对大海的向往，更体现出必胜的信念与豪迈的情怀。

"男儿何不带吴钩，收取关山五十州"。四局的热血男儿披荆斩棘，开疆拓土，以敢闯敢拼的下山虎之威力，打拼出了一片崭新的天地，取得了辉煌的业绩。

毋庸讳言，老虎也有困顿的时候，也会在深情回望故土时迷失自己，因为它的血液里有大山的基因。"不经一番寒彻骨，怎得梅花扑鼻香"，在经历挫折、遭遇逆境后，四局人进入了沉痛的反思。挫折把四局再一次推到了生死存亡的风口浪尖。

天方国古有神鸟"菲尼克司"，满五百岁后，集香木自焚，复从死灰中更生，鲜美异常，不再死。中建四局就如同浴火重生的凤凰，现在，凤在歌唱，凰在和鸣。

"北冥有鱼，其名为鲲。鲲之大，不知其几千里也；化而为鸟，其名为鹏。鹏之背，不知其几千里也；怒而飞，其翼若垂天之云……"

从鲲化而为鹏，庄子《逍遥游》中描写的这只徙于南冥的大鹏，正是四局人精神的写照。四局一如鲲鹏，放眼寰宇，布局全球，"水击三千里，抟扶摇而上者九万里"，前程光明远大。

四局成立六十周年又逢虎年。这只华南虎，传承三线建设时期的艰苦创业精神，拥有迁粤创业淬炼出的开拓进取精神，融入岭南的改革创新精神，这三种精神，为这只猛虎添上了双翼，落地可在山林搏击，入海能在大洋擒龙捉鳖。

迁粤二十年，这只猛虎早已今非昔比。回顾历史，展望未来，四局人以自己的经历、体会和认识，提炼出了"精诚文化"。捧读中建四局厚重的成长史，我们发现，一代代赤胆忠心、生龙活虎的中建四局人，让四局的企业文化生生不息，薪火相传。

半个多世纪以来，中建四局人肩负共和国长子的责任和使命，传承中华民族"至精、至诚"的文化精髓，兼收黔贵高原"高远、包容"的大山情怀，并蓄岭南大地"开放、进取"的文化特质，融通"忠诚担当、使命必达"的中国建筑精神，扎根中建四局越山竞海的创业沃土，滋养了以"精锐、精益、精品、忠诚、至诚、真诚"为主要内涵的"精诚文化"。

"精诚"是中华文明的不息源流。《庄子·渔父》中说："真者，精诚之至也。不精不诚，不能动人。"老子《道德经》中也说："善建者不拔，善抱者不脱。"唯有精诚善建，方能精彩四海，纵横天下。因此，"精诚文化"是升华经验、凝聚共识、苦苦求索的结果。

有了"精诚文化"，中建四局这个在坎坷中前行了一甲子的大型央企，从此有了文化灵魂。四局通过"精诚人物""精诚集体"的评选，"精诚故事"的宣讲，打造"精诚文化"品牌，用"精锐、精益、精品、忠诚、至诚、真诚"诠释其文化核心内涵，以理想信念筑牢四局的精神之基。

"精诚之至，炯然如日"，从此，中建四局人团结在"精诚文化"这面精神大旗之下，一起向前跨越。

他们跨过大山，获得了大山一样诚实质朴的品格；他们越过大海，获得了海洋一样广阔的视野，海纳百川一样的胸怀。"精诚文化"让他们充满自信，充满真诚，充满创造的力量。

中建四局，终将以"精诚"之魂成为时代的巨匠。天下精诚，造福人间。